百年乡愁

中国乡土小说经典大系

4

张丽军 主编

春 桃
——五四乡土小说

山东城市出版传媒集团·济南出版社

图书在版编目（CIP）数据

春桃：五四乡土小说/张丽军主编．－－济南：济南出版社，2023.6
（百年乡愁：中国乡土小说经典大系）
ISBN 978-7-5488-5737-2

Ⅰ.①春… Ⅱ.①张… Ⅲ.①新文学（五四）-乡土小说-小说集-中国 Ⅳ.①I246.7

中国国家版本馆 CIP 数据核字（2023）第 114508 号

春桃——五四乡土小说
CHUNTAO

张丽军/主编

出 版 人	田俊林
责任编辑	林小溪　苗静娴
装帧设计	郝雨笙　张　倩
出版发行	济南出版社
地　　址	山东省济南市二环南路 1 号（250002）
编辑热线	0531-86131722
发行热线	0531-86116641　87036959　67817923
印　　刷	济南龙玺印刷有限公司
版　　次	2023 年 6 月第 1 版
印　　次	2023 年 7 月第 1 次印刷
成品尺寸	145 毫米×210 毫米　32 开
印　　张	12.25
字　　数	242 千
定　　价	58.00 元

（济南版图书，如有印装质量问题，请与出版社出版部联系调换。电话：0531-86131736）

编委会

主　编　张丽军

副主编　李君君

编　委（以姓氏笔画为序）

丁　帆　马　兵　王方晨　王光东　王延辉　田振华

付秀莹　丛新强　刘玉栋　刘醒龙　李　勇　李云雷

李君君　李掖平　吴义勤　何　平　张　炜　张丽军

陈文东　陈继会　赵月斌　赵德发　贺仲明　徐　勇

徐则臣　蒋述卓

本书部分文字作品稿酬已向中国文字著作权协会提存,敬请相关著作权人联系领取
电话:010-65978917,传真:010-65978926,E-mail:wenzhuxie@126.com

总　序

记录百年中国乡愁　传承千年根性文化

面对急剧迅猛的乡土中国城市化、现代化、高科技化浪潮，我们惊讶地发现，曾被认为千年不变、"帝力于我何有哉"的中国乡村根性文化正面临着从根源深处的整体性危机。"谁人故乡不沦陷？"千百年来，孕育和滋养乡土中国文化、文明的乡村及其根性文化正以某种加速度的方式消逝，甚至被连根拔起。这不仅是乡土中国城市化、现代化的问题，而且是一个全球化、人类性的整体危机。早在20世纪60年代，法国社会学家孟德拉斯就提出，在工业文明入口处，数十亿农民向何处去的问题。而在1948年，中国学者费孝通就在《乡土重建》中提出传统的乡土社会所面临的现代性失血危机，进而提出了"乡土重建"的深邃思考。显然，在21世纪的今天，思考乡村、乡土、农业、农民乃至整体性人类向何处去的问题，显得无比重要而迫切。

　　作为一个从事乡土文学研究二十多年的研究者，我在苦苦思考：中国乡土文学向何处去？乡土中国社会向何处去？乡土中国农民向何处去？新时代乡村如何振兴？……苦苦思考之后，我突然意识到，既然看不清去处，何不回顾自己的来路？未来的道路，并不是冥思苦想来的，而是从过去的来路而来。历史的来路，决定了我们未来的去处，即未来的去处正蕴藏在历史来路之中。这让我重新思考百年中国乡土文学，重新回顾晚清以来中国仁人志士的文化选择和文学审美思考，乃至从更远的历史、文学中寻找智慧和启示。正是在这样一种文化思考中，我与济南出版社不谋而合，立志从众多乡土中国文学中选编一套"中国乡土小说经典大系"，来为21世纪的新一代中国青年提供一个关于百年乡土中国心灵史的文学路线图，慰藉那些因完整意义的乡土中国乡村消逝而无从获得纯粹乡土中国体验的21世纪中国读者。此外，从中汲取智慧和灵感推进新时代中国乡村振兴，也是本套丛书的应有之义。简单归纳之，《百年乡愁：中国乡土小说经典大系》（以下简称"大系"）具有以下特点：

　　一是强烈的经典意识。文学、文化的传承与经典的建构是由一个个经典化的环节与步骤完成的。从古代文学的"选本"，到20世纪中国新文学大系，在中国文学经典化中，"选本"文化起到了某种极为重要的，乃至核心的作用，为经典化提供了不同时代不断接续的核心动力源。本套"大系"选编了现当代文学史中具有重要影响的作家作品，力图使"大系"具有乡土中国现代化思想史的重要功能，展现中华民族的百年心灵史。

二是浓郁的地方气息。乡土文学是最接地气的文学，是"土气息、泥滋味"的文学，是由不同地域文化包孕、滋养的文学，又是最能显现和表达乡土中国各个地方独特文化的审美形态的文学。本套"大系"就是百年中国各地民俗文化最大、最美、最迷人的表达。齐鲁、燕赵、三秦、三晋、江南、东北、西北、岭南等不同地域的文化，在本套"大系"中得到了较完整的展现。从这个意义上而言，本套"大系"既是一部百年中国民俗文化史，也是一部最精彩的地方文化志。

三是典雅的审美意识。文学是审美的艺术。言之无文，行而不远。文学性、审美性是文学的自然属性。文学应该是美的，是诗，是生命舒展的自由吟唱。正是在这个审美维度上，我们来选编百年乡土中国小说，让读者、研究者在美的文字诗意流动中获得对千年中国乡村根性文化之美的感悟，从而思考人与自然、人与大地、人与世界的精神建构问题。因此，本套"大系"是"乡土中国最后的抒情诗"，是千年乡土中国根性文化的当代吟唱，是具有深厚乡土生命体验的文化乡愁。

乡愁是感伤的，是一种甜蜜优美的感伤。不是每个人都有乡愁的。乡愁是一种深厚的文化情怀，是对大地、故乡、世界的一种深刻的生命眷恋。而《百年乡愁：中国乡土小说经典大系》就是让我们这些具有乡土中国完整经验的最后一代人，以文化传承的方式，把这种纯粹、完整、具有审美意义的文化乡愁，传递给21世纪中国青年，乃至未来的中国青年。我们曾有过这样一种乡土生活，这样一种乡土中国乡村根性文化——这就是我们的文化根基、我们的精神基因，它蕴含未来的路径和种种可能性。

我们常言，越是民族的，就越是世界的。而我想说的是，越是地方的，越是中国的，也越是世界的。中华文化是一个整体，是由一个个具有地方文化特性的地域文化组成的，是千百年来文化交融凝聚而成的。地方性文化的丰富和多样，恰恰是中华文化的活力与魅力所在。《百年乡愁：中国乡土小说经典大系》就具有鲜明的、浓郁的地方性文化特征，不同地域的读者不仅可以从中读到自己家乡的影子，而且可以由一个个乡土文化而建立起丰富、感性、美美与共的中华文化世界。

本套"大系"适合研究乡土文学文化的学者、学生阅读，也适合对中华文化、地域文化感兴趣的读者阅读。事实上，这套"大系"对于世界各国读者而言，是理解和思考千年中国根性文化、百年中国社会变迁的最佳读本，是具有世界性意义、最接中国地气、最具中国民俗文化气息的文学读本。

是为序。

张丽军

2023 年 7 月 1 日凌晨于暨南园

导　读

　　20世纪二三十年代是中国现代乡土文学的重要发展时期。在鲁迅的影响和推动下，乡土文学获得迅速发展。本卷所选入的乡土小说作品主题可以分为以下三个方面：首先，在进行国民性批判的同时，塑造了开始觉醒、抗争的农民新形象；其次，女性农民形象成为一些作品书写的中心，女性形象的独立主体性得到更深层的审美表达；第三，乡土小说的审美范畴和叙述风格有了新的拓展和探索。

　　叶圣陶的乡土小说以冷静、客观的描写而著称，被侮辱、被损害的小人物及其灰色人生是他的小说创作的叙事风格特色。《这也是一个人？》写的是南方农村女性"伊"的命运悲剧，《饭》写的是乡村教师等小人物的生存困境，《多收了三五斗》写的是丰收成灾、谷贱伤农的社会现实。

　　王统照的乡土小说创作着力于反映下层人民的不幸生活，并在"美""爱"等思想表达中，呈现生命救赎的可行性路径探索。

许地山的初期作品具有浓郁的宗教色彩和异域情调。《春桃》讲述的是农村女性春桃无惧流言蜚语,坚忍、善良而独立自主谋生的故事,具有深厚的生活底蕴和民间文化意识,推进了乡土中国女性形象的精神建构。

茅盾深化了鲁迅开创的乡村题材创作,《春蚕》是他农村题材小说的代表作。小说通过描写农民负债累累的生活窘境及其儿女的觉醒与反抗,反映了鲁迅笔下的"老中国儿女"已经开始了新的精神嬗变。

孙俍工、夏丏尊、许志行、燕志儁、杨振声、赵景沄、陈炜谟、冯沅君等人的乡土小说作品各具特色,为乡土小说提供了新叙述方法、新人物形象和新题材范畴。

目录

百年乡愁：中国乡土小说经典大系

这也是一个人？/ 叶圣陶　001

饭 / 叶圣陶　005

多收了三五斗 / 叶圣陶　014

遗音 / 王统照　024

沉船 / 王统照　035

湖畔儿语 / 王统照　052

五十元 / 王统照　061

春桃 / 许地山　083

家风 / 孙俍工　107

怯弱者 / 夏丏尊　125

师弟 / 许志行 136

守夜人 / 燕志儁 154

渔家 / 杨振声 162
磨面的老王 / 杨振声 166

阿美 / 赵景沄 170

狼筅将军 / 陈炜谟 176
夜 / 陈炜谟 193
寨堡 / 陈炜谟 202

伤心的祈祷 / 汪静之 215

谁知道？ / 尚钺 224
子与父 / 尚钺 232

六封书 / 向培良 239

嫩黄瓜 / 李霁野 250

梅岭之春 / 张资平 256

来客 / 罗皑岚 280

林家铺子 / 茅盾 292
春蚕 / 茅盾 338

隔绝 / 冯沅君 364

长篇存目 376

后记 377

这也是一个人?

/// 叶圣陶

伊生在农家,没有享过"呼婢唤女""傅粉施朱"的福气,也没有受过"三从四德""自由平等"的教训,简直是很简单的一个动物。伊自出母胎,生长到会说话会行动的时候,就帮着父母拾些稻稿,挑些野菜。到了十五岁,伊父母便把伊嫁了。因为伊早晚总是别人家的人,多留一年,便多破费一年的穿吃零用,倒不如早早把伊嫁了,免得白掷了自己的心思财力,替人家长财产。伊夫家呢,本来田务忙碌,要雇人帮助,如今把伊娶了,即不能省一个帮佣,也抵得半条耕牛。伊嫁了不上一年,就生了个孩子,伊也莫名其妙,只觉得自己睡在母亲怀里还是昨天的事,如今自己是抱孩儿的人了。伊的孩子没有摇篮睡,没有柔软的衣服穿,没有清气阳光充足的地方住,连睡在伊的怀里也只有晚上睡觉的时候才得享受,白天只睡在黑蠘蠘的屋角里。不到半岁,他就死了。伊哭得不可开交,只觉以前从没这么伤心过。伊婆婆说伊不会领小孩,好好一个孙儿被伊糟蹋死了,实在可恨。伊公公说伊命硬,招不牢子息,怎不绝了他一门的嗣。伊丈夫却没别的话说,只说要是在赌场里百战百胜,便死十个儿子也不关他事。伊听了也不去想这些话是什么意思,只是朝晚地哭。

有一天伊发现了新奇的事了:开开板箱,那嫁时的几件青布大袄不知哪里去了。后来伊丈夫喝醉了,自己说是他当掉的。冬天来得很快,几阵西风吹得人彻骨地冷。伊大着胆央求丈夫把青布袄赎回来,却吃了两个巴掌。原来伊吃丈夫的巴掌早经习以为常,唯一的了局便是哭。这一天伊又哭了。伊婆婆喊道:"再哭?一家人家给你哭完了!"伊听了更不住地哭。婆婆动了怒,拉起捣衣的杵在伊背上抽了几下。伊丈夫还加上两巴掌。

这一番伊吃的苦太重了,想到明天,后天……将来,不由得害怕起来。第二天朝晨,天还没亮透,伊轻轻地走了出来,私幸伊丈夫还没醒。西风像刀,吹到脸上很痛,但是伊觉得比吃丈夫的巴掌痛得轻些,就也满足了。一口气跑了十几里路,到了一条河边,才停了脚步。这条河里是有航船经过的。

等了好久,航船经过了,伊就上了船,那些乘客好似个个会催眠术的,一见了伊,便知道是在家里受了气,私自逃走的。他们对伊说道:"总是你自己没长进,才使家里人和你生气。即使他们委屈了你,你是年幼小娘,总该忍耐一二。这么使性子,碰不起,苦还有得吃!况且如今逃了出去,靠傍谁呢?不如乘原船回去吧。"伊听了不答应，只低着头不响。众客便有些不耐烦。一个道："不知伊想的什么心思，论不定还约下了汉子同走！"众人便哗笑起来。伊也不去管他们。

伊进了城，寻到一家荐头。荐头把伊荐到一家人家当佣妇。伊的新生活从此开始了：虽也是一天到晚地操作，却没下田耕作那么费力，又没人说伊，骂伊，打伊，便觉得眼前的境地非常舒服，永远不愿更换了。伊唯一的不快，就是夜半梦醒时思念伊已死的孩子。

一天，伊到市上买东西，遇见一个人，心里就老大不自在，这个人是村里的邻居。不到三天，就发生影响了：伊公公已寻了来。开口便嚷道："你会逃，如今寻到了，可再能逃？你若是乖觉的，快跟我回去！"伊听了不敢开口，奔到里面，伏在主妇的背后，只是发呆。主妇使唤伊公公进来对他说："你媳妇为我家帮佣，此刻约期还没满，怎能去？"伊公公无可辩论，只得狠狠地叮嘱伊道："期满了赶紧回家！倘若再逃，我家也不要你了，你逃到哪里，就在哪里卖掉你，或是打折你的腿！"

伊觉得这舒服的境地，转眼就会成空虚，非常舍不得，想到将来……更害怕起来。这几天里眼睛就肿了，饭就吃不下了，事也就做不动了。主人知道伊的情况，心想如今的法律，请求离婚，并不繁难，便问伊道："可情愿和夫家断绝？"伊答道："哪有不愿？"主人便代伊草了个呈子，把种种以往的事实，和如今的心愿，都叙述明白，预备呈请县长替伊做主。主妇却说道："替伊请求离婚，固然很好，但伊不一定永久做我家帮佣的。一旦伊离开了我家，又没别人家雇伊，那时候伊便怎样？论情呢，母家原该收留伊，但是伊的母家可能办到？"主人听了主妇的话，把一腔侠情冷了下来，只说一声"无可奈何！"

隔几天，伊父亲来了，是伊公公叫他来的。主妇问他："可有救你女儿的法子？"他答道："既做人家的媳妇，要打要骂，概由人家，我怎能做得主？我如今单是传伊公公的话，叫伊回去罢了。"但是伊仗着主妇的回护，没有跟伊父亲同走。

后来伊家公婆托邻居进城的带个口信，说伊丈夫正害病，要伊回去服侍。伊心里只是怕回去，主妇就替伊回绝了。

过了四天，伊父亲又来了，对伊说："你的丈夫害病死了，再不回去，我可担当不起。你须得跟我走！"主妇也说："这一番你只得回去了。否则你家的人就会打到这里来。"伊见眼前的人没一个不叫伊回去，心想这一番必然应该回去了，但总是害怕，总是不愿意。

伊到了家里，见丈夫直僵僵地躺在床上，心里很有些儿悲伤，但也想，他是骂伊打伊的。伊公婆也不叫伊哭，也不叫伊服孝，却领伊到一家人家，受了二十千钱，把伊卖了。伊的父亲，公公，婆婆，都以为这个办法是应当的，他们心里原有个成例：田不种了，便卖耕牛。伊是一条牛———样地不该有自己的主见——如今用不着了，便该卖掉。把伊的身价充伊丈夫的殓费便是伊最后的义务。

一九一九年二月十四日写毕

饭

/// 叶圣陶

"现在是上课的时候了！你们的先生呢？"

两间屋子，已经上了年纪，向前倾斜，如人佝偻的样子。门前是通到田岸和村集的泥路。这时候正是中秋的天气。淡蓝的天空浮着鳞纹的白云。朝阳射在几棵柳树上，叶色转成嫩绿，像是春光里所见的。平远的田亩里，稻穗和稻叶一样地轻，微风过时，顺风偃倒，遂成波纹。更远的村树像一个大环，静穆且秀美。微微听得犬吠。这真是诗人的节令和境地呵！

可惜住在这里的都不是诗人，屋子里六七个孩子正抱着不可推想的恐怖呢。入秋水涨，他们的田里盛着过量的水，和河水并了家，露出水面的稻只有三四寸长。他们的父母整天愁叹，或者说："饿死的日子就在眼前了！"

孩子们很以为奇，有的说："我们种田的，怎会饿死？"父母说:"你不见稻全没在水里,一粒谷都没有结实么?"有的说:"去年很多的谷若不槀去,今年就好了。"父母说:"谁喜欢槀去?你懂得什么!"更有的说:"我们不要到学校,大家拼命踏水车,把水车了出去就得了。"父母说:"车到哪里去呢?河面同田水一样平了!"

于是孩子们相信自己的见识不及父母,饿死就在眼前是千真万确的了。他们想:"死像睡眠一样,模糊且黑暗。被它蒙住的时候,饭是吃不成了,玩也玩不成了。并且不能动一动,大概被什么东西缚着,不知道几时才得解开。"

他们想得异常害怕,因为饿死究竟是什么滋味实在不能料定,然而它一定要来了!他们不自觉地改掉平常的态度:似乎互相追赶并没什么意思,提高喉咙大喊也觉得不大高兴,反而静默地坐在室内,低低讲捉蟋蟀的经历,声音里含着惊恐且烦闷的气息。

靠左一间屋里架着一个床铺。赤裸的一张桌子靠着床头。墙角堆着锅灶瓶罐薪柴等东西。一切埋藏在阴暗里,不能见清楚的面目。只从不到尺方的壁洞里射进斜方柱体的阳光,照在地上,显出高低不平的泥土。一道板壁把两间屋子分开。右面一间却光亮得多,两面都有板窗,现在正开着。板壁上一块小黑板歪斜地挂着。十几副桌椅、一张破旧的长方桌外,屋内更没别的东西,也摆得不十分齐整。

六七个孩子就坐在那些椅子上。他们都歪着身子,面对着面,讲那捉蟋蟀的事情。起先声息很低,讲了一会儿,他们觉得世界上只有蟋蟀了,便起劲起来。一个孩子拍着桌子高声说:"好一头大蟋蟀!它在玉蜀黍的根的近旁,这么一把就被我按住了。以前的三头都被它咬得要死。它……"

这个当儿,从黑板旁边的门走进一个人。孩子们瞥见,齐对他看,高声讲蟋蟀的也就自然地停了声音。他们对于这个人有点儿知道,但是不大清楚。他们的父母这么说:"这位先生很有点力道,他在衙门里出进,时常同县官讲话。"又说:"他是管先生的先生,先生还怕他。"他们所知于他的只有这少许了。可是他们并不觉得他可怕,他一身耀眼的衣服倒是很好玩的。

这个人走进室内,随意看了一看,忽然眉头一皱,目光四注,似是侦察而带愤怒的样子。随着发出鄙夷的声气问学生们,就是篇首的两句话。

吴先生一手提着方的竹丝篮,篮里盛着雪里蕻、豆腐、油瓶等东西,一手提着一条长不到八寸的腌鱼,从烂湿的田岸匆匆走来。他瘦削的面孔红到颈际,失神的目光时时瞪视他的前路,呼吸异常急促,竟成喘息。

原来他已得到了消息。一个妇人告诉他:"你须快一点走,管你的那位先生来了,我刚才看他向学堂走去,他的船就停在东栅外。"这是何等可怕的消息,使他周身起一种拘挛的感觉,脑际全没有意念。他两足的急急搬动,眼睛的频频前望,似乎并不出于他的主宰。

吴先生能得在两间屋子里当教师,很不是容易的事。他由一位绅士恳切地介绍,才得在学务委员处记个名。一线的希望就在他脑子里发起芽来,专等后继的好消息来到。他本来处一个乡村的馆地,一节有五千钱光景的进款。家计的担子压在他肩上,使他觉悟决计支持不下,非得换一条路走不可。新的路已在前面了,他怎能不希望着呢?

这么希望了一年,梦里也不曾想到,学务委员竟写了一封信来。里面的话是叫他到他家里去,有事面谈。这分明是绅士的恳切的介绍发生影响了。他把这封信看了好几回,自信料想不错,就得赶紧去才是,但不免怀着一腔的馋怯。

他第三回去的时候,那位学务委员居然在家了。于是他坐在客厅下首的一把椅子上,只点着了一边,上身前俯,保持全身的稳定。他的眼睛本是迷蒙的,现在又只顾下注,或者他所处的客厅和对话的那个人都没有看得清楚。那位学务委员穿着汗衫,斜躺在藤椅子上,右手枕着头,眼睛斜睨着他。鄙夷的思想忽然来袭学务委员的心,不知为什么,总觉吴先生不适于自己的眼光。他不情愿的样子说道:"教小孩子不是容易的事呢。"

吴先生汗珠被面,全身感觉不安,心想这确是不容易的事呵,便发出很轻的颤音答道:"是。"

"乡立第二国民学校缺一个教员,我想叫你去,——但是,你没有进过师范学校吧?"

"没有。"吴先生异常懊悔,但问句逼迫着,不由得不回答。

"那就为难了!该校学生都是乡村人家的孩子,教员不懂得教授法，简直不会有效果。"

室中静默了一会儿。吴先生却听得自己的脉搏尽管响了。他好容易鼓着一口气，努力地说："讲教授法总该有书籍，我可以买一本看看。还愿意得先生的指教。"

"再说罢。"学务委员的话就此止住了。

吴先生退出来的时候，觉得希望的芽遭损伤了，失意引他回到昏暗的路去。他恐怖非常，唯有再去请托那位绅士。绅士替他写了一封信。由这封信的引导，他又坐在学务委员的客厅里。

"我本想请一个师范毕业生，"学务委员严重的样子说，"现在既有这封介绍信，我就任用了你。"

"没有错，听得很清楚，他答应了。"吴先生这么想。他心里只觉浮荡，回答不出什么。他的头颅却自然地向前俯得更低了。

"我们办学的规矩，非师范毕业生月薪六元。后天你就可以到校开学去。"

吴先生答应了几个"是"，便退出来，他的新生活从此开始了。一个月后，他遇见一桩不可解的事故：他到学务委员家里领薪，拿到了三块钱，还有三块须待十天以后，可是学务委员叫他写了一张十元的收据。"何以数目不符呢？"他这么想。自馁和满足的心使他不敢开口便问，"我不是师范生呵！外边师范生多着呢。六块钱比较以前处馆地优裕得多了。"他就把疑念埋藏在脑子里，带着三块钱回去。

小孩们听了学务委员的问话，三四个发嘈杂的语音回答道：

"他买东西去,买豆腐,买葱。"有几个在那里匿笑。

"不成个样子,这时候还不回来!"学务委员喃喃地自语。停了一会儿,他又问道:"他天天这样的么?"

"天天是这样,他要吃饭呢。"一个拖着大辫子的孩子说。

又一个孩子说:"我的妈妈有时同他代买点东西。"

"不要信他,不过……"

一个耳戴银圈意气很粗的孩子还没有说完,吴先生已赶了进来,两手空着,他的东西大概已在锅灶旁边了。他看见学务委员含怒的样子立在黑板之侧,简直不明白自己应当怎样才是,身体向左右摇了几摇,拱手俯首地招呼。

学务委员点了一点头,冷冷地说:"上课的时间早到了,你此刻才来!"

吴先生颇欲想出几句适宜的话回答,可是哪里想得出,他的局蹐不宁的态度引得孩子们吱吱地笑。遮饰是无望了,只得颤抖而含糊地说老实话:"我去买东西,不料回来得迟了。"

"买东西!"学务委员的语音很高,"时刻到了,学生都坐在那里了,却等你买东西!"

"以后不买就是了,"吴先生不自主地这么说。孩子们忽然大笑起来,指点着他互相低语道:"先生不吃东西了,先生不吃东西了。"

学务委员觉得吴先生真是个坏教员,越看越不配自己的眼光,因为他不热心于教育,对职务没有尽忠的观念。但是他想到了重要的事情，为此而来的，也就耐着。他站得累了，想得歇一歇，先在一把空椅子面上吹了几口气，又郑重地揽起长褂的后幅，恐怕脏了皱了，然后慢慢地坐下来。他右手支着头，眉头微微皱着，却装作没事的样子说："你这里太不成个样子，只有这几个学生！日内省视学快来视察，他见学生这么少，就可以断定这是个不良的学校。为你的面子计，你得去借十几个孩子来才行——不论哪一家的孩子都好，只需教他们坐着不要动。这本不关我的事，和你关切，所以提起一声。"他说完了，左手抚摩上唇，像老人捋须的样子，目光注视着吴先生。

吴先生一身无形的绳索差不多全解除了，觉得宽松了好多；温热的铭感的心换去了恐惧，兴奋到不可说的程度。他虽然不明白怎样去借孩子，但也想不到问了。他只是拱手过胸，喃喃地说："承先生指教！承先生指教！"

他忽又想起，这不是个很好的机会么？去了两回没有遇见，现在他走上门来了。一种冲动使他随口就说："上月的……"他才觉得不好意思，便缩住了。

"什么？"学务委员以劲捷的语音这么问。

"上月的……"吴先生无可奈何，目光不敢正对学务委员，依旧没有勇气说下去。

"你尽管说就是了。"

吴先生知不说也是个不了，只得硬着头皮说："请把上月未发的半份薪金见惠。"他再也不能多说一字了。

"你有什么用处呢?"

"吃用都等着这一笔钱呢。"

"你刚才不是买了吃的东西回来么?怎么还等着?"

"家里的人——家里还有三口,我怎能只顾自己,他们等着呢。"

"吃"字的声浪传到孩子们的耳官格外地清楚,他们看先生和客人谈话本已忘了一切,现在却被唤醒了。拖大辫子的孩子牵着前座的孩子的衣低语道:"听见么?先生家里等着这个人给东西吃,不然,快要饿死了。"

戴银圈的孩子不赞成这个推测,斥他道:"先生比我们发财得多,我们的骨头烂了,他肚子还饱胀呢。你偏要乱说!"

"我们一定要饿死烂骨头么?"一个很小的孩子接着问,他有惊怖的眼光。

"你今天回去就没有饭吃,明天饿死,后天烂骨头,烂得像烂泥一样。"戴银圈的孩子非常得意的样子这么说。

很小的孩子不再问了,他已沉入了神秘恐悸的幻想。

吴先生难过极了,他希望孩子们坐着不要动,他们却非但要动,还旁若无人地乱说,对他们看了几眼,全然没有效果。孩子们真顽钝,他们竟不能感应吴先生的心,暂耐这一刻!吴先生只得把手一挥,含怒呵斥道:"静!"

孩子们絮絮的语声像秋雨初收的样子,零零碎碎地停了。大家看了吴先生一眼,略微坐正身躯。椅子不耐震摇,作叽叽咯咯的呼声。

学务委员放下右手,挺直上体,上眼皮抬了一抬,表示庄严的样子,说:"教员不尽职,照例有相当的惩罚,你今天应当罚俸三分之一!"他在衣袋中摸出一块钱,随手向桌上一掷,清亮的声音引得孩子们同时射出异样的眼光来。他说:"这是你应得的,拿了去罢。"

吴先生哪里料得到有这么一回事!欲待申辩,不但话语说不出,连思路也没有。桌子上雪白光亮的究竟是一块大洋呢。他不期然而然地取在手里,手心起冷和硬的感觉。

一九一二年九月二十四日

多收了三五斗

/// 叶圣陶

万盛米行的河埠头,横七竖八停泊着乡村里出来的敞口船。船里装载的是新米,把船身压得很低。齐着船舷的菜叶和垃圾给白腻的泡沫包围着,一漾一漾地,填没了这船和那船之间的空隙。

河埠上去是只容两三个人并排走的街道。万盛米行就在街道的那一边。朝晨的太阳光从破了的明瓦天棚斜射下来,光柱子落在柜台外面晃动着的几顶旧毡帽上。

那些戴旧毡帽的大清早摇船出来,到了埠头,气也不透一口,便来到柜台前面占卜他们的命运。

"糙米五块,谷三块。"米行里的先生有气没力地回答他们。

"什么!"旧毡帽朋友几乎不相信自己的耳朵。美满的希望突地一沉,一会儿大家都呆了。

"在六月里,你们不是卖十三块么?"

"十五块也卖过,不要说十三块。"

"哪里有跌得这样厉害的!"

"现在是什么时候,你们不知道么?各处的米像潮水一般涌来,隔几天还要跌呢!"

刚才出力摇船犹如赛龙船似的一股劲儿,现在在每个人的身体里松懈下来了。今年天照应,雨水调匀,小虫子也不来作梗,一亩田多收这么三五斗,谁都以为该得透一透气了,哪里知道临到最后的占卜,却得了比往年更坏的课兆!

"还是不要粜的好,我们摇回去放在家里吧!"从简单的心里喷出了这样的愤激的话。

"咳,"先生冷笑着,"你们不粜,人家就饿死了么?各地方多的是洋米、洋面,头几批还没有吃完,外洋大轮船又有几批运来了。"

洋米、洋面、外洋大轮船,那是遥远的事情,仿佛可以不管。而不粜那已经送到了河埠头的米,却只能作为一句愤激的话说说罢了。怎么能够不粜呢?田主那方面的租是要缴的,为着雇短工,买肥料,吃饱肚皮,借下的债是要还的。

"我们摇到范墓去粜吧。"在范墓,或许有比较好一点的命运等候着他们,有人这么想。

但是,先生又来了一个"咳",捻着稀微的短须说道:"不要说范墓,就是摇到城里去也一样,我们同行公议,这两天的价钱是糙米五块,谷三块。"

"到范墓去粜没有好处的，"同伴间也提出了驳议，"这里到范墓要过两个局子，知道他们捐我们多少钱。就说依他们捐，哪里来的现洋钱？"

"先生，能不能抬高一点？"差不多是哀求的声气。

"抬高一点，说说倒是很容易的一句话。我们这米行是将本钱来开的，你们要知道。抬高一点，就是说替你们白当差，这样的傻事情谁肯干？"

"这个价钱实在太低了，我们做梦也想不到。去年的粜价是七块半，今年的米价又卖到十三块，不，你先生说的，十五块也卖过；我们想，今年总要比七块半多一点吧。哪里知道只有五块！"

"先生，就是去年的老价钱，七块半吧。"

"先生，种田人可怜，你们行一点好心，少赚一点吧。"

另一位先生听得厌烦，把嘴里的香烟屁股掷到街心，睁大了眼睛说："你们嫌价钱低，不要粜好了。是你们自己来的，并没有请你们来。只管多噜苏做什么！我们有的是洋钱，不买你们的，有别人的好买。你们看，船埠头又有两只船停在那里了。"

三四顶旧毡帽从石级下升上来，旧毡帽下面是浮现着希望的酱赤的颜面。他们随即加入先到的一群。斜伸下来的光柱子落在他们的破布袄的肩背上。

"听听看，今年什么价钱。"

"比去年都不如，只有五块钱！"伴着一副懊丧到无可奈何的嘴脸。

"什么!"希望犹如肥皂泡,一会儿又迸裂了三四个。

希望的肥皂泡虽然迸裂了,载在敞口船里的米却可总得粜出;而且命中注定,只有卖给这一家万盛米行。米行里有的是洋钱,而破布袄的空口袋里正需要着洋钱。

在米质好和坏的辩论之中,在斛子浅和满的争持之下,结果船埠头的敞口船真个敞口朝天了;船身浮起了好些,填没了这船那船间的空隙的菜叶和垃圾不复可见。旧毡帽朋友把自己种出来的米送进了万盛米行的廒间,换到手的是或多或少的一叠钞票。

"先生,给现洋钱,袁世凯,不行么?"白白的米换不到白白的现洋钱,好像又被他们打了个折扣,怪不舒服。

"乡下曲辫子!"夹着一支水笔的手按在算盘珠上,鄙夷不屑的眼光从眼镜上边投射出来,"一块钱钞票就作一块钱用,谁好少作你们一个铜板。我们这里没有现洋钱,只有钞票。"

"那么,换中国银行的吧。"从花纹上辨认,知道手里的钞票不是中国银行的。

"吓!"声音很严厉,左手的食指坚强地指着,"这是中央银行的,你们不要,可是要想吃官司?"

不要这钞票就得吃官司,这个道理不明白。但是谁也不想问个明白;大家看了看钞票上的人像,又彼此交换了将信将疑的一眼,便把钞票塞进破布袄的空口袋或者缠着裤腰的空褡裢。

一批人咕噜着离开了万盛米行,另一批人又从船埠头跨上来。

同样地，在柜台前迸裂了希望的肥皂泡，赶走了入秋以来望着沉重的稻穗所感到的快乐。同样地，把万分舍不得的白白的米送进万盛的厫间，换了并非白白的现洋钱的钞票。

街道上见得热闹起来了。

旧毡帽朋友今天上镇来，原来有很多的计划的。洋肥皂用完了，须得买十块八块回去。洋火也要带几匣。洋油向挑着担子到村里去的小贩买，十个铜板只有这么一小瓢，太吃亏了；如果几家人家合买一听分来用，就便宜得多。陈列在橱窗里的花花绿绿的洋布听说只消八分半一尺，女人早已眼红了许久，今天粜米就嚷着要一同出来，自己几尺，阿大几尺，阿二几尺，都有了预算。有些女人的预算里还有一面蛋圆的洋镜，一方雪白的毛巾，或者一顶结得很好看的绒线的小团帽。难得今年天照应，一亩田多收这么三五斗，把一向捏得紧紧的手稍微放宽一点，谁说不应该？缴租，还债，解会钱，大概能够对付过去吧；对付过去之外，大概还有得多余吧。在这样的心境之下，有些人甚至想买一个热水瓶。这东西实在怪，不用生火，热水冲下去，等一会儿倒出来照旧是烫的，比起稻柴芦叶做成的茶壶窠来，真是一个在天上，一个在地下。

他们咕噜着离开万盛米行的时候，犹如走出一个一向于己不利的赌场，——这回又输了！输多少呢？他们不知道。总之，袋里的一叠钞票没有半张或者一角是自己的了。还要添补上不知在哪里的多少张钞票给人家，人家才会满意，这要等人家说了才知道。

输是输定了,马上开船回去未必就会好多少,镇上走一转,买点东西回去,也不过在输账上加增了一笔,况且有些东西实在等着要用。于是街道上见得热闹起来了。

他们三个一群,五个一簇,拖着短短的身影,在狭窄的街道上走。嘴里还是咕噜着,复算刚才得到的代价,谩骂那黑良心的米行。女人臂弯里勾着篮子,或者一手牵着小孩,眼光只是向两岸的店家直溜。小孩给赛璐珞的洋团团、老虎、狗,以及红红绿绿的洋铁铜鼓、洋铁喇叭勾引住了,赖在那里不肯走开。

"小弟弟,好玩呢,洋铜鼓,洋喇叭,买一个去,"引诱的声调。接着是——咚,咚,咚——叭,叭,叭——当,当,当——"洋瓷面盆刮刮叫,四角一只真公道,乡亲,带一只去吧。"

"喂,乡亲,这里有各色花洋布,特别大减价,八分五一尺,足尺加三,要不要剪点回去?"

万源祥大利老福兴几家的店伙特别卖力,不惜工本地叫着"乡亲",同时拉拉扯扯地牵住"乡亲"的布衩,他们知道唯有今天,"乡亲"的口袋是充实的,这是不容放过的好机会。

在节约预算的踌躇之后,"乡亲"把刚到手的钞票一张两张地交到店伙手里了。洋火、洋肥皂之类必须用,不能不买,只好少买一点。整听的洋油价钱太"咬手",不买吧,还是十个铜板一小瓢向小贩零沽。衣料呢,预备剪两件的就剪了一件,预备娘儿子俩一同剪的就单剪了儿子的。蛋圆的洋镜拿到了手里又放进了橱窗。绒绳的帽子套在小孩的头上试戴,刚刚合适,给爷老子一句"不要买吧",便又脱了下来。想买热水瓶的简直不敢问一声价。说不定要一块半吧。如果不管三七二十一买了回去,别的不说,几个白头发的老太公老太婆就要一顿顿地骂:"这样的年时,你们贪安逸,花了一块半买这些东西来用,永世不得翻身是应该的!你们看,我们这么一把年纪,谁用过这些东西来!"这噜苏也就够受了。有几个女人拗不过孩子的欲望,便给他们买了最便宜的小洋团团。小洋团团的腿臂可以转动,要他坐就坐,要他立就立,要他举手就举手,这不但使拿不到手的别的孩子眼睛里几乎发火,就是大人看了也觉得怪有兴趣。

"乡亲"还沽了一点酒,向熟肉店里买了一点肉,回到停泊在万盛米行船埠头的自家的船上,又从船艄头拿出盛着咸菜和豆腐汤之类的碗碟来,便坐在船头开始喝酒。女人在船艄头烧饭。一会儿这只船也冒烟,那只船也冒烟,个个人流着眼泪。小孩在敞口朝天的空舱里跌跤打滚,又捞起浮在河面的脏东西来玩,唯有他们有说不出的快乐。

酒到了肚里,话就多起来。相识的,不相识的,落在同一的命运里,又会饮在同一的河上,你端起酒碗来说几句,我放下筷子来接几声,中听的,喊声"对",不中听,骂一顿:大家觉得正需要这样的发泄。

"五块钱一担,真是碰见了鬼!"

"去年是水灾,收成不好,亏本。今年算是好年时,收成好,还是亏本!"

"今年亏本比去年都厉害，去年还粜七块半呢。"

"又得把自己吃的米粜出了。唉，种田人吃不到自己种出来的米！"

"为什么要粜出呢，你这死鬼！我一定要留在家里，给老婆吃，给儿子吃。我不缴租，宁可跑去吃官司，让他们关起来！"

"也只得不缴租呀。缴租立刻要借新债。借了四分钱五分钱的债来缴租，贪图些什么，难道贪图明年背着更重的债！"

"田真个种不得了！"

"退了租逃荒去吧。我看逃荒的倒是蛮写意的。"

"逃荒去，债也赖了，会钱也不用解了，好计策，我们一起去！"

"谁出来当头脑？他们逃荒的有几个头脑，男男女女，老老小小，都听头脑的话。"

"我看，到上海去做工也不坏。我们村里的小王，不是么？在上海什么厂里做工，听说一个月工钱有十五块。十五块，照今天的价钱，就是三担米呢！"

"你翻什么隔年旧历本！上海东洋人打仗，好多的厂关了门，小王在那里做叫花子了，你还不知道？"

路路断绝。一时大家沉默了。酱赤的脸受着太阳光，又加上酒力，个个难看不过，像就会有殷红的血从皮肤里迸出来似的。

"我们年年种田，到底替谁种的？"一个人呷了一口酒，幽幽地提出他的疑问。

就有另一个人指着万盛的半新不旧的金字招牌说："近在眼

前，就是替他们种的。我们吃辛吃苦，赔重利钱借债，种了出来，他们嘴唇皮一动，说'五块钱一担！'就把我们的油水一股脑儿吞了去！"

"要是让我们自己定价钱，那就好了。凭良心说，八块钱一担，我也不想要多。"

"你这囚犯，在那里做什么梦！你不听见么？他们米行是将本钱来开的，不肯替我们白当差。"

"那么，我们的田也是将本钱来种的，为什么要替他们白当差！为什么要替田主白当差！"

"我刚才在廒间里这么想：现在让你们占便宜，米放在这里；往后没得吃，就来吃你们的！"故意把声音抑得很低，网着红丝的眼睛向岸上斜溜。

"真个没得吃的时候，什么地方有米，拿点来吃是不犯王法的。"理直气壮的声口。

"今年春天，丰桥地方不是闹过抢米的事情么？"

"保卫团开了枪，打死两个人。"

"今天在这里的，说不定也会吃枪，谁知道！"

散乱的谈话当然没有什么议决案。酒喝干了，饭吃过了，大家开船回自己的乡村。

船埠头便冷清清地荡漾着暗绿色的脏水。

第二天又有一批敞口船来到这里停泊。镇上便表演着同样的故事。这种故事也正在各处市镇上表演着，真是平常而又平常的。

"谷贱伤农"的古语成为都市间报纸上的时行标题。

地主感觉到收租的棘手，便开会，发通电，大意说：今年收成特丰，粮食过剩，粮价低落，农民不堪其苦，应请共筹救济的方案。

金融界本来在那里要做买卖，便提出了救济的方案：（一）由各大银行钱庄筹集资本，向各地收买粮米，指定适当地点屯积，到来年青黄不接的当儿，陆续售出，使米价保持平衡的状态；（二）提倡粮米抵押，使米商不至群相采购，造成无期的囤积；（三）由金融界负责募款，购囤粮米，到出售后结算，依盈亏的比例分别发还。

工业界是不声不响。米价低落，工人的"米贴"之类可以免除，在他们是有利的。

社会科学家在各种杂志上发表论文，从统计，从学理，指出粮食过剩之说简直是笑话；"谷贱伤农"也未必然，谷即使不贱，在帝国主义和封建势力双重压迫之下，农也得伤。

这些都是都市里的事情，在"乡亲"是一点也不知道。他们有的粜了自己吃的米，卖了可怜的耕牛，或者借了四分钱五分钱的债缴租；有的挺身而出，被关在拘押所里，两角三角地，忍痛缴纳自己的饭钱；有的沉溺在赌博里，希望骨牌骰子有灵，一场赢它十块八块；有的求人去说好话，向田主那里退租，准备做一个干干净净的穷光蛋；有的溜之大吉，悄悄地爬上了开往上海的四等车。

一九三三年七月一日发表

遗音

/// 王统照

远远的一带枫树林子，拥抱着一个江边的市镇，这个市镇在左右的乡村中，算是一个人口最多风景最美的地方。镇前便是很弯曲而深入的江湾，湾的北面，却有所比较着还整齐而洁净的房子。房子中也有用砖石砌成的二层楼的建筑。正午的日影将楼影斜照在楼前的一片草场上，影子却很修长。原来这所建筑，是镇中公立小学校的校舍；这镇上人知识却较高明，所以他们寻得这个全镇风景最佳的江边，设立了这所学校。校里的男女儿童，也有三百人。

校舍的西角，便是教员住室，这也是校内特为教员所建筑的，预备教员家眷的住处。再往西去，就是些沙土陵阜，有些矮树野草，绿茸茸的一望皆是。这日正是星期的上午，江边的风，受了水汽的调和；虽是秋末冬初，尚不是十分冷冽，有时吹了些树叶落到江波上，便随着微细的波花，无踪影地流去。

教员住宅靠江的一间屋子里，一个二十七八岁的青年，对着许多书籍稿纸坐着发呆。他不是本地人，然而他在这个校里，当高等部教员主任，已将近三年。自近两年来，连他的母亲、妻子，都搬来同住。他的性格是崇高的小学教员的性格，他虽是不到三十岁的青年，然做这等粉笔黑板的生活，已经是有七年多了！他自从二十岁在师范学校毕业以后，为生活问题所逼迫，便抛弃远大的希望，情愿经营这种生活。可是他性情缜密而恬淡，独勤于教育事业，终日与那些红颊可爱的儿童为伍的事业，他是非常乐意。他不愿在都市里同一般人乱混。他觉得他的生活的兴味，这样也很满足的。他的教育的学问，也研究得非常完全，就使教授中学校的学生，也能胜任，不过他是没有这种机会，他也不找这种机会，他情愿一生都是这样的平淡、闲静、自然。可是他的境遇，现在虽是平淡、闲静、自然，他的心中，却终没有平淡、闲静、自然的时候。因为在他二十岁以后的生活里，忽然起了一次情海的波纹，这层波纹，在他的精神里，永不能泯去痕迹。他从前是活泼的、愉快的，然而这几年来，他是沉郁得多！时时若有一个事物，据在他的灵魂里，使他对于无论什么事物，都发生一种很奇异而不可解的疑问，因此他的心境，越发沉滞了！

这日是休假的日子，校里的儿童，都已放假回他们快乐的家庭里去，忙碌一星期的那些教员，也都各自找着他们的朋友，出去闲玩了。他这时候却坐在自己的书室里，对着一层层的书籍出神。原来他为《教育报》作的稿子须于三天以内作完,他想作一篇关于性欲教育的文章。早已参考了许多书,立了许多条目,这日用过早饭以后,他母亲和他妻与一个三周岁的小孩,都到镇中人家去闲谈去了。他独自坐在这里,想要将他的教育思想,趁着这一天的闲工夫,慢慢地写出。

他坐在一把竹椅子上,排好了书籍,铺正了稿纸,方要拿笔来写,但只是觉得身上陡地冷了一阵,觉得从窗隙钻进来的风使他心战;头上痛了一会子,总是不舒服得很!他不知怎地,把着一支毛笔,只是望着对面绿色刷的壁上挂的五年前自己照的相片发呆。那张相片,虽是装在镜框里,然五年以来,片上的颜色,已有些陈旧,隔了一层细尘,更显得有些模糊,就像他的生活一年比一年暗淡一样。他看着相片框子上嵌镶的花纹,很弯曲而美丽,像那一点曲线里,也藏着一个生命的小影在里面流转一般。他想这必是一个有名的美术家的作品,他不禁叹了一口微微的气,自己寻思,这就是一个人的精神剩余吗?想到这里,低头看看一张草稿上,仍然没写上一个字,便很勉强地拔出笔,向纸上很抖战地写了"性欲"两个字。哪知这支笔尖,早是秃了半截,写得认不清楚。他很愁闷地将笔往案上一掷,心里宛同有块石头塞住了似的,渐渐地立起来,抽开书案下层的抽屉,捡了半天,方捡出一支笔来,又一翻捡,他不禁很惊讶惶急地说出一个"咳!……"字来,这个音由他喉中叹出,然而非常急促而沉重,便静默无语,拿出一张硬纸红字的美丽信片,用尽目力去注视。室中一点声浪没有，只是两个云雀，在窗外的细竹枝子上，一递一声地娇鸣。

信片虽是保存得非常严密，而红色的字迹，经过几年的空气侵蚀，也将颜色褪得淡了许多。他这时无意中将这个信片找出，便使他靠在椅背上，几乎全身都没得丝毫气力。原来那张信片里，藏了许多热烈而沉挚的泪，和爱，和不幸的命运，以及生活的幻影在里边，也就是他的情海中的一层波纹，是他永不能忘记的波纹。

他呆呆地看了一会儿，很没气力地将那信片轻轻放在案上，自己道：这是她最后的遗音了！这是她最后的遗音了！却再也不能够想起别的事情来。无意中将刚由抽屉里找出来的那支新笔，掉在地上，他便俯着身子拾起来，一抬头含着泪痕的眼光，却与那会儿看见壁上挂的相片接触着，猛然又想起：是五年半的光阴了！那时这张相片，比较现在的面色，却差得多，宛同她这纸最后的遗音是当年一样鲜明的颜色，少年的容貌，都一年一年地暗淡消失了！而生活的兴味，也一年一年地减去了！环境的变迁，真快呀！……他想到这里，那很细琐很杂乱的前事，都如电影片子，一次一次地在他的脑子中映现而颤动了。

他想：他自从在学校毕业的那一个月里他父亲死在银行的会计室中，他本来可以再升学的，但那时不能有希望了。他父亲死了，家中又没有什么收入，他有个姊姊，有四十多岁身体很不康健的母亲，不能不离去学校，谋一家人的生计。于是他便由一个朋友的介绍，往一个极小的外县的农村里，充当一所女子高等小学校的历史国文教员。那时他刚二十一岁，然而他在学校里，成绩既好，性情又和蔼，所以人家很信任他。他记得第一次由家里去到这个远地的农村学校的时候，他母亲和姊姊在门首送他，他母亲，逆着很劲烈的北风，咳嗽了几声，及至咳完，眼中早含着满眶的泪痕。他姊姊替他将外衣披好，一断一续地似乎说："兄弟，你现在要出去做事了，第一次的做事，身体也不……要劳着！免得……妈……老远地记念着！……"这几句话没说完，一阵风就将他姊姊的话咽回去了。

他想到这种念头，记起他自小时最亲爱的姊姊来，可是他姊姊已经同她的丈夫到北方去了，远隔着几千里的路程呢！

他在那个极僻陋的农村子里，做一个月二十元的教员，却平平地过了一个年头。第二年他姊姊同他母亲也因为家中生活上困难，便也搬来同他住在一处，后来他姊姊就同他的一个同事的少年结了婚。

他想了这一些往年的事，便用手点着那张信片的折角，心里很酸楚地想："我若不遇见你，我的精神当没有一点翻腾，可是啊！你是一个乡村中天真很活泼而自然的女孩子，设使我不到那里去，你也可以很安帖地做一个无知无识的乡村妇人，到现在，在你的平静家庭里，安享点幸福，不比着飘零受苦好得多吗！"

他回忆在那个农村里，与她无意中相遇见的时候，是在他到那里第二年的二月里。有一天下午，校中的女学生，都散学走了。他拿了一本诗集，穿了短衣，出了村子，就在河岸上一个桃树林子里，坐在草地上读去。那时桃花，已经有一半是开好了，红色和白色相间，烂漫得实在可爱，他检看书籍，精神极愉快，头发蓬着，从花影中现出了他的面貌。河滩里一群男女孩子，在那里游戏，她从山里采了一筐子茶芽，同她的女伴，沿着河岸走来，恰巧一个顽皮的孩子，扬起一把沙泥，向空中撒去，于是她的眼眯了，一失足跌在岸旁，触在块石头上，便晕去了。小孩子吓得跑了，她的女伴，都是十六七岁的女子，也急得在那里一齐乱喊，有的哭了。他也看见了，便走去帮着她们将她用人工救急法治醒了。不多时她的寡母也来了，便扶她回去，向着他道谢了好多话，请明天到她家里去。他这时第一次认识她，他是第一次看见她清秀美丽的面庞，神光很安静的眼睛，便给他留下了一个不可洗刷的印象，在他脑子里。她们走了，日影也落到河水的沙底里去了，他只是看着撒下的碧绿鲜嫩的茶芽凝想。

　　自此以后，他在这个乡村里，便得了一种有兴趣而愉快的新生活。她是这乡村中很穷苦的女子，她比他小了四岁，她的家庭，就是她母亲和她，是村中人口最少的家庭。她是天然的美丽，天然的聪明，而又有丰厚而缠绵的感情。她的言辞见解，处处都能见出她是天真未凿的女子。她每与他做种种谈话，都带了诗人的神思，她实在是自然的好女子。她母亲很以诚恳的态度对他，不过她家中非常清苦，他去时只可坐在她那后园里桑树阴下的石头上，饮着很苦而颜色极浓的茶。

　　她又识得几个字，又加上他的指教，不半年的工夫，他便将她介绍到学校一年级里去读书。但她还是有暇便去采茶，饲蚕，纺织，做针线，去补助她家的生活。他每月给她几元钱的补助，但是别人都不知道。

她读书的天资，别的女孩子都赶不上，他也非常喜欢，于是一年的光阴，由温和的春日，到了年末。她的智识已经增加了许多，可是她那烂漫天真的性格，却依然如旧。在这一年中，算是她与他最安慰而最快乐的一年了！他在这一天一天的光阴里过去了，他只觉得似乎是在甜蜜与醇醪中度过。因为他们的灵魂，早已做了精神的接触，便于无意中享得了恋爱的情感，这是他到了现在，方悟过来。那时只知是彼此的精神情绪，都十分安慰罢了！

他回想了半天，想到那时，他与她游泳于自然的爱河中的愉快，到如今还若即在昨天，或是刚才的事一般。但他又记起由喜剧而变为悲剧的情况，悲剧开幕的原因，即在她母亲的死。她母亲自青年便受了情绪与生活的失调和压迫，早种下了肺结核的病根，这几年来虽然看着她自己的爱女，渐渐大了，长得美丽，又有智识，又因得了他的助力，心上也比从前放宽了些。但是她的身体，究竟枯弱极了，便在她女儿入校读书的第二年四月里死去了！她家里没有余钱，更没个人帮助，她哭得几次晕昏过去，幸得他姊姊也同他去十分慰劝，他省了一个月的薪水，方得将她母亲殓葬。然而她成了孤女了！他的姊姊又恰在这时，随他的姊夫到别处去了。他与他母亲商好，便将她搬到他家去住着。她终日里常是哭泣，他母亲也非常地可怜她，究竟是有些防嫌的意思，他觉得了，她又不是蠢笨的女子，自然也明白，更是终日自觉不安，所以他们自从经过这番变动以后，除了在学校以外，形式上更是疏远，而他们的精神上，却彼此都添了一层说不出的奇异而恐惧的感觉！

这个乡村的人，是非常尊重旧道德的，虽有女子学校，也是不得已方请了几个男教员。他很纯洁而诚笃的，所以自到这里，无论是农夫啊，私塾的老学究啊，对于他没有什么恶意。但自从他将她介绍到女校里去念书，有些人便都不以为然，不过还没有公然地反对，自她母亲死后，经此一番变动，村子里便造出许多的谣言来，说他两个人，尤其以乡村妇女为甚。她们都向他的母亲乱说，他母亲更是着急，那时女学生也不大去听他的教授了，于是村中的校董，便着急起来，直接将他的职务辞掉，他遂不能继续他在这个村子的教育生活。但他却也不以为意，商同母亲愿同她一同回到别地方去谋生活去，不料他话还没说完，他母亲便给他几句极坚决的话道："你自幼时，你父亲便已为你订过婚的，现在你为她竟然丢了职务，也好！我就趁此机会，去回家与你完婚……再打算法子……她……你不必有什么思想！……"

这突如其来的打击，他与她生命之花的打击，使他昏了半天！原来他在高小学校的时候，他的父母，便看好一个亲戚的姑娘，就暗地里将婚定妥，因他素来主张婚姻自由，所以直至于他父亲死后，他当了教员，他母亲才将这个消息说与他知道。他这时方明白他母亲虽是爱惜她，却防嫌她的原因，他这时看见婚书，聘礼，摆满了一桌子，——他母亲给他的证明——他心里直觉得一口口的凉气，渗透了肺腑，可是他不能舍弃了他母亲，便不能毁了这个婚约。他觉着这时什么思想也没有，只是身子摇摇不定，手足都没点气力。后来她进来了，看明白了，他与他母亲的情形，都在她聪明而有定力的眼光里，她乍一见时，有一叠泪波，在眼里做了一个红晕，即时便现出满脸的笑容。和他母亲看戒指，问名字，还忙着给他贺喜，他也不明白她是什么意思，便很悲酸而战栗地倒在床上。

这一下午，他这个小小家庭里，异常清寂，她在屋子里写了半天的信件，晚饭后，便亲往邮局去了。他呢，痴痴地趁着月明下弦的残光，披件夹衫，步出村子，到树林子里依着树，细细地寻思。但是他的寻思，很杂乱，也不晓得怎样方好！

末后，她也来了，星光暗淡之下，嗅着林中野蔷薇的香味与自然的夜气，两个人互握着手立着，总觉得彼此的手指，都是有同速率的颤动，而各人手腕上脉搏，跳得也越发急促。他们这时却不能说一句什么话，也不知是酸是苦，总以为如明天上战线去的军人一样，觉得前途是有一重黑而深覆的幕，将要落下来了！他们这样悲凄的静默，若有四十多分钟的工夫，后来还是她用极凄咽而颤的音，说出了一种忍心而坚决的话，这话他现在回思，如在耳边有个人梳着双髻，呜咽着在他肩头上说的一般地清楚。可是他这时没有勇力敢再去追想。但记得她末后说的几句话是："不能在你家了！……我要赴都会里谋生活去……这村子的人，都拿我……无耻……那封信，是寄与我一个表姊的……她是在那边当保姆教员……但是我不！……永不！订……婚！也不……愿你……还记！"……他记得说到这里，两个人便一齐晕倒在草地上了！

以后的事，他也不愿想了。这是明白的事，她竟自独身走了！他也做了恋爱的牺牲者了！结过婚了！他这位用红丝系定的妻，也是高等女学校毕过业的学生，性情才貌都很与他相合。若使他未曾经过那番情海的波纹，他也没有什么。但是他自此以后，虽她——他的妻——对他，有极美满的爱情，他终是觉得心里有个东西成日里刺着作疼。一年一年地过去了，他起初和她通过几次信，可是她来信总是些泛泛的平常话，对于过去的事迹，却一句也不提及了！后来他充当了江边市镇学校的主任教员，她便寄这一张最后的遗音与他，说她近在某公司里充当打字生，——但不知是哪个公司——后面她说她现在立誓不愿与男子通信，情愿一辈子过这种流浪生涯，并他也往后不再通信，即去见她，她也绝不愿再见他，她说他的小影，早已嵌住在她的心头，从此就算永没有关系！她这封信，连个地址也不写上，他一连写了几封沉痛的信，往她的旧地址寄去，却是没见一个回字。他为她到过那个都会两次，却没找到一点关于她的消息。

过了二三年，他有了个小孩子，生活上不能抛了职务，家庭上也多了牵累，他与他妻子的爱情，在长日融洽里，不知不觉地比初婚时增加了好些，但他心头上的痛苦，终难除去！

他这半日的回思使他少年的热泪，湿透了那张最厚的信片，泪痕渗在红钢笔写出的字迹上，宛同血一般地鲜艳。

二点钟三点钟四点钟也快过了，他坐在竹椅上，也不起立，也不动作，草稿上还只是有很草率而不清楚的两个"性欲"的大字。

日影渐渐落下去了，风声渐渐息了，一对娇鸣的云雀也拍着翅儿，回他们的窠巢去了，但他这个伤心梦影，却永没有醒回的一日！

院子的外门响了，他的妻穿了一身极雅淡的衣裙，抱着三岁的孩子，孩子手里弄着一枝白菊花，很袅娜地从枯尽叶子的藤萝架下走进来。他们进屋来了。那小孩子呀呀道："爸爸！……爸爸！……一朵花呢！……"说着便将鲜嫩的小手，向空中一扑，将这朵花丢在他的膝上。他这才醒悟过来，将那封最后的遗音，往屉中一丢，猛回头，却见他妻看了看草稿上"性欲"二字，朝着他从微红的腮窝里现出了一点微微的笑容。

一九二一年三月十日

沉船

/// 王统照

"再走半天，我们便见那一望无边的大海了。——海是怎样地好看！刘阿哥见过来，是不是？那些同生了翅子般的小舢板荡来荡去；——在那上面如果拉着胡琴唱'二进宫'，那才好听哪！在水上面心地也清爽，嗓音也高亮。……"人都叫他高个子顾宝的壮年车夫，正在独轮车的后面推着车把与前面的刘二曾说话。

刘二曾是个将近四十岁的农夫，在农闲时便给人家剃头，但近几年来也改称理发匠了。他们推的车子上，一个是四十多岁穿深蓝土布褂子的妇人，两个七八岁、三四岁的孩子，是刘二曾的妻、子。

"那自然！你忘了几年前咱一同来贩鱼的事，还过海去玩过德国大马路？我真不晕船，有些人就不敢。"刘二曾推车子过了几个钟头，有些支持不住，说话喘着气，没有他那伙伴的自然。

"咦！你怎么啦？别说能坐船不能推车子，你看还隔有十里路才打午尖,你就把不住车把?——我说:你在家里做轻快生活惯了,手里的劲一天比一天少,你还要到关东去闯!那边才更得吃苦!我不是去过一趟?就那个冷劲,咱这边人去便受不了。你,虽然亲戚在那里,却不能白吃。挣钱是容易,可是下力也真受罪!……"

刘二曾一边喘着气,一边往前看着那匹瘦驴子道:"不吃苦还能行?……皇天不负苦心人!谁叫咱那里不能住来;好好的年头,谁愿意舍家离业地跑?幸而我还会这点手艺,到那边去也许容易抓弄。——总之,一个人好说,有孩子、老婆,真累人,谁能喝风!"

他的妻在车子上,抱着的三岁小孩正在睡觉,听丈夫这样说,便道:"你别埋怨这个那个!谁拖累谁?我原说将孩子寄养在人家,我一个出来找投向①,吃得也好,穿得也好,还可以见见世面。不是你不?大的、小的,老远地拖出来受苦!"他的妻是个能干而言语锋利的妇人,几句话便说得她丈夫不再言语。

丈夫只在气喘中向道旁的石堆吐了一口唾沫。

顾宝很聪明,这时向前行拉着套绳的驴子,"喝喝"地喊了一声慢长的音调,驴子便走得慢了。他于是用披的白布将额上的汗珠擦擦,笑道:"算了,我说你们两口儿好吵嘴,一路上总是你抱怨我,我抱怨你。'单木不成林','单丝不成线',困苦

---

① 投向:妇女出门做佣工。

的日子在后头哩！隔着沙河子还有多远！你们到了现在谁也不要说谁，横竖拆不开来，还要好好地做人家。——了不得！我也饿了，这车子分外沉，二曾，到酒店好好打一壶来咱喝行不行？"

"哪有不行！"她在车子上笑了，"找你来帮一路上的忙，耽误了工夫，他难道连一壶酒还舍不得？我说：——过个十年八年，我们过好了，我打发阿籽到家乡来搬你顾叔叔去住些日子哩！"

"一定！顾叔叔，我来搬你，咱一同坐小舢板。……"在右侧斜卧的理发匠的大儿子——一个八岁的小孩很伶俐地回答。

于是他们暂且住了谈话，车子也慢慢地走上一个山坡上去。

午刻的晴光罩着一簇簇的柞树林，大而圆的叶子被初秋的温风翻动，山上山下便如轻涛叠击的声音。这些林子在春日原是养山蚕的地方，到夏末秋初的时候尤为茂盛，是沿南海一带人民的富源。但近几年来，山蚕却已减了许多，虽有不少柞树，春间可没多少人到山上放蚕。沿山小径，全是荦确碎石与丛生的青莎。有许多灰色黑点的蚱蜢跳来跳去，因为天旱，这些小生物们便日加繁殖。

两个推车子的人脸上满流着很大的汗珠，背脯上的皮肤在炎灼的日光下显出辛苦劳动的表色。他们在乱石道上推着，道路难走，他们言语的精力都跑到光脚下去了。

约莫有半点钟的工夫，他们在一所不等方的石头建筑的屋前停住了。驴子半闭了眼睛，似乎在寻思它那辛劳无终的命运与盲目的前途。两个孩子跳跃着去捉蚱蜢。刘二曾坐在石屋前的粗木凳子上，扇着破边大草帽，不住用手巾擦着汗。他的伙伴，那好说笑的顾宝，却在草棚下蹲着吸"大富国"牌纸烟。

这个酒店的地方名叫独石，是往红石崖海码头的必经之路。这一带山陵的地层，都从石根土脉中隐映着浅浅的红色，似是表现这个地方的荒凉。围绕着三五人家的小村落，很多大叶子的柞树与白杨。道旁，三间乱石堆成的屋子是一所多年的野店。本来是大块白石砌成的墙壁，都被木柴火烟熏得黯黑了。石屋前，荆棘编成的栅门上斜悬着一个青布的招帘，正在一棵古槐树下横出的老枝上飞舞着，包含了无限的古诗的意味。每每有过往的行路者，在几里路前看见这个招帘，便不禁兴起一种茫昧、邈远的感想，也禁不住有村醪的浓烈的味道流到干苦的嘴边。

野店的主人与这一伙客人做照例的招呼，到石屋中预备大饼、蔬菜的肴品去了。缺角的小木桌放在茅棚下荆棘编的栅门以内，放上一沙壶的山村白烧，一大包花生，两个粗瓷酒杯。理发匠同他的妻、他的伙伴饮着苦酒，恢复他们半日的疲劳。

"这地方真好！刘二哥，我多咱再娶房家小，一定搬到这里来住。人家少，树木多，先不愁没得烧，又有山，有海，再过二十里地便是大海。春天吃鱼虾多么贱！你说：……你还不如不要老远地到沙河子，就在这里混混不一样？"顾宝一连喝了三四杯酒，精神爽健起来。

"顾叔叔，你又会说这现成话了。你没有女人，没孩子，哪里也可以。我们哪能够在这里住,吃山喝海水,倒可以?……"理发匠的妻即时给他一个反驳。

那瘦黑的理发匠呷下一口酒,北望故乡,都隐藏在远天的云树下面了,一段数说不出的乡愁,在他呆笨的心中起了微微的动荡,他更无意去答复他的伙伴的话。他想到那故乡中的茅屋,送与邻人家的三只母鸡,那种了菘菜的小院子,两个读书的侄子(每天当他挑了理发担子到街市上去的时候,一定碰到两个小人儿背着破书包到国民学校中去),更有将行时伯兄的告诫话,劝他先在家中住过一年再去。这些情形与言语的回忆,他在这野店前面看着新秋的荒山景物,便从他的疲劳中唤回来了。他到了这里也有些迟疑了,然而看看那言语锋利而性格坚定的妻,便不说什么。及至回过头去,又看见草地上嚼着干馒头的两个孩子,两滴清泪却从他那灰汗的颊上流下。

店主人衔了二尺多长的黄竹烟筒,穿着短衣、草鞋,从石屋的烟中蹀出来。因为与顾宝有几回的认识,便立在支茅棚的弯木柱下同他谈着。

主人有六十岁了,虽是没有辫子,还留有三四寸长的花白短发。干枯的脸上横叠着不少的皱纹。他那双终天抖颤的手指几乎把不住这根烟筒。

"哪里去?你送的客人到关东去吗?"

"正是呢,近来走的人家一定不少?"顾宝这样回问。

"哎!一年不是一年!今年由南道去的人更多。由春天起,没有住闲,老是衔着尾巴——在大道上走的车辆。多么苦啊!听说有的简直将地契交了官家,动身去,——这样年头!"他说着,频频地叹息。

"说不得了!像他们这一家还过得去,不过吃饭也不像前几年的容易了。好在他们有亲戚在那边叫他们去,还好哩。——你这里生意该好……茂盛吧?……"

"什么!你看什么都比从前贵了又贵,我家里满是吃饭的人口。现在乡间倒不禁止私塾,可是也没学生,谁还顾得上学!我这把年纪,还幸亏改了行,不去做'先生',不然……"

"你说,我忘了。记得前十年你还在北村里教馆……你真是老夫子!就算做买卖也比别人在行。"顾宝天生一副善于谈话的口才,会乘机说话。

店主人被他的话激醒了,骤然记起几十年前那种背考篮做小抄的生活,到现在居然在"鸡声茅店"里与这些"东西南北人"打交涉。一段怅惘依恋的悲感横上心头,便深深地叹口气道:

"年轻的人,你们经过多少世道?真是混得没有趣味!眼看着'翻天覆地'的世道,像我也是在'无道邦'中的'独善其身'呢!"

顾宝不大懂得这斯文的老主人末后的两句话,只好敷衍着说:"可不是。人不为身子的饥和寒,谁肯出来受磨难呢!"

老主人敲着黄竹烟筒苦笑着走去。

这时树林中的雄鸡长啼了几声,报告是正午的辰光。顾宝吃饱了大饼，躺在茅棚下的木板上呼呼地睡了。理发匠与他的妻对坐着并不言语。他望着从来的道上，那细而蜿蜒的长道像一条无穷的线，引导着他的迷惘中的命运。他对此茫然，似乎在想什么又想不起来。

两个孩子不倦地在捉蚱蜢，而驴子的尾巴有时微微地扬起去拂打它身上的青蝇。

他们于日落时到了红石崖的安泰栈内，便匆忙地收拾那些破旧的家具行李，预备明天的早船好载渡他们到T岛去再往大连，实行他们往关东的计划。栈房中满住了像他们或者还不如他们的难民，一群群淌鼻涕、穿着破袖的男女孩子在栈门前哭闹。几匹瘦弱的牲口，满路上都丢下些粪便。海边的风涛喧豗中仿佛正奏着送别的晚乐。理发匠将家口安顿在一间大的没有床帐的屋子中，一大群乡间的妇女、孩子在里面，嘱咐他们看守着衣物，便同顾宝出来探问明天出航的船只。

栈房的账房中堆满了短衣、束带、穿笨鞋子的乡汉，正在与账房先生们说船价。

"明天十点的小火轮，坐不坐？那是日本船，又快，又稳，价钱比舢板贵不多。你们谁愿意谁来。恐怕风大，明天的舢板不定什么时候开。"一位富有拉拢乡民经验的账房先生用右手夹弄着一支毛笔向大众引动地说。

理发匠贪图船行得快，又稳便，便按着定价付了两元多钱的小火轮票价，又到大屋子里向妻说了。妻也赞同，因为听说小火轮比帆船使人晕船差些。

他那个大孩子听说坐小火轮从大海里走,惊奇地张着口问那船在哪里,船上也有蚱蜢没有这些事。

顾宝等吃了晚饭后,他说趁太阳还没落,要同理发匠先去看看明天拔锚的小火轮,因为他是坐过的,理发匠还是头一次见,他情愿当指导人,理发匠的大孩子也要去。

于是他们匆匆地吃过栈房中的粗米饭便一同走出。

栈房离海不过百多步远,只是还有一段木桥通到海里,预备上船与卸货物的人来回走的。红石崖虽是个小地方,然而到处都是货仓,是靠近各县里由船舶上输运货物的重要码头。花生、豆油、皮张,都在几十间大屋子里分盛着,等待装运。一些青衣大草帽的水手们三三五五地在街上的小酒馆中兴奋地猜拳、喝酒,烟霭的黄昏里他们走在街心,听着那些喊卖白薯与枣糕的小贩呼声,各种不同口音的杂谈,已经觉得身在异乡了。理发匠因为要使异乡的人比较瞧得起,便将他在故乡中到主顾家去做活计时才穿的夹大衫穿在身上,那是一件深灰色而洗得几乎成了月白色的市布大衫,已经脱落了两个纽子。晚风从海面扑来,扫在他那剃了不久的光头上,有点微冷的感觉。顾宝还是短衣、草鞋,不改他那劳动者的本色,只是不住地吸着"大富国"的烟卷在前面引路。

这里没有整齐洁净的码头,因为来回航行的多半是些帆船,除掉一二只外国来做生意的小火轮以外。沙土铺成的海岸上面全是煤渣、草屑,一阵阵秋风挟着鱼腥的特别气味从斜面吹来。岸上还有一些渔户搭盖的草棚,在朦胧的烟水旁边,可以看得见一簇簇的炊火。全是污秽、零乱、纷杂的现象,代表着东方的古旧海岸的气息。理发匠尽跟着他的伙伴往码头的前段走,隐约中看见白浪滚腾的海面。那苍茫间,无穷尽的大水使他起一种惊奇而又惶怖的心理。他对于泛海赴关东的希望在家乡中是空浮着无量的欢欣与勇敢,及至昨天在野店门前已经使他感到意兴的萧索了。当他来到这实在的海滨,听着澎湃怒号的风涛,看着一望无边的水色,他惘然了!"为什么走这样险远的路程?但怎么样呢?"在黄光暗弱的电灯柱下,他站住了。

"来来!咱们先到这船上溜达一下。"顾宝说时已经随着几个工人打扮的从跳板上走到一个黑色怪物的腹面上去。

那钩索的扑落声,烟囱内的淡烟,一只载不过二百吨的小火轮正在海边预备着明天启行。

顾宝像要对理发匠炫奇似的,自己在船面上走来走去,像表示大胆,又像告诉他有航海的知识。望望海里的船只灯火,便不在意地将一支剩余的香烟尾抛到海心去。"咦!你不上来看看,先见识见识,来来!"

但理发匠倚着电灯柱子摇摇头,他对着当前的光景尽是不了解、疑问与忧愁。

一群一群衣裳褴褛的乡人们走来,着实不少,都是为看船来的。一样的凄风把他们从长守着的故乡中,从兵火、盗贼、重量的地租、赋税与天灾中带出来,到这陌生的海边。同着他们的儿女、兄弟、伙伴们,要乘着命运的船在黑暗中更到远远的陌生的去处。

夜的威严罩住了一切,只是沙石边的海沫呻吟着无力的呼声。在荒凉的道路上,顾宝终于不高兴地同他的朋友回到那嚣杂的栈房里去。

这一间四方形、宽大如货仓的屋子充满了疲劳者的鼾声,一盏大煤油灯高悬着,无着落地摇摆出淡弱的光亮。因为空间过于阔大了,黯淡的灯光只能照得出地上一些横堆的疲劳人。一天的行程现在把他们送到暂时的梦境中去了。破旧的箱笼、粗布的衣被,一堆一堆地也分不清楚。理发匠怅怅地从外面走来,在大屋子的一隅上看他那个八岁的大孩子,不脱衣服睡在薄棉褥上,在灰腻的口边满浮着童年的微笑。这的确是个健壮而可爱的孩子,也是理发匠最关心的一个可怜的生物。他的妻在膝上抱着小孩打盹。理发匠坐下来,觉得从墙边上透过一阵阵的冷风,原来那屋角上有几片瓦已经破了,透出薄明的微光。

"什么时候?明天早上上船吗?"

"听栈房里人说的十点。"理发匠懒懒地答复。

"你一点没有高兴。只要渡过海,再渡过海,就快到了我哥哥那里了。你可一点精神没得,还舍不了什么?"

"……"

"我说不用愁。你记得黄村的吴家?人家上关东去不到十来年,回来又有房子又有地,吃的、穿的,谁也称赞他们有福气。怎么咱就种田地一辈子么?时运要人去找,它不能找人!……"

他的妻每每有这样坚强的鼓励话。

"呜!——呜!"她一面拍着孩子,一面在昏暗中做着她未来的快乐之梦。

"你看!"她又说了,"人家的家口比你大,穿戴得比我们好,一样也是跑出去闯!刚才我同一位沂水的女人说起,她还是大家人家的姑娘,现在也逃荒。因为她那里来回打了十几次的仗,房子都在炮火里毁了,所剩的田地一点也没得耕种,一样还是要粮要钱!——这比我们还苦。她有个十七八岁的女孩,就是打仗惊死的。想来咱还算有福。"

理发匠躺在草褥上淡然道:"一个样!"

她便不再言语了。过了一会儿,在屋子的这边那边不调匀的鼻息声中,她又记起心事来,向她丈夫质问:"你这一次带的钱还有多少?"

"有多少!田地退了租,两个猪卖了,不是向你说过么!自己的一亩作与大哥那房里,得了三百吊钱。猪,二百五十吊。八吊钱的洋元,一共换了五十元,还有五十吊的铜子。到现在已用去二十多吊了。你想,一吊钱的一斤饼,吃哩!还有很远的路,家里什么也没有了!"理发匠在悲恨的声中讲给她听。

"船价呢?"

"一元五毛,因为有两个小孩子还便宜呢。"

于是他们的谈话便止住了,各人想着不同的心事。她那高亢坚强的性格往往蔑视她丈夫的怯懦怕事。这一次出来,还是她的主张加了力量。他呢,忧郁的已往,冥茫的未来,全个儿纵横交织在他的心网中,在这如猪圈的大屋子里哪能安睡。

侧卧着看他那大孩子梦里的微笑,看他妻给风尘皱老了的面貌,以及满屋子沉沉的睡声与黯淡的灯光,这仿佛在做着若不可知的迷梦。

独石的店主人每天拿着黄竹烟筒在荆条编成的门前等待来客。他的大儿媳妇带了两个孩子终天在石屋中做饮食的预备。虽是生意比往年好,然而他知道这一行一队送到他这野店中来的都是从血汗中挣得来的路费,因此这久经世变的老人时时感到不安,对于那些去关东的分外招待。也因此,他这店里的饮食比别处便宜,洁净。

这一天,距离理发匠的家口从这里过去的三四天后的一个清晨,老主人早起到林子中拾了一回落叶,命小孙子用柳条筐背回来预备烧火。他喝些米粥之后,便在茅棚底下坐着吃那一袋一袋的旱烟。这两天来回的旅客少些了,尤其奇怪的并没有从海码头回路的人,然而他并不因此觉得忧虑,只是感到稀奇罢了。

老主人的记忆力是很好的,也是少年时曾经过强力的练习的。因为他家当富裕的时候,他正在邻村的学塾中读书,又曾住过城中的书院,所以他不但能背诵得出"四书"的本文、"朱注",更能将全部"诗韵"不差一字地说出。在当时他曾经许多老师与同考的先生们推崇过。虽然一个"秀才"也弄不到,这究竟是可自傲的一件事。到了他当野店主人这样不同的时代中,他有时还向过客中的斯文人叙说他从前自负的异能。不过近几年以来更没有近处的"文人""绅士"们往海边游览的了。年年烽火中，只是不断地有些劳苦的农人、小手艺的工人，从这条路上过海码头向外谋生。这真使他添上无限的怅触、慨叹！他爱那些真挚和善的人们，但是他们不能懂"朱注"与"诗韵"，只可同他们说些旱潦、兵灾的话。他常想这古旧可爱的、有趣的、风雅的日子过去了，也像他的年纪一样飞向已往，不能再回。现在无论谁，只有直接的苦恼，更没有慰藉苦恼的古趣味的东西了。

所以他每当无人的时候往往独对远远的青峰发出无端的凄叹。

这日是个沉冥的秋日，天上的灰云飞来飞去不住地流动着，日光隐在山峰后露不出它那薄弱的光线来。四周的树木迎着飘萧的凉风，都在同它们快摇落的叶儿私语。远远的地平线下，有层层薄雾向旷野中散漫着卷来，令人看着容易起无尽的秋思。野店的老主人，坐在茅棚下，披着青布长袄，捻着稀疏的花白胡子，又在回想什么。他望着往海码头去的小道，枯黄的草叶上浮动着氛雾的密点，就像张下一个雾网似的。他记起了"停车坐爱枫林晚，霜叶红于二月花"的句子，而怀古的绘画般的幽情在他的心头动荡了。忽然一个朦胧的人影从下道上穿过雾网向自己的野店走来。他在冥想中没有留心，很迅速地，影儿已经呈露在他的面前。老主人抬头看了一眼，并没立起来："好早，好早！你送邻里家回来了吗？——怎么也没带点海货来？"

"啊！……啊！没法提了！真倒运！再说再说！没天明就起

身走,这样大雾的天。有酒先打两壶!……"那来的人背着一件长衣,空着双手,脸上很仓皇地。

"屋里快烫两壶酒来。顾二哥又回来了,等着用……快!"老主人颤巍巍地立起来。

他猜不出好说笑的顾宝是为了什么急事这样匆忙。他每年从海码头上来挑着鱼担,或是给人推车子,总是唱着山歌,吸着极贱的卷烟,快快活活的,但这大清早却变成一个奇异的来客了。

在酒味与烟气的熏蒸中,老主人问了:"你去了这几天是过海送他们去吧?——你什么事这么忙?……"

"不!……不是送他们过海,时运不好,送葬呢!什么事都有!——你没听见说?"顾宝连连地倒着方开的白烧。

"怎么?——给谁送葬?什么事?……"老主人惊奇地追问。

"什么……丸出了事啊!"

"落了难吗?没——没听见说!那不是小火轮吗?还能失事?奇怪!淹死了多少人?多早晚的事?——这两天没人来走回路,简直一些消息也不得听见。"

"完了!你看见那……那可怜的理发匠与他的妻、子,全完了!"顾宝带着愤愤的口气接连喝了几口白酒。

"怎么!……也在遭水难的一起?"老主人已明白了。

"事也凑巧!偏偏他们那天到的,第二天坐了这只混账的外国船!好!出了码头还不到两个钟头,只剩下那船的烟囱在海水上面漂动!……"

"可怜，可怜！他们哩！——遇救了不？……"老主人几乎是口吃般地急问。

"遇救！也有。他那个八岁的孩子，幸亏一只那国的小水艇放下去得早，——听说人载得多了，理发匠上不去，便把擎在手里的孩子丢上去！——这是那没死的他那同船的人说的。也许有点好报应？可是他的尸首没处找了！他的老婆还死抱着小的孩子，在T岛小港上陈列着。——因为她在舱里出不来！"

"那么你也去过吗？"

"我因为在红石崖想买点货物带回家去，耽搁了一天。第二天一清早又坐了舢板到T岛去看那只沉船与男女的尸首，并且为了邻里和朋友去探问一番。"

"那……他的活着的孩子？……"老主人被骤然的惊吓与悲悯的感情所打击，不自知地将黄竹烟筒从右手里落在地上。

"就是为他，说不了现在成了理发匠的孤子了！我去看过他娘的尸体，才打听明白这孩子已被救济会收养去了。——我幸亏地方熟，便找到了他。几个命大的苦孩子，他也是一个，似乎变成傻子了！他不知道他爹死在浪里，也不知道他娘在海岸上抱了他那死弟弟正与苍蝇做伴。他说话不明白，肚里也不知饥饱，这一定是脑子里受了重伤，看来虽是活着，还不晓得能治好不能！……"他说着，两壶白烧已经吃了一多半。

"他呢？——现在在哪里？"

"救济会里！因为我一个生人，不让带回，并且说还有什么抚恤洋须得他伯伯来领，连钱领着。这么，我昨天晚上又下船，预备明天到家，向理发匠的哥哥说，教他去领孩子。"

暂时的沉默，在这尖风吹动的茅棚下，两个人都感到无限的凄惶。流云在空中很闲散地分开去又合起来。顾宝一面大口嚼着粗面饼，一面仰头看着皱纹重叠的老主人的脸。"运气？那只外国船真看得中国人比狗还贱！那么小，那么小的船只载上四五百名的搭客。自然就会往下沉，况且还有风浪！……我对理发匠说过这一点，他又不舍得船票钱……咳！老店东！你待怎么说？不过横竖一样，不冻死、饿死、烧死，究竟还得淹死！这真是他的命该如此！——然而那日本船上的人员偏偏一个没死！他们格外会泅水吗？还不是出了事早有办法！"

老主人这时却将思想推远了，他断定这是"用夷变夏"的小结果。若是红石崖没有可恶的小火轮来，也许舢板不会沉在海里，就使沉落也不能淹得这么凶。因为要得到他心中断论的确据，他便更进一步问了。

"到底淹死多少人？"

"听说是快四百口！男的、女的，都有。还有找不到尸首的，我来时还有人在打捞。——但这全是由沂州来的难民。也有家里很富裕的，只是'难民'罢了。从多少地方来，奇怪！就会注在一本生死簿上！"

老主人弯腰拾起烟筒没答话，然而他心中又做断论了："末世的劫数了！"他不禁摸摸自己的花白胡子，联想到他也是一生的末世了。一阵酸楚的意念从鼻腔酸到眼角，老眼中浮动着失望与悲哀的两滴清泪。

当顾宝匆匆地用过早餐要起身赶路的时候，老主人忽然记起一件重要的事，便郑重地道："你嘱咐他，——死者的哥哥领那个孩子回家的时候从我这里走。这可以吧？并不背路。"

"可以，一定，还从你这里走。"顾宝将长衫重行背在肩头，"怎么，你老人还忘不了那个好捉蚱蜢的苦孩子？"

"因为……是的，他不是正同我那个二孙子一样大！……"话没说完，顾宝的后影已经掩映在几棵喊喊作声的大柞树前面了。

一九二七年十月二十二日

湖畔儿语

/// 王统照

因为我家城里那个向来很著名的湖上,满生了芦苇和满浮了无数的大船,分外显得逼仄、湫隘、喧嚷,所以我也不很高兴常去游逛。有时几个友人约着荡桨湖中,每每到了晚上,各种杂乱的声音一齐并作,锣鼓声、尖厉的胡琴声、不很好听的唱声、男人的居心喊闹与粉面光头的女人调笑,更夹杂上小舟卖物的叫声,几乎把静静的湖水掀起了"大波"。因此,我去逛湖的时候,只有收视反听地去寻思些自己的事。有时在夕阳明灭、返映着湖水的时候,我却常常一个人跑到湖边僻静处去乘凉。一边散步,一边听着青蛙在草中奏着雨后之歌,看看小鸟啁啾着向柳枝上飞跳,还觉有些兴致。每在此时,一方引动我对于自然景物的鉴赏,一方却激发起无限的悠渺寻思。

一抹绀色间以青紫色的霞光,返映着湖堤上雨后的碧柳。某某祠庙的东边,有个小小荷荡,这处的荷叶最大不过,高得几乎比人还高。叶下的洁白如玉雕的荷花,到过午后,像慢慢地将花朵闭起。偶然一两只蜜蜂飞来飞去,还留恋着花香的气味,不肯即行归去。红霞照在湛绿的水上,散为金光,而红霞中快下沉的日光,也幻成异样的色彩。一层层的光与色,相荡相薄,闪闪烁烁地都映现在我的眼底。我因昨天一连落了六七个小时的急雨,今日天还晴朗,便独自顺步到湖西岸来,看一看雨后的湖边景色。斜铺的石道上满生了莓苔,我穿的皮鞋踏在上面,显出分明的印痕。

这时湖中正人声乱嚷,且是争吵得厉害。我便慢慢地踱着,向石道的那边走去。疏疏的柳枝与颤颤的芦苇旁的初开的蓼花,随着西风在水滨摇舞。这里可说是全湖上最冷静幽僻的地方,除了偶尔遇到一二个行人之外,只有噪晚的小鸟在树上叫着。乱草中时有格格的蛙声与它们做伴。

我在这片时中觉得心上比较平时恬静好些,但对于这转眼即去的光景,却也不觉得有什么深重的留恋。因为一时的清幽光景的感受,却记起"夕阳黄昏"的旧话,所以对留恋的思想也有点怕去思索了。

低头凝思着,疲重脚步也懒得时时举起。天上绀色与青紫色的霞光,也越散越淡了,而太阳的光已大半沉在返映的水里。我虽知时候渐渐晚了,却又不愿即行回家,遂即拣了一块湖边的白石,坐在上面。听着新秋噪晚的残蝉,便觉得在黄昏迷蒙的湖上渐有秋意了。一个人坐在几株柳树之下,看见渐远渐淡的黄昏微光,以及从远处映过来的几星灯火。天气并不十分烦热,到了晚上,觉得有些嫩凉的感触。同时也似乎因此凉意,给了我一些苍苍茫茫的没有着落的兴感。

我正自无意地想着,忽然听得柳树后面有嚓嚓的声音。在静默中,我听了仿佛有点疑惧!过了一会儿,又听得有个轻动的脚步声,在后面的苇塘里乱走。我便跳起来绕过柳树,走到后面的苇塘边下。那时模模糊糊地已不能看得清楚。但在苇芽旁边的泥堆上却有个小小的人影,我便叫了一声道:"你是谁?"

不料那个黑影却不答我。

本来这个地方是很僻静的,每当晚上,更没人在这里停留。况且,黑暗的空间越来越大,柳叶与苇叶还时时摇擦着做出微响。于是我觉得有点恐怖了,便接着又将"你是谁"三个字喊了一遍。正在我还没有回过身来的时候,泥堆上小小的黑影,却用细咽无力的声音,给我一个答语是:

"我是小顺……在这里钓……鱼。"

他后一个字,已经咽了下去,且是有点颤抖。我听这个声音,便断定是个十一二岁男孩子的声音,但我分外疑惑了,便问他道:"天已经黑了下来,水里的鱼还能钓吗?还看得见吗?"那小小的黑影又不答我。

"你在什么地方住?"

"在顺门街马头巷里。……"

由他这一句话使我听了这个弱小口音仿佛在哪里听过的,便赶近一步道:"你从前就在马头巷住吗?"

"不,"那个小男孩迅速地说,"我以前住在晏平街。……"

我于是突然把陈事记起:"哦!你不是陈家的小孩子……你爸爸不是铁匠陈举吗?"

小孩子这时已把竹竿从水中拖起,赤了脚跑下泥堆来道:"是……爸爸是做铁匠的,你是谁?"

我靠近看那个小孩子的面貌,尚可约略分清。哪里是像五六岁时候的可爱的小顺呀!满脸上乌黑,不知是泥还是煤烟。穿了一件蓝布小衫,下边露了多半部的腿,身上发出一阵泥土与汗湿的气味。他见我叫出他的名字,便呆呆地看着我。他的确不知道我是谁,的确他是不记得了。我回想小顺四五岁的时候,那时我还非常地好戏弄小孩子。每从他家门首走过,看见他同他母亲坐在那棵古干浓荫的大槐树的底下,他每每在母亲的怀中唱小公鸡的儿歌与我听。现在已经有六年多了,我也时常不在家中。但是后来听见家中人说,前街上的小顺迁居走了。这也不过是听自传说,并不知道是迁到什么地方去了。我每经过前街的时候,看看小顺的门首另换了人名的贴纸,我便觉得怅然,仿佛失掉了一件常常做我的伴的东西!在这日黄昏的冷清清的湖畔,忽然遇到他,怎不使我惊疑!尤其可怪的,怎么先时那个红颊白手的小顺,如今竟然同街头的小叫花子差不多了?他父亲是个安分的铁匠,也还可以照顾得起小孩子。哦!

我即刻将他领到我坐的白石上面，与他做详细的问答。

我就先告诉他：他几岁时我怎样常常见他，并且常引逗他喊笑。但他却懵然了。过后我便同他一问一答地谈起来。

"你的爸爸现在在哪里？"

"算在家里。……"小顺迟疑地答我。我从他呆呆目光中，看得出他对于我这老朋友有点奇怪。

"你爸爸还给人家做活吗？"

"什么？……他每天只是不在家，却也没有一次……带回钱来……做活……吗？……不知道。"

"你妈呢？"

"死了！"小顺简单而急迅地说。

我骤然为之一惊！这也是必然的，因为小顺的母亲是个瘦弱矮小的妇人，据以前我听见人家说过她嫁了十三年，生过七个小孩子，到末后却只剩小顺一个。然而想不到时间送人却这样地快！

"现在呢，家中还有谁？"

"还有妈，后来的。……"

"哦！你家现在比从前穷了吗？看你的……"

小顺果然是个自小就很聪明的孩子，他见我不客气地问起他家"穷"来，便呆呆地看着远处迷漫中的烟水，一会儿低下头去，半晌才低声说道：

"常是没有饭吃呢！我爸爸也常常不在家里。……"

"他到哪里去？"

"我不知道……可是每天早饭后才来家一次。……听说在烟馆里给人家伺候……不知道在哪里。"

说这几句话时,他是低声迟缓地对我说。我对于他家现在的情形,便多分明了了。一时的好问,便逼我更进一步向他继续问道:

"你……现在的妈多少年纪?还好呵?"

"听人家说我妈不过三十呢。她娘家是东门里的牛家。……"他说到这里,脸上仿佛有点疑惑与不安的神气。

我又问道:

"你妈还打你吗?"

"她嘛,没有工夫。……"他决绝地答。

我以为他家现在的状况,一个年轻的妇女支持他们全家的生计,自然没得有好多的工夫。

"那么她做什么活计呢?……"

"活计?……没有的,不过每天下午便忙了起来。所以也不准我在家里。……每天在晚上,这个苇塘边,我只在这里……在这里!……"

"什么?……"

小顺也会模仿成人的态度,由他小小的鼻孔中,哼了一声道:

"我家里常常是有客人去的!有时每晚上总有两三个人,有时冷清清的一个也不上门。……"

我听了这个话,有点惊颤……他却不断地向我道:

"……我妈还可以有钱做饭吃。……他们来的时候,妈便把我喊出来，不到半夜，是不叫我回去的。我爸爸他是知道的，他夜里是再不回来的。……"

我听到这里，已经明白了小顺是在一个什么环境里了。仿佛有一篇小说中的事实告诉我：一个黄而瘦弱、目眶下陷、蓬着头发的小孩子，每天只是赤着脚，在苇塘里游逛。忍着饥饿，去听鸟朋友与水边蛙朋友的言语。时而去听听苇中的风声——这自然的音乐。但是父亲是个伺候偷吸鸦片的小伙役。母亲呢，且是后母，是为了生活，去做最苦不过的出卖肉体的事。待到夜静人稀的时候，唯有星光送他回家。明日呵，又是同样的一天！这仿佛是从小说中告诉我的一般。我真不相信，我幼时常常见面的玉雪可爱的小顺，竟会到这般田地？末后，我又问他一句："天天晚上，在你家出入的是些什么样的人？"

小顺道："我也不能常看见他们，有时也可以看一眼。他们，有的是穿了灰色短衣，歪戴了军帽的；有些身上尽是些煤油气，身上都带有粗的银链子的；还有几个是穿长衫的呢，每天晚上常有三个和四个……可是有的时候一个也不上门。"

"那为什么呢？"

我觉得这种逼迫的问法，太对不起这个小孩子了。但又不能不问他。

小顺笑着向我说道："你怎么不知道呢？在马头巷那几条小道上，每家人家，每天晚上都有人去的！……"他接着又笑了，仿佛笑我一个读书人，却这样地少见少闻一般。

我觉得没有什么再问他了，而且也不忍再叫这个天真烂漫的孩子，多告诉这种悲惨的历史。他这时也像正在寻思什么一般，望着黄昏淡雾下的星光出神。

我想：果使小顺的亲妈在日怕还不至如此，然而以一个妇女过这样的生活，他的现在的妈，自然也是天天在地狱中度生活的！

家庭呵！家庭的组织与时代的迫逼呀，社会生计的压榨呀！我本来趁这场雨后为消闲到湖边逛逛的，如今许多烦扰复杂的问题又在胸中打起圈子来。

试想一个忍着饥苦的小孩子，在黄昏后独自跑到苇塘边来，消磨大半夜。又试想到他的母亲，因为支持全家的生活，而受最大且长久的侮辱，这样非人的生活！现代社会组织下贫民的无可如何的死路！我想到这里，一重重的疑闷、烦激，再坐不住，而方才湖上晚景给我的鲜明清幽的印象，早随同黑暗沉落在湖的深处了。

我知道小顺不敢在这个时候回家去，但我又不忍遗弃这个孤无伴侣的小孩子，在夜中的湖岸上独看星光。因此使我感到悲哀更加上一份踌躇。我只索同他坐在柳树下面。待要再问他，实在觉得有点不忍。同时，我静静地想到每一个环境中造就的儿童……使我对着眼前的小顺以及其他在小顺的地位上的儿童为之战栗！

正在这个无可如何的时候，突有一个急速的声音由对面传来。原来是喊的"小顺……在哪……里呵？"几个字，我不觉愕然地站起来。小顺也吓得把手中没放下的竹竿投在水里，由一边的小径上跑过去。我在迷惘中不晓得什么事突然发生。这时由苇丛对面跑过来的一个中年人的黑影,拉了小顺就走,一边走着,一边说道:"你爸爸今天晚上在烟馆子被……巡警抓了……进去,你家里……伍大爷正在那里,谁敢去得?……小孩子!……西邻家李伯伯,叫我把你喊……去……"

他们的黑影,随了夜中的浓雾,渐走渐远。而那位中年男子说话的声音也听不分明了。

我一步步地踱回家来。在浓密的夜雾中,行人少了。我只觉得胸头沉沉的,仿佛这天晚上的气压度数分外低。一路上引导我的星光,也十分暗淡,不如平常明亮。

一九二二年八月

五十元

/// 王统照

他从农场的人群里退出来,无精打采地沿着满栽着白杨树的沟沿走去。七月初的午后,太阳罩在头上如同一把火伞。一滴滴的大白汗珠子从面颊上往下滚,即时便湿透了左肩上斜搭的一条旧毛巾,可是他却忘了用毛巾抹脸。

实在,这灼热的天气他丝毫没感到烦躁,倒是心头上却像落下了一颗火弹,火弹压住了他的心,觉得呼吸十分费力。

这位快近六十的老实人,自年轻时就有安分地服从的习惯,除掉偶尔与邻居为收麦穗、为一只鸡七天能生几个蛋抬了"话杠"之外,对于穿长衣服的人他什么话都说不出。唯唯的口音与低着眉毛的表情,得到许多人的赞美。

"真安本分,……有规矩,……不糊涂,……是老当差!"这是他几十年来处处低头得到的公共主人们的好评语。

农场上,段长叫去的集会,突然给予他一次糊涂的打击。尽着想,总没有更好的办法。

"喂!老蒲,哪里来?你看,一头大汗。……"

在土沟的尽头,一段半坍的石桥上,转过一个年轻人,粗草帽,白竹布对襟褂子,粗蓝布短裤,赤着脚,很快乐地由西边来向老蒲打招呼。

"啊啊,从……从小牟家的场上来,开会,嗳!开会要枪哩。……"

"开会要枪?又不是土匪怎么筹枪?"年轻人满不在乎的神气。

"伍德,你二哥,你别装痴,你终天在街头上混,什么事你不知道?……愁人!怎么办?段长,段长说是县长前天到镇上来吩咐的,今年夏天严办联庄会,摊枪,自己有五亩地的要一杆枪。本地造的套筒。……"老蒲蹙着眉毛在树下立住了脚。

伍德从腰带上将大蒲扇取下来,一阵乱摇,脸上酱紫色的肉纹顿时一松,笑嘻嘻地道:"是啦,联庄会是大家给自己看门,枪不多什么也不中用,这是好事呀!……不逼着,谁家也不肯花钱。……"

"你说,你二哥,本地造套筒值多少钱一杆?"

"好,几个庄子都支起造炉,他们真好手艺。……我放过几回,一样同汉阳造用,准头不坏。……听说是五十块一杆,是不是?"

"倒是不错。镇上已经在三官庙里支了炉,三个铁匠赶着打,五十元一杆,还有几十粒子弹。……你二哥,事是好事,可是像咱这样人家也摊一份？你说。……"

"好蒲大爷！你别提咱，像我可高攀不上。你是有土有地的好日子，这个时候花五十块得一杆枪，还没有账算？不，怎么段长就没叫我去开会。"伍德的笑容里似含着得意，也似有嫉妒的神色，他用蒲扇扑着小杨树叶子上的蚂蚁，像对老蒲的忧愁毫不关心。

"咳！咳！现在没有公平。你说我家里有五亩的自己地？好在连种的人家的不到四亩半，二亩典契地，当得什么？五十块出在哪里？今年春天一场雹子灾，秋后怕缴不上租粮。……段长不知听谁说，一杆枪价，给我上了册子，十天以里……交钱，领枪！没有别的话。县长的公事不遵从，能行？……"这些话他从十分着急的态度中说出来，至少他希望伍德可以帮同自己说几句略抒不平的同情话。

"蒲大爷，咱……真呀，咱还是外人？想必是'家里有黄金，邻舍家有戥盘'，我若是去领枪人家还不要呢。你老人家这几年足粮足草，又在好人家里当差多年，谁不知道。你家里没有人花钱，段长他也应该有点打听吧？"

一扇子打下来一个绿叶子，他用粗硬的脚心把叶子在热土里踏碎。

老蒲这时才想起拉下毛巾来擦汗，痴瞪着朦胧的眼睛没说出话来。

"恭敬不如从命！我知道现在办联庄会多紧，局子里现拴着三四个,再不缴款听说还得游街,何况还有枪看门。叫我有五十块,准得弄一杆来玩玩。我倒是无门可看。蒲大爷,看得开吧,难道你就不怕土匪来照顾你?……哼!"

"破了我的家统统值几个大钱?"老蒲的汗珠沿着下颏、脖颈,滴得更快。

"值几个大?怎么说吧……我是土匪,我就会上你的账。还管人家大小?弄到手的便是钱。现在你还当是几年前非够票的不成?"

老蒲乍听这向来不大守本分的街猾子伍德的话,满怀不高兴,可是他说的这几句却没法驳他。五十元的出手还没处计划,果真土匪和这小子一个心眼,也给自己上了账,可怎么办?这一来,他的心中又添上一个待爆裂的火弹。

"愁什么,这世道过一天算一天,难道你老人家还想着给那两个兄弟过成财主?……"

伍德把蒲扇插入腰带,很悠闲地沿着沟沿向东逛去。

老蒲回看了一眼,更没有把他叫回的勇气,可是一时脚底下像有什么粘住抬不起腿来。头部一耸一耸地呼吸那么费事。段长的厉害面孔又重复在自己的眼前出现。向来也是镇上的熟人,论起他家来连自己不如,不过是破落户罢了,谁不知道,提画眉笼子,喝大茶叶,看车牌,是他的拿手本领。一当了段长真是有点官威了,比从前下乡验尸的县大老爷的神气还厉害。在场子里说一不二。"五十块,十天的限期,缴不到可别提咱们不是老邻居!公事公办,我担不了这份沉重。……"他大声喊叫，还用手向下砍着，仿佛刽子手的姿势。……

尽着呆想刚才的情形，不觉把如何筹款以及土匪上账的忧虑暂时放下了，段长的大架子，不容别人说话的神气，真出于这老实人的意外。

无意中向西方仰头看去，太阳已快下落了，一片赤红的血云在太阳上面罩住，他又突然吃了一惊。

在回到隔镇上里半路他家的途中，他时时向西望那片血红的云彩，怕不是好兆！他心上的火弹更是七上八下地撞击着。

老蒲的家住在镇外，却不是一个村落，正当一片松林的侧面。松林是镇上人家的古茔，他已在这片土地上住了三辈了，因为老蒲的父亲贪图在人家的空地上可以盖屋的便利，便答应着辈辈该给人家看守这座古茔。现在，这古茔的后人大半都衰落了，现在成了不止一家的公分茔地，树木经过几次的砍伐，只余下几棵空心的大柏树，又补栽了一些白杨。有几座老坟早已平塌，石碑也有许多残缺，茔里边满是茂生的青草。老蒲住在那里，名分上是看茔地，实在坟墓多已没了，也没有很多树木可以看守。几间泥墙草顶的屋子，周围用棘针插成的垣墙，破木板片的外门，门里边有一囤粮食，所有的烧草因为院子小都堆在门外边。他与一家人每当夏秋的晚间便坐在院子中大青石上说说闲话，听见老柏树与白杨唰唰嚓嚓的响声也很快活。不过镇上的人都说这座古茔里有鬼，也有人劝他搬家，老蒲却因为舍不得这片不花钱的土地，又知道屋子是搬不走的,所以永没有搬。至于什么鬼怪,不但老蒲不信,就是他家的小孩子也在黑夜里到过坟顶上去,向来是不懂得什么叫害怕。

这一天的晚饭老蒲没吃得下,可是也不说话。他的大儿子向来知道这位老人的性格,看他从镇上开会回来,眉头蹙着,时时叹气的样子,便猜个大概。不用问,须静等老人的开口,这一定是又有为难的事。第二个儿子吃过两碗小米饭后却忍不住了。

"爹,什么事?你说吧,到底又有什么事?我知道单找庄稼人的别扭!"

老蒲把黑烟管敲着小木凳,摇摇头。

"怪,咱这样人家还有什么?现在又没过兵。"

"小住,"老蒲在淡淡的月光下看看光着肩背的儿子们,重复叹一口气,"你还年轻,你哥知道得就多了,还有你老是毛头毛脑,现在不行啦,到处容易惹是非。……你知道么,我同爷爷给人家当了一辈子……两辈子了……差事,还站得住,全仗着耐住性子伺候人。不想想若是有点差错,这地方咱还住得了?……"

老蒲的寻思愈引愈远,现在他倒不急着说在镇上开会要枪的话,却借这个机会对第二个儿子开始教训。

"怎么啦?爹!我毛头毛脑,我可是老实种地,拾草,没惹人家呀。"小住才二十多岁,高身个,有的是气力,向来好打不平,不像他的大哥那样有他爹的服从性。

"不要以为好好地种地拾草便没有乱子,现在的世道,没法,没法！我已经这把年纪了，这一辈子敢保得住，谁知道日后的事。你……小住，我就是对你放不下这条心！……"

小住同他哥哥听见老人的话十分凄凉，这向来是少有的事，在他们的质朴的心中也觉得忐忑不安。

小住的大哥大名叫蒲贵，他虽然四十岁以外了，除了种地的活计什么事都不很懂得，轻易连镇上也不去。老蒲在镇上著名人家里当老听差，就把农田的事务交付他这赋有老子遗传的大儿子。小住十多岁时在小学堂毕过业，知识自然高得多。家里没有许多余钱能供给他继续上学，又等着人用，所以到十六岁也就随着大哥在田地中过着庄稼日子。不过他向来就有点刚气，又知道些国家、公民的粗浅道理，虽然他仍然是老实着做农民，却不像他爹爹和大哥那么小心了。因此，老蒲平日就对这个年轻的孩子发愁，懊悔不该叫他念那四年"洋书"。过度的忧虑便使得这位过惯了当差生活的老人对小住加紧管束，凡与外人办事都不准他出头。他的嘴好说，这是容易惹乱子的根源。老蒲伺候过两辈子做官的东家，明白是非多从口出的大道理。尤其在这几年的乡下不是从前了，动不动就抓夫、剿匪，沾一点点光，便使你家破人亡。镇上的老爷们比起捻子时候当团总的威风还大，乡村里凡是扛枪杆的年轻人更不好惹。小住既然莽撞，嘴又碎，在这个时代平日已经给老诚的爹爹添上不少的心事。今天引起了他未来的许多思虑，所以对这年轻人说了几句。

小住在淡月的树影下面坐着，一条腿蹬着凸起的树根。

"不放心,就是不放心!我,我说,大前年我要去下关东,你又不叫去……"

"小住,"他大哥很怕老人家生气,想用话阻住兄弟的议论;只叫出名字来却没得继续下去。

"哥,看你多好。爹不用说,邻舍家也都夸奖你老实。……我呢,一不做贼,二不去和土匪绑票,可是都不放心。说话不中听,什么话才中听?到处里给人家低声下气,不就是满口老爷、少爷地叫,我没长着那样嘴。干不了,谁道这就是有了罪?"

小住的口音愈说愈高,真的触动了他那容易发怒的脾气。

在平常日,老蒲一定要拍着膝盖数说这年轻人一顿,然而这时并没严厉地教训他,只是用力抽着烟,一闪一灭的火星在暗中摇动。

堂屋门口里坐着一群女人,小住的嫂子,还不到二十岁的妹妹,小侄女,这是老蒲的全家人。小住还有一个三岁的侄子早在火炕上睡了。

"你二叔,"小住的嫂子是个伶俐的乡下女人,也是这一家的主妇,因为婆婆已死去几年了。这时她调停地说:"爹替你打算还不为好?像你哥那样不中用,爹连说还不说哩。你二叔又知书识字,将来咱们这一家人还不是靠着你。爹操一辈子心,人到底是老了,你还年轻。老练老练有什么不好,本来现在真不容易,爹经历多,他是好意。"

"澄他娘,你明白,我常说我就是这么一个明白媳妇。对呀,小住。你觉得我说说你是多管闲事?……如今什么都反复了。我看不透,你就以为我看不透,罢呀,我……我究竟比你多吃了几十年煎饼,我知道像你看不起我这老不中用的!……下关东,你想想我这把年纪,还得到镇上当差,家里你哥、嫂子,咱辈辈子种地吃饭,你去关东,三年两年就背了金子回来?好容易!别把事情看得那么轻。工夫多贵,忙起来叫短工也得块把钱一天,你走了怎么办?我又没处去挣钱!咳……由着你的性子,干……干?咳!……"

老蒲向青石边上叩着烟斗,小住鼓着嘴向云彩里看月亮,不说话,他大哥更没有什么言语。

一阵风从枯柏树上吹过,在野外觉得十分凉爽。

"我不是找事呀,小住,你要明白!愁得我晚上饭都吃不下。年轻人,你们这年轻人没等我说上两句,先有那些话堵住我的嘴,正话没说,先来上一阵斗口,我发急中什么用?"

媳妇从锅里盛了一瓦罐凉米汤,端着三个粗碗放到院子里,先给老蒲盛了一大碗。

"爹,正经事,你别同二弟一般见识,说说你在镇上听见的什么事。"

"咳!只要拿得出大洋五十元就行!"老蒲说这句话,简直提不起一点精神来。

"五十元?爹,怎么还有叫咱缴五十元的?又不是土匪贴了票帖子……"小住的嫂子靠着小枣树站住了。

"这是新章程呀。段长吩咐下来：只许十天的限期，比衙门催粮还紧。"

老蒲这时才慢慢地把当天下午在小牟家农场上开会的事都报告出来，又把镇上重新分段办联庄会的经过，与他这一家分属楞大爷那一段的详细事都说给全家。末后，他又装起一袋烟吸着，像是抑压他的愁肠。

"真不是世界！情理同谁来讲，地不够也罢，钱更不用提，就说那一杆枪，爹，你好说我没有成算，你想，咱家有那么一杆枪，在这个林子边住家，有人来，就挡得住？再说，还不是给人家现现成成地预备下？……"小住提高了嗓子大声喊。

"你小声点，这个时候定得住谁在墙外。"他大哥处处是十分小心。

老蒲听第二个儿子说的这几句，却找不出话可以反驳他，自己只是被五十块大洋与十天缴不上要押起来游街的事愁昏了，倒还没想到这一层。对呀！他全家在这块茔地边住了多少年，什么事都没有，虽然前几年闹匪闹得比现在还厉害，也没曾有人来收拾他。不用躲避，也用不到防守，谁不知道他家只有二亩半的典契地，下余的几亩是佃种的。可是这一来，一杆枪也许就招了风来？不为钱还为枪；土匪只要多得一杆枪强似多添十个人。这一来，五十块大洋像是给他这棘子墙上贴了招牌，这真是凭空掉下来的祸害！即时他记起楞大爷在散会时吩咐的话——

"以后的事：谁领了枪去，镇上盖印子，不许随便送人，只可留着自己用。会上多早派着出差,连枪带人一起去。丢了枪,小心:就有通匪的罪!——不是罪,也有嫌疑。"这些话段长是在最后说的,大家因为要筹钱弄枪已经十分着急,有枪后的规则自然还不曾留心听。然而现在老蒲却把这有枪后的规则想到了。

双重的忧恐使老蒲的烟量扩大了,吃一袋又是一袋。他现在并没有话对这莽撞的年轻人讲。

"爹,你在镇上熟呀,当差这么些年,不会求人?向段长,——更向会长求求情,就算咱多捐十块八块钱,不要枪难道不行?"伶俐的大媳妇向老蒲献出了这条妙计。

"嗳!……这份心我还来得及。人老了,镇上也有点老面子,大家又看我老实,年纪大,话也比较容易说。可是我已经碰了一回钉子了。……"

"去找的会长?"小住的大哥问。

"可不是。会长不是比我的主人下一辈,他年轻,人又好说话,实在还是我从小时候看着他在奶妈的怀里长大的。自然我亲自去的……他说得也有情理。"

始终对于这件事怀抱着另一种心情的小住突然地问他爹:"什么情理?他说。"

"他是会长,他说关于各段上谁该买枪的事,有各段的段长,他管不了。……县长这次决心要严办,谁也不敢徇私。……他这么说。"

"哼!他管不着,可是咱哪里来的五亩地?果然有,咱就按章程买枪也行。"

"我说的,我当场对段长说的……不中用。段长,他以为不会叫咱花冤枉钱,调查得明明白白,都说咱这几年日子好,就算地亩不够,枪也得要。"

老蒲的破青布烟包中的烟叶都吸尽了,他机械地仍然一手捏着袋斗向烟斗里装,虽然装不上还不肯放手。

"这何苦,谁不是老邻居,怎么这样强词夺理!"大媳妇叹息着说。

接着她的丈夫在青石条上深深地吐了一口气。

"要谁说也不行,不止咱这一家。谁违背规矩就得按规矩办。镇上现下就拴着好几个。我又想谁这么狠心给咱上这笔缘簿?我处处小心,一辈子没曾说句狂话,如今还有这等事!小住,像你那个愣头愣脑的样子,早不定闯下什么乱子。……"

"哼,既然没有法,也还是得另想法借钱。也别尽着说二弟,他心里也一样地难过。"

媳妇的劝解话没说完,小住霍地站了起来。

"枪,非要不可?好!典地不吃饭也要枪!到现在跑着求人中鸟用。来吧,有枪谁不会放,有了枪我干。出差,打人,也好玩。这年头有也净,没有也净,爹,你想什么?"

"钱呢?"他大哥说出这两个没力气的字。

小住冷笑了一声,没说出弄钱的方法来。即时一片乌黑的云头将淡淡的月亮遮住,风从他们头上吹过,似乎要落雨。

黑暗中没有一点点亮光，老蒲呆呆地在碎石子上叩着铜烟斗。他们暂时都不说什么话。

隔着老蒲家借了款子领到本地造步枪以后的一个月。

刚刚过了中秋节两天的夜间。

近来因为镇上忙着办起大规模的联庄会，骤然添了不少的枪支，又轮流着值班看门。办会的头目们时时得到县长的奖许，而地方上这个把月内没出什么乱子，所以都很高兴。中秋节的月下他们开了一个盛大的欢筵，喝了不少的白干酒，接着在镇上一个有女人的俱乐部里打整宿牌，所有的团丁们也得过酒肉的节赏，大家十分欢畅。这一夜是一位小头目在家里请会长和本段段长吃酒，接续中秋夜的余兴。恰好这夜宴的所在距离老蒲当差的房子只有百十步远，不过当中隔着一道圩门。自从天还没黑，这条巷口来了十几个背盒子枪、提步枪的团丁，与那些头领们的护兵，他们的主人早在那家人家里猜拳行令了。像这等事是巷子中不常有的热闹，女人站在门前交谈着头领们的服装，小孩子满街追着跑，连各家的几条大狗也在人群里蹿出蹿进。老蒲这天正没回到镇外的自己家里，一晚上的事他都看得清楚。

从巷子转过两个弯，不远，就是圩墙的一个炮台所在。向来晚上就有几个守夜的人住在上边。因为头领们的护兵们没处去，便都聚在这距墙外地面有将近三丈高的石炮台里：赌纸牌，喝大叶茶，消遣他们的无聊时间。

像是夜宴早已预备着通宵，那家的门户大开着，从里面传出来的胡琴四弦子的乐器与许多欢呼狂叫的声音，炮台上的人都可以听得到。

约莫是晚上十点钟以后了。老蒲在他当差住的那间小屋子里吹灭了油灯打算睡觉。自从七月中旬以来他渐渐得了失眠症，这是以前没有的事。他感到老境的逼迫与惆恍的悲哀，虽没用使利钱，幸亏自己的老面子借来的五十元大洋，到月底须要还清。而秋天的收成不很好，除掉人工吃食之外，还不知够不够上租粮的粮份。大儿子媳妇虽然是拼命干活，忙得没有白天黑夜，中什么用！债钱与租粮从哪里可以找得出？小住空空地学会放步枪的本事却格外给老蒲添上一层心事。种种原因使得他每个夜间总不能安睡，几十天里原是苍色的头发已变白了不少。

月光从破纸的窗棂子中映进来，照在草席上，更使他觉得烦扰。而隔着几道墙的老爷们的快乐声音却偏向自己的耳朵里进攻。这老人敞开胸间的布衣纽扣，一只手抚摸着根根突起的肋骨，俯看着屋子中的土地。一阵头晕几乎从炕上滚下来，方要定定神再躺下，忽地在南方，啪啪……啪，什么枪声连续响起。接着巷子里外狗声乱咬，也有人在跑动，他本能地从炕上跳下来便往门外跑。

"上炮台！上炮台！是从南面来的。"几个团丁直向巷子外蹿跳。

没睡的男女都出来看是什么事。

炮台上的砖垛子下面有几十个人头拥挤着向外看，有些胆小的人便在圩墙底探听信息。这时正南面的枪声听得很清,不是密集的子弹声,每隔几分钟响一回,从高处隐约还听得见叫骂的口音。

住在巷子的人家晓得即有乱子也是圩墙外面,好在大家都没睡觉,有的是团丁、枪弹,土匪没有大本领,不敢攻进镇来,所以都不是十分害怕。独有老蒲自从他当差的屋子跑出之后,他觉得在心口上,存放的两颗火弹现在已经爆发了!来不及做什么思索,一股邪劲把他一直提到圩墙上的炮台垛子下面,那些把着枪杆的年轻团丁都蹲在墙里,他却直立在垛子后面向前看。

月亮刚出,照着田野与镇外稀疏的树木。天上有一层白云,淡淡地把银光笼住,看不很清。但一片野狗的吠声,在南方偏西,一道火光,咪咪子弹的红影从那面射出,不错,在南方偏西,就是他家,看守的老茔地旁边!子弹的来回线像在对打,并不是由一方射出的,一片嘘声,听得见,像有不少的围攻者。

老蒲看呆了。一个不在意几乎把半截上身向砖垛子外掉下去,幸亏一个团丁从身后拉了他一把。

"咦!老大叔,你呀。好大胆,快蹲下来……蹲下!枪子可没有眼。不用看了,那不是你家里遭了事?一准,响第一枪我就看清楚了。……"

老蒲像没听明白这个团丁的劝告,他直着嗓子叫:

"救人呀!……救!……兄弟爷们,毁了!……家里还有两个小孩子……救呀!……"

"少叫,你小心呀!枪子高兴从那面打过来。"

那个热心的团丁硬把老蒲拉下了一层土阶。

"枪……枪,你看看,你们就是看热闹。放呀,放,打几十枪把土匪……轰下去就好了。"他的口音简直不是平常的声音了。

"蒲大叔,这不行!你得赶快去找会长,咱们在这里听吩咐。究竟是什么事?不敢说来了多少人,又不知道,快去……快请头目来看看,准有主意。……不是还没散席?"

有力的提示把这位被火弹炸伤的老人提醒了,一句话不说,转身从土甬道上向下跑,两条腿格外加劲,平日一上一下他还得休息着走,这时就算跌下去他也觉不出来。

没用老蒲到那家夜宴的去处相请,几个头目,还有本段的段长都跑过来,手里都提着扳开机钮的盒子枪。

他们的酒力早已被这阵连续的枪声吓了下去。随着几个护兵一起爬上炮台,老蒲喘吁吁地跟在他们的身后。

他们都齐声说这一定是对蒲家的包围,闪闪的火光与一耀耀的手电灯在那片老柏树与白杨树的周围映现。

有人提议快冲出十几个团丁去与他们对打,可以救护老蒲一家人的性命,可是接着另一个头目道:

"快到半夜了,你知道人家来了多少人?是不是对咱们使的'调虎离山计'?"

又一个的迟疑的口气:"他们敢这么硬来,在那几条路口准有卡子。"

几个瞪着大眼的团丁听这些头目们两面的议论,都不知要怎么办。

老蒲已经在圩墙上跪下了。

"老爷们……兄弟们……救人啊!……看我那两个小孩子的身上!只有我这把不中用的老骨头活着干什么用!"他要哭也哭不出声来。

"不行!这不是讲情面的时候,你敢保得住一开圩门土匪冲不进来?镇里头多少性命,多少枪支,好闹着玩?救人,不错,你先吓糊涂了,谁敢担这个干系?好……你再去找会长,还在那客屋里,看他有什么主意。"

一个三十多岁的头目人给老蒲出了这个主意。

原来是管领老蒲的本段段长:"来,咱一同去,快,这真不是玩!……"

"老爷……楞大爷办联庄会,不是说过,外面一有事……打接应?我家里就是那杆本地造的枪!……"老蒲急得直跳,说出这样大胆的话。

"快下去,拉他去见会长。谁同你在这个时候讲章程去!……"有人把老蒲从后面推着,重复蹲下了圩墙。

就在这时,外面树林子旁边闪出了几个火把,枪声也格外密了,子弹如天空中的飞哨,东西地混吹着。

不久火光由小而大,烧得那些干透的秫秸、木材响成一片。

"了不得,这完了!放起火来,老蒲这一家人毁了!……"

有的团丁也十分着急，可是没得命令，既不敢出圩门，又不能胡乱放枪。

枪声继续不断地响，火头在那片茅草屋顶上尽烧，映得炮台上的各个面孔都发红。

及至老蒲与段长领下会长的命令爬上炮台，斜对面的火已经烧成一座小小的火山了，屋梁的崩塌与稀疏的枪声应和着。

段长大张了口传达命令："只准在圩墙上放几十枪，不能开门出去打。……"

久已等躁了的团丁与他们的护兵们这时都得上劲，啪啪砰砰的步枪与盒子枪弹很密集地向火山的周围射击。

时候已经快到早晨的一点了。

炮台上的射手正在很兴奋地做无目的的攻击时，老蒲却倒在他们的脚下，因为他第三次上来，看见自己家屋上的火光便晕过去了。

两排密集枪弹攻击之后，接着另一个团丁吹起集合号。凄厉的号声惊起了全镇中的居民，即时树林子旁边的枪声停了，似乎土匪怕镇上的民团、联庄会真要出去，他们便善退了。

幸而火山没再向四外爆发，不久火头也渐渐下落。

没天明，老蒲醒来，再三哀求才得开放圩门，到灰烬的屋子中去看看。第一个同他去的却是那著名的街猾子伍德。

接着自然是镇上有枪的头目们，领了队伍去勘察一切。

勘察的结果：老蒲家的东西除掉被烧毁外的，什么也没丢失，棘子垣墙与木板门变成了一片灰土,屋子的房顶全露着天,牛棚烧光了,土墙坍塌了两大段。屋子中,老蒲的大儿子躺在土地上,左额角上一个黑血窟窿,大张着口早断了气。小住斜倚在土炕前面,不能动,左腿上被流弹穿透,幸而没伤着筋骨。那杆本地造的步枪横靠在他的大腿上,子弹袋却是空空的了。

女人们都在另一间的地上吓昏了,没有伤损,唯有炕上学着爬的老蒲的小孙子屁股上穿进一颗子弹,孩子脸色土黄,连哭也不会了。

除了有死有伤的人口,院中一个存粮小囤、干草堆,全被这场火灾化净。

事情过后镇上出了不少的议论:有人说老蒲确是"慢藏诲盗",不要看他自己装穷;有的断定是寻仇,不是为了财物;然而多数人的推测是土匪要去筹枪!这一家人,死的死了,伤的还不能动,究竟是为了什么,自然也说不出来。

会长与那些终天拿着枪杆的年轻人,却都同声称许小住的本领。他只有一杆本地造的步枪,不到一百粒的子弹,他哥一定是用的扣刨的土炮,这样土匪便攻不进去,还得发火,谁说办联庄会不行?当初买枪不愿意,现在可救了急!没有这杆枪怕不都得死?……也许绑一个去,老蒲那个破费可更大了。……尤其是镇上的头领们经过这次的试验之后,知道本地造的木枪真能用,放几排子弹,炸不了,工人的手段真高妙,不亚于兵工厂里的机器货。他们在当天开过一次谈话会,报县,搜匪,合剿,加紧防守,末后一条决议是老蒲的这次意外事，日后由会上送他几十元的安家费。

一切进行很顺利，过了两天大家便似乎忘了这场惨劫，渐渐地少人谈论了。

老蒲家三辈子安住的茔地旁边的房子不能再住了，更盖不起，也没有再与土匪开仗的胆力。抱着火弹烧裂的胸膛，老人到处求面子说情，求着搬到镇里一间农场上的小团屋子暂住。

一个月后，小住的腿伤痊愈，只是他那小侄子的屁股红肿烂发，经过镇上洋药房的三次手术取出子弹来，终于因为孩子太小，流血过多，整整三十五天，这无罪无辜的小生命随着他的老诚的爹到土底下去了。

又是一次的医药费几十元。

旧债还不了，添上新的，转典了二亩的地价，老蒲总算把这场横祸搪过去。虽然他的伶俐的媳妇还病着不能起身，据医生说，他可放心，不至于有第三条人命了。

会上的捐赠是一句话，过了这许久并没有下文。别人都说还得老蒲自己去认真叩求那些头领们才是合乎次序的办法。但向来是服从规矩的老蒲却有下面的答复：

"罢……我……人死得起！两个呀，两条性命送了人，这几十块钱我还能昧心去使……昧心去使！这……"这老实人现在能说这两句话了。

独有那杆本地造的步枪，老蒲每见它倚在门后，眼都气得发红。有一天他叫小住肩着这不祥的祸根,自己领着去缴还段长,说是枪钱不提了,这个东西会上可以收留,好在他家现在不住在野外,更用不到。

"哪能行!这个例子开不得,东缴、西缴,有事谁还出差,咱大家的会不完了?在这里住,你们到时候也得扛枪呀,你这老糊涂,没有它,小住的性命还到今天?……哈哈!……"于是小住便只好又肩着这不祥的祸根到那间团屋子中去。

深秋到了。

老蒲再不能给人当差,他不能吃多饭,一个人愣着花眼看天,咕咕哝哝地不知自己对自己说些什么话,耳朵也聋了许多。小住自从腿伤好后,因为自家的典地转典出去还了债,虽然还种着人家的,可是到这个时候田地里也没有甚活计。他不常在家。他只得了镇上人们的赞许,枪法、胆气,这样那样的好评语,能够使他怎样呢?现在家里十分困难,有时每天只能吃一顿早饭,他这年轻有力的小伙子是受不了半饱的虐待的。

他常常与伍德在各处混,好在老蒲如今再没有心思去管他的闲事了。

自从伍德把小住从灰堆里背出来,那时起,小住知道这个年轻人不只是一个无产无业的街猾子了。虽然人人烦恶他多嘴多舌,小住却与他十分投合。自从家里没了活计,又是在悲惨困苦中数着日子过,小住觉得再也忍不下去。

某夜,没明天,正落着凄冷白露,镇上人家都没开门。小住家的团屋外面有人吹着口哨,小住马上从屋里跳出来。

"伍德,你都办好了?……"他慌张地问。

"你真是雏子,这不好办,我与他们哪个不是拉膀子、打屁股,还有不成?这不是……"他从小破夹袄里摸索出尺多长的一件铁东西。

"还有子弹……快取出来,咱有投奔,我不是都交代好了?……"

小住返身进去,从单扇门后头提过了那杆拼命的步枪。

"就是……他老人家……"小住对着小窗眼抹着眼泪。

"你能养活他?……不能,就远处去。……回来也许有人请你当队长。"……伍德永远是好说趣话。

"快……绳子都拴好了,再晚怕碰见人便缒不出去。……"

小住什么话也不说,随着他的新生活的指引者向密层的露点中走去。

第二天,镇上东炮台的看守丢了一杆盒子枪、一袋子弹,而老蒲家的五十块大洋买来的祸根子也与小住同时不见了。

一九三三年七月十五日

春桃

/// 许地山

这年的夏天分外地热。街上的灯虽然亮了,胡同口那卖酸梅汤的还像唱梨花鼓的姑娘耍着他的铜碗。一个背着一大篓字纸的妇人从他面前走过,在破草帽底下虽看不清她的脸,当她与卖酸梅汤的打招呼时,却可以理会她有满口雪白的牙齿。她背上担负得很重,甚至不能把腰挺直,只如骆驼一样,庄严地一步一步踱到自己门口。

进门是个小院,妇人住的是塌剩下的两间厢房。院子一大部分是瓦砾。在她的门前种着一棚黄瓜,几行玉米。窗下还有十几棵晚香玉。几根朽坏的梁木横在瓜棚底下,大概是她家最高贵的坐处。她一到门前,屋里出来一个男子,忙帮着她卸下背上的重负。

"媳妇,今儿回来晚了。"

妇人望着他,像很诧异他的话。"什么意思?你想媳妇想疯啦？别叫我媳妇，我说。"她一面走进屋里，把破草帽脱下，顺手挂在门后，从水缸边取了一个小竹筒向缸里一连舀了好几次，喝得换不过气来，张了一会儿嘴，到瓜棚底下把篓子拖到一边，便自坐在朽梁上。

那男子名叫刘向高。妇人的年纪也和他差不多，在三十左右，娘家也姓刘。除掉向高以外，没人知道她的名字叫作春桃。街坊叫她作捡烂纸的刘大姑，因为她的职业是整天在街头巷尾垃圾堆里讨生活，有时沿途嚷着"烂字纸换取灯儿"。一天到晚在烈日冷风里吃尘土，可是生来爱干净，无论冬夏，每天回家，她总得净身洗脸。替她预备水的照例是向高。

向高是个乡间高小毕业生，四年前，乡里闹兵灾，全家逃散了，在道上遇见同是逃难的春桃，一同走了几百里，彼此又分开了。

她随着人到北京来，因为总布胡同里一个西洋妇人要雇一个没混过事的乡下姑娘当"阿妈"，她便被荐去上工。主妇见她长得清秀，很喜爱她。她见主人老是吃牛肉，在馒头上涂牛油，喝茶还要加牛奶，来去鼓着一阵臊味，闻不惯。有一天，主人叫她带孩子到三贝子花园去，她理会主人家的气味有点像从虎狼栏里发出来的，心里越发难过，不到两个月，便辞了工。到平常人家去，乡下人不惯当差，又挨不得骂，上工不久，又不干了。在穷途上，她自己选了这捡烂纸换取灯儿的职业，一天的生活，勉强可以维持下去。

向高与春桃分别后的历史倒很简单，他到涿州去，找不着亲人，有一两个世交，听他说是逃难来的，都不很愿意留他住下，不得已又流到北京来。由别人的介绍，他认识胡同口那卖酸梅汤的老吴，老吴借他现在住的破院子住，说明有人来赁，他得另找地方。

他没事做，只帮着老吴算算账，卖卖货。他白住房子白做活，只赚两顿吃。春桃的捡纸生活渐次发达了，原住的地方，人家不许她堆货，她便沿着德胜门墙根来找住处。一敲门，正是认识的刘向高。她不用经过许多手续，便向老吴赁下这房子，也留向高住下，帮她的忙。这都是三年前的事了。他认得几个字，在春桃捡来和换来的字纸里，也会抽出些少比较能卖钱的东西，如圆片或某将军、某总长写的对联、信札之类。二人合作，事业更有进步。向高有时也教她认几个字，但没有什么功效，因为他自己认得的也不算多，解字就更难了。

他们同居这些年，生活状态，若不配说像鸳鸯，便说像一对小家雀罢。

言归正传，春桃进屋里，向高已提着一桶水在她后面跟着走。他用快活的声调说：

"媳妇，快洗罢，我等饿了。今晚咱们吃点好的，烙葱花饼，赞成不赞成？若赞成，我就买葱酱去。"

"媳妇，媳妇，别这样叫，成不成？"春桃不耐烦地说。

"你答应我一声，明儿到天桥给你买一顶好帽子去。你不说帽子该换了么？"向高再要求。

"我不爱听。"

他知道妇人有点不高兴了,便转口问:"到底吃什么?说呀!"

"你爱吃什么,做什么给你吃。买去罢。"

向高买了几根葱和一碗麻酱回来,放在明间的桌上。春桃擦过澡出来,手里拿着一张红帖子。

"这又是哪一位王爷的龙凤帖!这次可别再给小市那老李了。托人拿到北京饭店去,可以多卖些钱。"

"那是咱们的。要不然,你就成了我的媳妇啦?教了你一两年的字,连自己的姓名都认不得!"

"谁认得这么些字?别媳妇媳妇的,我不爱听。这是谁写的?"

"我填的。早晨巡警来查户口,说这两天加紧戒严,哪家有多少人,都得照实报。老吴叫我们把咱们写成两口子,省得麻烦。巡警也说写同居人,一男一女,不妥当。我便把上次没卖掉的那份空帖子填上了。我填的是辛未年咱们办喜事。"

"什么?辛未年?辛未年我哪儿认得你?你别捣乱啦。咱们没拜过天地,没喝过交杯酒,不算两口子。"

春桃有点不愿意,可还和平地说出来。她换了一条蓝布裤。上身是白的,脸上虽没脂粉,却呈露着天然的秀丽。若她肯嫁的话,按媒人的行情,说是二十三四的小寡妇,最少还可以值得一百八十的。

她笑着把那礼帖搓成一长条,说:"别捣乱!什么龙凤帖,烙饼吃了罢了。"

她掀起炉盖把纸条放进火里,随即到桌边和面。

向高说:"烧就烧罢,反正巡警已经记上咱们是两口子;若是官府查起来,我不会说龙凤帖在逃难时候丢掉的么?从今儿起,我可要叫你作媳妇了。老吴承认,巡警也承认,你不愿意,我也要叫。媳妇嗳!媳妇嗳!明天给你买帽子去,戒指我打不起。"

"你再这样叫,我可要恼了。"

"看来,你还想着那李茂。"向高的神气没像方才那么高兴。他自己说着,也不一定要春桃听见,但她已听见了。

"我想他?一夜夫妻,分散了四五年没信,可不是白想?"春桃这样说。她曾对向高说过她出阁那天的情形。花轿进了门,客人还没坐席,前头两个村子来人说,大队兵已经到了,四处拉人挖战壕,吓得大家都逃了,新夫妇也赶紧收拾东西,随着大众望西逃。同走了一天一宿。第二宿,前面连嚷几声"胡子来了,快躲罢",那时大家只顾躲,谁也顾不了谁。到天亮时,不见了十几个人,连她丈夫李茂也在里头。她继续方才的话说:"我想他一定跟着胡子走了,也许早被人打死了。得啦,别提他啦。"

她把饼烙好了,端到桌上。向高向砂锅里舀了一碗黄瓜汤,大家没言语,吃了一顿。吃完,照例在瓜棚底下坐坐谈谈。一点点的星光在瓜叶当中闪着。凉风把萤火送到棚上,像星掉下来一般。晚香玉也渐次散出香气来,压住四围的臭味。

"好香的晚香玉!"向高摘了一朵,插在春桃的鬓上。

"别糟蹋我的晚香玉。晚上戴花,又不是窑姐儿。"她取下来,闻了一闻,便放在朽梁上头。

"怎么今儿回来晚啦?"向高问。

"吓!今儿做了一批好买卖!我下午正要回家,经过后门,瞧见清道夫推着一大车烂纸,问他从哪儿推来的;他说是从神武门甩出来的废纸。我见里面红的、黄的一大堆,便问他卖不卖;他说,你要,少算一点装去罢。你瞧!"她指着窗下那大篓,"我花了一块钱,买那一大篓!赔不赔,可不晓得。明儿捡一捡得啦。"

"宫里出来的东西没个错。我就怕学堂和洋行出来的东西,分量又重,气味又坏,值钱不值,一点也没准。"

"近年来,街上包东西都作兴用洋报纸。不晓得哪里来的那么些看洋报纸的人。捡起来真是分量又重,又卖不出多少钱。念洋书的人越多,谁都想看看洋报,将来好混混洋事。"

"他们混洋事,咱们捡洋字纸。"

"往后恐怕什么都要带上个洋字,拉车要拉洋车,赶驴更赶洋驴,也许还有洋骆驼要来。"向高把春桃逗得笑起来了。

"你先别说别人。若是给你有钱,你也想念洋书,娶个洋媳妇。"

"老天爷知道,我绝不会发财。发财也不会娶洋婆子。若是我有钱,回乡下买几亩田,咱们两个种去。"

春桃自从逃难以来,把丈夫丢了,听见乡下两字,总没有好感想。她说:"你还想回去?恐怕田还没买,连钱带人都没有了。没饭吃,我也不回去。"

"我说回我们锦县乡下。"

"这年头,哪一个乡下都是一样,不闹兵,便闹贼;不闹贼,便闹日本,谁敢回去?还是在这里捡捡烂纸罢。咱们现在只缺一个帮忙的人。若是多个人在家替你归着东西,你白天便可以出去摆地摊,省得货过别人手里,卖漏了。"

"我还得学三年徒弟才成,卖漏了,不怨别人,只怨自己不够眼光。这几个月来我可学了不少。邮票哪种值钱哪种不值,也差不多会瞧了。大人物的信札手笔,卖得出钱卖不出钱,也有一点把握了。前几天在那堆字纸里捡出一张康有为的字,你说今天我卖了多少?"他很高兴地伸出拇指和食指比画着,"八毛钱!"

"说是呢!若是每天在烂纸堆里能捡出八毛钱就算顶不错,还用回乡下种田去?那不是自找罪受么?"春桃愉悦的声音就像春深的莺啼一样。她接着说:"今天这堆准保有好的给你捡。听说明天还有好些,那人叫我一早到后门等他。这两天宫里的东西都赶着装箱,往南方运,库里许多烂纸都不要。我瞧见东华门外也有许多,一口袋一口袋陆续地扔出来。明儿你也打听去。"

说了许多话,不觉二更打过。她伸伸懒腰站起来说:"今天累了,歇吧!"

向高跟着她进屋里。窗户下横着土炕,够两三人睡的。在微细的灯光底下,隐约看见墙上一边贴着八仙打麻雀的谐画,一边是烟公司"还是他好"的广告画。春桃的模样,若脱去破帽子,不用说到瑞蚨祥或别的上海成衣店,只到天桥搜罗一身落伍的旗袍穿上，坐在任何草地，也与"还是他好"里那摩登女差不上下。因此，向高常对春桃说贴的是她的小照。

她上了炕，把衣服脱光了，顺手揪一张被单盖着，躺在一边。向高照例是给她按按背，捶捶腿。她每天的疲劳就是这样含着一点微笑，在小油灯的闪烁中，渐次得着苏息。

在半睡的状态中，她喃喃地说："向哥，你也睡罢，别开夜工了，明天还要早起咧。"

妇人渐次发出一点微细的鼾声，向高便把灯灭了。

一破晓，男女二人又像打食的老鸹，急飞出巢，各自办各的事情去。

刚放过午炮，什刹海的锣鼓已闹得喧天。春桃从后门出来，背着纸篓，向西不压桥这边来。在那临时市场的路口，忽然听见路边有人叫她："春桃，春桃！"

她的小名，就是向高一年之中也罕得这样叫唤她一声。自离开乡下以后，四五年来没人这样叫过她。

"春桃，春桃，你不认得我啦？"

她不由得回头一瞧，只见路边坐着一个叫花子。那乞怜的声音从他满长了胡子的嘴发出来。他站不起来，因为他两条腿已经折了。身上穿的一件灰色的破军衣，白铁纽扣都生了锈，肩膀从肩章的破缝露出，不伦不类的军帽斜戴在头上，帽章早已不见了。

春桃望着他一声也不响。

"春桃，我是李茂呀！"

她进前两步,那人的眼泪已带着灰土透入蓬乱的胡子里。

她心跳得慌,半晌说不出话来,至终说:"茂哥,你在这里当叫花子啦?你两条腿怎么丢啦?"

"嗳,说来话长。你从多咱起在这里呢?你卖的是什么?"

"卖什么!我捡烂纸咧。……咱们回家再说罢。"

她雇了一辆洋车,把李茂扶上去,把篓子也放在车上,自己在后面推着。一直来到德胜门墙根,车夫帮着她把李茂扶下来。进了胡同口,老吴敲着小铜碗,一面问:"刘大姑,今儿早回家,买卖好呀?"

"来了乡亲啦。"她应酬了一句。

李茂像只小狗熊,两只手按在地上,帮助两条断腿爬着。她从口袋里拿出钥匙,开了门,引着男子进去。她把向高的衣服取一身出来,像向高每天所做的,到井边打了两桶水倒在小澡盆里叫男人洗澡。洗过以后,又倒一盆水给他洗脸。然后扶他上炕坐,自己在明间也洗一回。

"春桃,你这屋里收拾得很干净,一个人住吗?"

"还有一个伙计。"春桃不迟疑地回答他。

"做起买卖来啦?"

"不告诉你就是捡烂纸么?"

"捡烂纸?一天捡得出多少钱?"

"先别盘问我,你先说你的罢。"

春桃把水泼掉,理着头发进屋里来,坐在李茂对面。

李茂开始说他的故事：

"春桃，唉，说不尽哟！我就说个大概罢。

"自从那晚上叫胡子绑去以后，因为不见了你，我恨他们，夺了他们一杆枪，打死他们两个人，拼命地逃。逃到沈阳，正巧边防军招兵，我便应了招。在营里三年，老打听家里的消息，人来都说咱们村里都变成砖瓦地了。咱们的地契也不晓得现在落在谁手里。咱们逃出来时，偏忘了带着地契。因此这几年也没告假回乡下瞧瞧。在营里告假，怕连几块钱的饷也告丢了。

"我安分当兵，指望月月关饷，至于运到升官，本不敢盼。也是我命里合该有事：去年年头，那团长忽然下一道命令，说，若团里的兵能瞄枪连中九次靶，每月要关双饷，还升差事。一团人没有一个中过四枪；中，还是不进红心。我可连发连中，不但中了九次红心，连剩下那一颗子弹，我也放了。我要显本领，背着脸，弯着腰，脑袋向地，枪从裤裆放过去，不偏不歪，正中红心。当时我心里多么快活呢。那团长叫把我带上去。我心里想着总要听几句褒奖的话。不料那畜生翻了脸，愣说我是胡子，要枪毙我！他说若不是胡子，枪法绝不会么准。我的排长、队长都替我求情，担保我不是坏人，好容易不枪毙我了，可是把我的正兵革掉，连副兵也不许我当。他说，当军官的难免不得罪弟兄们，若是上前线督战，队里有个像我瞄得那么准，从后面来一枪，虽然也算阵亡，可值不得死在仇人手里。大家没话说，只劝我离开军队，找别的营生去。

"我被革了不久,日本人便占了沈阳;听说那狗团长领着他的军队先投降去了。我听见这事,愤不过,想法子要去找那奴才。我加入义勇军,在海城附近打了几个月,一面打,一面退到关里。前个月在平谷东北边打,我去放哨,遇见敌人,伤了我两条腿。那时还能走,躲在一块大石底下,开枪打死他几个。我实在支持不住了,把枪扔掉,向田边的小道爬,等了一天、两天,还不见有红十字会或红十字会的人来。伤口越肿越厉害,走不动又没吃的喝的,只躺在一边等死。后来可巧有一辆大车经过,赶车的把我扶了上去,送我到一个军医的帐幕。他们又不瞧,只把我扛上汽车,往后方医院送。已经伤了三天,大夫解开一瞧,说都烂了,非用锯不可。在院里住了一个多月,好是好了,就丢了两条腿,我想在此地举目无亲,乡下又回不去;就说回去得了,没有腿怎能种田?求医院收容我,给我一点事情做,大夫说医院管治不管留,也不管找事。此地又没有残废兵留养院,迫着我不得不出来讨饭,今天刚是第三天。这两天我常想着,若是这样下去,我可受不了,非上吊不可。"

春桃注神听他说,眼眶不晓得什么时候都湿了。她还是静默着。李茂用手抹抹额上的汗,也歇了一会儿。

"春桃,你这几年呢?这小小地方虽不如咱们乡下那么宽敞,看来你倒不十分苦。"

"谁不受苦?苦也得想法子活。在阎罗殿前,难道就瞧不见笑脸?这几年来,我就是干这捡烂纸换取灯儿的生活,还有一个姓刘的同我合伙。我们两人，可以说不分彼此，勉强能度过日子。"

"你和那姓刘的同住在这屋里？"

"是，我们同住在这炕上睡。"春桃一点也不迟疑，她好像早已有了成见。

"那么，你已经嫁给他？"

"不，同住就是。"

"那么，你现在还算是我的媳妇？"

"不，谁的媳妇，我都不是。"

李茂的夫权意识被激动了。他可想不出什么话来说。两眼注视着地上，当然他不是为看什么，只为有点不敢望着他的媳妇。至终他沉吟了一句："这样，人家会笑话我是个活王八。"

"王八？"妇人听了他的话，有点翻脸，但她的态度仍是很和平。她接着说："有钱有势的人才怕当王八。像你，谁认得？活不留名，死不留姓，王八不王八，有什么相干？现在，我是我自己，我做的事，决不会玷着你。"

"咱们到底还是两口子，常言道，一夜夫妻百日恩——"

"百日恩不百日恩我不知道。"春桃截住他的话，"算百日恩，也过了好十几个百日恩。四五年间，彼此不知下落；我想你也想不到会在这里遇见我。我一个人在这里，得活，得人帮忙。我们同住了这些年，要说恩爱，自然是对你薄得多。今天我领你回来，是因为我爹同你爹的交情，我们还是乡亲。你若认我做媳妇，我不认你，打起官司，也未必是你赢。"

李茂掏掏他的裤带，好像要拿什么东西出来，但他的手忽然停住，眼睛望望春桃，至终把手缩回去撑着席子。

李茂没话，春桃哭。日影在这当中也静静地移了三四分。

"好罢，春桃，你做主。你瞧我已经残废了，就使你愿意跟我，我也养不活你。"李茂到底说出这英明的话。

"我不能因为你残废就不要你，不过我也舍不得丢了他。大家住着，谁也别想谁是养活着谁，好不好？"春桃也说了她心里的话。

李茂的肚子发出很微细的咕噜咕噜声音。

"噢，说了大半天，我还没问你要吃什么！你一定很饿了。"

"随便罢，有什么吃什么。我昨天晚上到现在还没吃，只喝水。"

"我买去。"春桃正踏出房门，向高从院外很高兴地走进来，两人在瓜棚底下撞了个满怀。"高兴什么？今天怎样这早就回来？"

"今天做了一批好买卖！昨天你背回的那一篓，早晨我打开一看，里头有一包是明朝高丽王上的表章，一份至少可卖五十块钱。现在我们手里有十份！方才散了几份给行里，看看主儿出得多少，再发这几份。里头还有两张盖上端明殿御宝的纸，行家说是宋家的，一给价就是六十块，我没敢卖，怕卖漏了，先带回来给你开开眼。你瞧……"他说时，一面把手里的旧蓝布包袱打开，拿出表章和旧纸来。"这是端明殿御宝。"他指着纸上的印纹。

"若没有这个印，我真看不出有什么好处，洋宣比它还白咧。怎么官里管事的老爷们也和我一样不懂眼？"春桃虽然看了，却不晓得那纸的值钱处在哪里。

"懂眼?若是他们懂眼,咱们还能换一块几毛么?"向高把纸接过去,仍旧和表章包在包袱里。他笑着对春桃说:"我说,媳妇……"

春桃看了他一眼,说:"告诉你别管我叫媳妇。"

向高没理会她,直说:"可巧你也早回家。买卖想是不错。"

"早晨又买了像昨天那样的一篓。"

"你不说还有许多么?"

"都叫他们送到晓市卖到乡下包落花生去了!"

"不要紧,反正咱们今天开了光,头一次做上三十块钱的买卖。我说,咱们难得下午都在家,回头咱们上什刹海逛逛,消消暑去,好不好?"

他进屋里,把包袱放在桌上。春桃也跟进来。她说:"不成,今天来了人了。"说着掀开帘子,点头招向高,"你进去。"

向高进去,她也跟着。"这是我原先的男人。"她对向高说过这话,又把他介绍给李茂说,"这是我现在的伙计。"

两个男子,四只眼睛对着,若是他们眼球的距离相等,他们的视线就会平行地接连着。彼此都没话,连窗台上歇的两只苍蝇也不作声。这样又叫日影静静地移一二分。

"贵姓?"向高明知道,还得照例地问。

彼此谈开了。

"我去买一点吃的。"春桃又向着向高说,"我想你也还没吃罢？烧饼成不成？"

"我吃过了。你在家，我买去罢。"

妇人把向高拖到炕上坐下，说："你在家陪客人谈话。"给了他一副笑脸，便自出去。

屋里现在剩下两个男人，在这样情况底下，若不能一见如故，便得打个你死我活。好在他们是前者的情形。但我们别想李茂是短了两条腿，不能打。我们得记住向高是拿过三五年笔杆的，用李茂的分量满可以把他压死。若是他有枪，更省事，一动指头，向高便得过奈何桥。

李茂告诉向高，春桃的父亲是个乡下财主，有一顷田。他自己的父亲就在他家做活和赶叫驴。因为他能瞄很准的枪，她父亲怕他当兵去，便把女儿许给他，为的是要他保护庄里的人们。这些话，是春桃没向他说过的。他又把方才春桃说的话再述一遍，渐次迫到他二人切身的问题上头。

"你们夫妇团圆，我当然得走开。"向高在不愿意的情态底下说出这话。

"不，我已经离开她很久，现在并且残废了，养不活她，也是白搭。你们同住这些年，何必拆？我可以到残废院去。听说这里有，有人情便可进去。"

这给向高很大的诧异。他想，李茂虽然是个大兵，却料不到他有这样的侠气。他心里虽然愿意，嘴上还不得不让。这是礼仪的狡猾，念过书的人们都懂得。

"那可没有这样的道理。"向高说,"叫我冒一个霸占人家妻子的罪名,我可不愿意。为你想,你也不愿意你妻子跟别人住。"

"我写一张休书给她,或写一张契给你,两样都成。"李茂微笑诚意地说。

"休?她没什么错,休不得。我不愿意丢她的脸。卖?我哪儿有钱买?我的钱都是她的。"

"我不要钱。"

"那么,你要什么?"

"我什么都不要。"

"那又何必写卖契呢?"

"因为口讲无凭,日后反悔,倒不好了。咱们先小人,后君子。"

说到这里,春桃买了烧饼回来。她见二人谈得很投机,心下十分快乐。

"近来我常想着得多找一个人来帮忙,可巧茂哥来了。他不能走动,正好在家管管事,捡捡纸。你当跑外卖货。我还是当捡货的。咱们三人开公司。"春桃另有主意。

李茂让也不让,拿着烧饼望嘴送,像从饿鬼世界出来的一样,他没工夫说话了。

"两个男人,一个女人,开公司?本钱是你的?"向高发出不需要的疑问。

"你不愿意吗?"妇人问。

"不,不,不,我没有什么意思。"向高心里有话,可说不出来。

"我能做什么？整天坐在家里，干得了什么事？"李茂也有点不敢赞成。他理会向高的意思。

"你们都不用着急，我有主意。"

向高听了，伸出舌头舐舐嘴唇，还吞了一口唾沫。李茂依然吃着，他的眼睛可在望春桃，等着听她的主意。

捡烂纸大概是女性中心的一种事业。她心中已经派定李茂在家把旧邮票和纸烟盒里的画片捡出来。那事情，只要有手有眼，便可以做。她合一合，若是天天有一百几十张卷烟画片可以从烂纸堆里捡出来，李茂每月的伙食便有了门。邮票好的和罕见的，每天能捡得两三个，也就不劣。外国烟卷在这城里，一天总销售一万包左右，纸包的百分之一给她捡回来，并不算难。至于向高还是让他捡名人书札，或比较可以多卖钱的东西。他不用说已经是个行家，不必再受指导。她自己干那吃力的工作，除去下大雨以外，在狂风烈日底下，是一样地出去捡货。尤其是在天气不好的时候，她更要工作，因为同业们有些就不出去。

她从窗户望望太阳，知道还没到两点，便出到明间，把破草帽仍旧戴上，探头进房里对向高说："我还得去打听宫里还有东西出来没有。你在家招呼他。晚上回来，我们再商量。"向高留她不住，便由她走了。

好几天的光阴都在静默中度过。但二男一女同睡一铺炕上定然不很顺心。多夫制的社会到底不能够流行得很广。其中的一个缘故是一般人还不能摆脱原始的夫权和父权思想。由这个，造成了风俗习惯和道德观念。老实说，在社会里，依赖人和掠夺人的，才会遵守所谓风俗习惯；至于依自己的能力而生活的人们，心目中并不很看重这些。像春桃，她既不是夫人，也不是小姐；她不会到外交大楼去赴跳舞会，也没有机会在隆重的典礼上当主角。她的行为，没人批评，也没人过问；纵然有，也没有切肤之痛。监督她的只有巡警，但巡警是很容易对付的。两个男人呢，向高诚然念过一点书，含糊地了解些圣人的道理，除掉些少名分的观念以外，他也和春桃一样。但他的生活，从同居以后，完全靠着春桃。春桃的话，是从他耳朵进去的维他命，他得听，因为于他有利。春桃叫他不要嫉妒，他连嫉妒的种子也都毁掉。李茂呢，春桃和向高能容他住一天便住一天，他们若肯认他做亲戚，他便满足了。当兵的人照例要丢一两个妻子。但他的困难也是名分上的。

向高的嫉妒虽然没有，可是在此以外的种种不安，常往来于这两个男子当中。

暑气仍没减少，春桃和向高不是到汤山或北戴河去的人物。他们日间仍然得出去谋生活。李茂在家，对于这行事业可算刚上了道，他已能分别哪一种是要送到万柳堂或天宁寺去做糙纸的，哪一样要留起来的，还得等向高回来鉴定。

春桃回家，照例还是向高侍候她，那时已经很晚了，她在明间里闻见蚊烟的气味，便向着坐在瓜棚底下的向高说："咱们多会儿点过蚊烟，不留神，不把房子点着了才怪咧。"

向高还没回答,李茂便说:"那不是熏蚊子,是熏秽气,我央刘大哥点的。我打算在外面地下睡。屋里太热,三人睡,实在不舒服。"

"我说,桌上这张红帖子又是谁的?"春桃拿起来看。

"我们今天说好了,你归刘大哥。那是我立给他的契。"声从屋里的炕上发出来。

"哦,你们商量着怎样处置我来!可是我不能由你们派。"她把红帖子拿进屋里,问李茂,"这是你的主意,还是他的?"

"是我们俩的主意。要不然,我难过,他也难过。"

"说来说去,还是那话。你们都别想着咱们是丈夫和媳妇,成不成?"

她把红帖子撕得粉碎,气有点粗。

"你把我卖多少钱?"

"写几十块钱做个彩头。白送媳妇给人,没出息。"

"卖媳妇,就有出息?"她出来对向高说,"你现在有钱,可以买媳妇了。若是给你阔一点……"

"别这样说,别这样说。"向高拦住她的话,"春桃,你不明白。这两天,同行的人们直笑话我……"

"笑你什么?"

"笑我……"向高又说不出来。其实他没有很大的成见,春桃要怎办,十回有九回是遵从的。他自己也不明白这是什么力量。在她背后,他想着这样该做,那样得照他的意思办;可是一见了她,就像见了西太后似的,样样都要听她的懿旨。

"噢,你到底是念过两天书,怕人骂,怕人笑话。"

自古以来,真正统治民众的并不是圣人的教训,好像只是打人的鞭子和骂人的舌头。风俗习惯是靠着打骂维持的。但在春桃心里,像已持着"人打还打,人骂还骂"的态度。她不是个弱者,不打骂人,也不受人打骂。我们听她教训向高的话,便可以知道。

"若是人笑话你,你不会揍他?你露什么怯?咱们的事,谁也管不了。"

向高没话。

"以后不要再提这事罢。咱们三人就这样活下去,不好吗?"一屋里都静了。吃过晚饭,向高和春桃仍是坐在瓜棚底下,只是不像往日那么爱说话。连买卖经也不念了。

李茂叫春桃到屋里,劝她归给向高。他说男人的心,她不知道,谁也不愿意当王八;占人妻子,也不是好名誉。他从腰间拿出一张已经变成暗褐色的红纸帖,交给春桃,说:"这是咱们的龙凤帖。那晚上逃出来的时候,我从神龛上取下来,揣在怀里。现在你可以拿去,就算咱们不是两口子。"

春桃接过那红帖子,一言不发,只注视着炕上破席。她不由自主地坐下,挨近那残废的人,说:"茂哥,我不能要这个,你收回去罢。我还是你的媳妇。一夜夫妻百日恩,我不做缺德的事。今天看你走不动,不能干大活,我就不要你,我还能算人吗?"

她把红帖也放在炕上。

李茂听了她的话,心里很受感动。他低声对春桃说:"我瞧你怪喜欢他的,你还是跟他过日子好。等有点钱,可以打发我回乡下,或送我到残废院去。"

"不瞒你说,"春桃的声音低下去,"这几年我和他就同两口子一样活着,样样顺心,事事如意;要他走,也怪舍不得。不如叫他进来商量,瞧他有什么主意。"她向着窗户叫,"向哥,向哥!"可是一点回音也没有。出来一瞧,向哥已不在了。

这是他第一次晚间出门。她愣一会儿,便向屋里说:"我找他去。"

她料想向高不会到别的地方去。到胡同口,问问老吴。老吴说望大街那边去了。她到他常交易的地方去,都没找着。人很容易丢失,眼睛若见不到,就是渺渺茫茫无寻觅处。快到一点钟,她才懊丧地回家。

屋里的油灯已经灭了。

"你睡着啦?向哥回来没有?"她进屋里,掏出洋火,把灯点着,向炕上一望,只见李茂把自己挂在窗棂上,用的是他自己的裤带。她心里虽免不了存着女性的恐慌,但是还有胆量紧爬上去,把他解下来。幸而时间不久,用不着惊动别人,轻轻地抚揉着他,他渐次苏醒回来。

杀自己的身来成就别人是侠士的精神。若是李茂的两条腿还存在,他也不必出这样的手段。两三天以来,他总觉得自己没多少希望,倒不如毁灭自己,叫春桃好好地活着。春桃于他虽没有爱,却很有义。她用许多话安慰他,一直到天亮。他睡着了,春桃下炕,见地上一些纸灰,还剩下没烧完的红纸。她认得是李茂曾给他的那张龙凤帖,直望着出神。

那天她没出门。晚上还陪李茂坐在炕上。

"你哭什么?"春桃见李茂热泪滚滚地滴下来,便这样问他。

"我对不起你。我来干什么?"

"没人怨你来。"

"现在他走了,我又短了两条腿……"

"你别这样想。我想他会回来。"

"我盼望他会回来。"

又是一天过去了,春桃起来,到瓜棚摘了两条黄瓜做菜,草草地烙了一张大饼,端到屋里,两个人同吃。她仍旧把破帽戴着,背上篓子。

"你今天不大高兴,别出去啦!"李茂隔着窗户对她说。

"坐在家里更闷得慌。"

她慢慢地踱出门。做活是她的天性,虽在沉闷的心境中,她也要干。中国女人好像只理会生活,而不理会爱情,生活的发展是她所注意的,爱情的发展只在盲闷的心境中沸动而已。自然,爱只是感觉,而生活是实质的,整天躺在锦帐里或坐在幽林中讲爱经,也是从皇后船或总统船运来的知识。春桃既不是弄潮儿的姊妹,也不是碧眼胡的学生,她不懂得,只会莫名其妙地纳闷。

一条胡同过了又是一条胡同。无量的尘土,无尽的道路,涌着这沉闷的妇人。她有时嚷"烂纸换洋取灯儿",有时连路边一堆不用换的旧报纸,她都不捡。有时该给人两盒取灯儿,她却给了五盒。胡乱地过了一天,她便随着天上那班只会嚷嚷和抢吃的黑衣党慢慢地踱回家。仰头看见新贴上的户口照,写的户主是刘向高妻刘氏,使她心里更闷得厉害。

刚踏进院子,向高从屋里赶出来。

她瞪着眼,只说:"你回来……"其余的话用眼泪连续下去。

"我不能离开你,我的事情都是你成全的。我知道你要我帮忙。我不能无情无义。"其实他这两天在道上漫散地走,不晓得要往哪里去。走路的时候,直像脚上扣着一条很重的铁镣,那一面是扣在春桃手上一样。加以到处都遇见"还是他好"的广告,心情更受着不断的搅动,甚至饿了他也不知道。

"我已经同向哥说好了。他是户主,我是同居。"

向高照旧帮她卸下篓子,一面替她抹掉脸上的眼泪,他说:"若是回到乡下,他是户主,我是同居。你是咱们的媳妇。"

她没有作声,直进屋里,脱下衣帽,行她每日的洗礼。买卖经又开始在瓜棚底下念开了。他们商量把宫里那批字纸卖掉以后,向高便可以在市场里摆一个小摊,或者可以搬到一间大一点点的房子去住。

屋里,豆大的灯火,叫从瓜棚飞进去的一只油葫芦扑灭了。李茂早已睡熟,因为银河已经低了。

"咱们也睡罢。"妇人说。

"你先躺去,一会儿我给你捶腿。"

"不用啦,今天我没走多少路。明儿早起,记得做那批买卖去,咱们有好几天不开张了。"

"方才我忘了拿给你。今天回家,见你还没回来,我特意到天桥去给你带一顶八成新的帽子回来。你瞧瞧!"他在暗里摸着那帽子,要递给她。

"现在哪里瞧得见!明天我戴上就是。"

院子都静了,只剩下晚香玉的香还在空气中游荡。屋里微微地可以听见"媳妇"和"我不爱听,我不是你的媳妇"等对答。

家风

/// 孙俍工

一

谨报

贵府老太夫人萧氏节孝可风由同乡京官联名呈请褒扬奉内务部总长汇入四年第二届呈蒙

大总统题给节励冰霜匾额悬挂并赏授银质褒章佩带及证书收执

仍准自行建坊

内务部警卫传达所

这是一张用黄绫裱好的报单,挂在中堂的右壁。正中悬着红地金字的长方匾额一方,"节励冰霜"四个大字嵌在上面,已经成了暗淡色，匾额下面挂着一幅三茅祖师法印印成的福字。下面香桌上供着一尊古白瓷的观音大士坐像。

这正是春天的一个早晨，太阳的光辉很和暖地从高墙上射过来掠过院子里一棵常青树的顶上；几只晨雀在树枝中间穿来穿去啁晣地叫着。这时就有一缕清越的檀香的香气从中堂里飘溢出来，渐渐地浸遍了，天井中蓬勃着的花草，堂内的小磬声也咚咚地响了三下，接连着就是一片宣诵的声音。

"……南无大慈大悲。救苦救难。广大灵感观世音菩萨。

"南无佛。南无法。南无僧。怛只哆。唵。伽啰伐哆。伽啰伐哆。伽诃伐哆。啰伽伐哆。啰伽伐哆。沙诃。天罗神。地罗神。人离难。难离身。一切灾殃化为尘。……"

发出这种宣诵的声音的是一位快要满七十岁的老太太。伊的体格很是高大，好像有一种勇健的如男子一般的气魄存在伊的少年的时期里，而且曾经用了这个气魄去抵抗了一个不可抗的势力一般；虽然伊现在门牙也脱尽了，耳朵有些重听，眼睛也有些儿短视。

伊是一个节妇。伊的一生过的是一种孤寂的悲哀的生活。伊过着这种生活是从十九岁的时候开始的。伊的丈夫死时，伊的生父母看见伊这样年青，都想把伊领回家去再嫁；只是伊的婆家原是独生子，自然承宗接嗣的观念是决不肯放弃的，所以就苦苦地把伊留住。于是伊的孤寂的悲哀的生活遂开始了。

起初，伊的婆家留住伊。原打算抚养别房的孩子拿来继桃嗣续。上帝的旨意，和伊的不可挽救的命运，叫伊生了一个遗腹男，这在伊婆家当然是天幸。所以当时伊的公公时常很诚恳地带了眼泪对伊说："我的最有孝道的儿媳呀，你的苦心，为了我的薄命的儿子，为了我的弱小的孙子，为了这个没有福气的我，——你是为了我的一家，你虽然是吃着人家所未曾吃过的苦，你的心却是可以不朽的！……在我这副老骨头未落土以前，我总要尽我的力为你建立一个石牌坊，才算是对得住你，并且我的地下未曾瞑目的薄命的儿子……"一个石牌坊，伊的命运从此就永远陷在这个无底的悲哀的深坑里了。

伊诵观音咒是从四十八岁伊的遗腹的独生子夫妇双双死去的那一年起首的。伊的儿子和儿媳因了一种奇症死去以后，遗下两个孙子和一个孙女，于是伊又揩干眼泪重新负着母亲的责任。在那个时期伊可算是伊丈夫死后一个最不幸而又最悲哀的时期；所以从那时起立意修行向善，以图解脱人世苦恼，便于每日早起宣诵观音咒七遍，并从那时起不茹荤酒，不杀害生命，这样的生活，伊差不多过了二十年了。

伊宣诵的时候，总是很诚谨地闭目关心地长跪在蒲凳上。宣诵的声音甚低细，有时且至于听不出字音来，但一发声，便是一种尖锐而迅速到几乎不可追及的音调。每宣诵一遍，便要伏在蒲凳上深深地默祷片刻。伊默默地祷告道：

"……孽女子，未知前世造下何种冤孽，苦难在身，此生未得解脱；今发大愿，哀恳大士慈悲……超度孽女子生生世世不入轮回。……"

　　伊默祷时，伊的眼泪总是往心里如潮水一般地倒流着。虽然是在那默祷的一刹那，伊也能够把一生最苦最悲的痕影一一回忆起来很清白地印在伊的脑子里，——涌现在伊的心坎里。在这一刹那，苦痛与悲哀透过了伊的躯体，浸遍了伊的生命，渗入了伊的灵魂，直到伊默祷完毕重复宣诵着"南无大慈大悲救苦救难……"的时候，那苦痛与悲哀的痕影才渐渐地从心坎里消失去；伊微微启着眼帘一晃那暗淡的金字，更加得到意外的慰安；一想到现在正在筹划兴工建筑的石牌坊，伊的前途更加地光明，又几乎要把伊一生所受的苦痛与悲哀的事迹忘记净尽。

　　十分钟以后，伊宣诵完毕了。

　　伊宣诵完毕深深地在蒲凳上拜了三拜，立起来，又走到大门口默祝了一会儿，然后慢慢踱到客堂里来。这间客堂，名目上虽是会客用的，但实际上不如说是老太太读经休息的处所和食堂还来得切实。房中陈设很简单，只旧式方桌两张，玻璃橱一个。玻璃橱摆在窗户的对面，两张方桌，一张朱红色的摆在中央，只是吃饭时用得着；另一张摆在靠近由中堂进去这门的窗子下面。这桌上很杂乱地堆着几本破旧的《太上感应篇》《金刚经》《佛说阿弥陀经》《般若波罗蜜多心经》，和用粉红纸誊抄的《往生净土神咒》《大悲咒》《观音大士咒》《准提咒》，以及《观音菩萨十二月修行歌》《十叹无常》《百岁修行》《古佛劝世良言》等木版刊印的小册子。这时老太太坐在这桌子旁边一张蒙着西狗皮的睡椅上面,很安静地休息着。

常青树上的晨雀已渐渐飞去,天井里花草中的香气也飘散了。

二

"你看的是哪一个写给你的信?——不是你弟弟写回来的那封么?"老太太对着一个很年青的女子问道。

这位很年青的女子,就是老太太的孙女,志清。

我们在前说过,在老太太的遗腹子死去以后,遗下两个孙子和一个孙女。两个孙子一个名叫学仁,是法政专门的毕业生,一个名叫学智,是工业专门学校的学生;志清是最近从女子专科师范毕业回来的,伊是一个极时派的女子,伊的祖母极不喜欢伊的言语和举动,早已把伊许配了人家;但是伊很不高兴,已另外同一个大学的学生发生了恋爱。伊现在坐在桌子旁边拿着一封信在那里细细地阅看,这封信就是伊的爱人寄来的。但伊怕老太太看见,随即把那信折好收在怀中了。

"不是,不是,是一个同学写给我的。"志清回答伊的祖母说,急忙地摇头。

"你哥哥前回在家时,接到你弟弟一封信,很气愤愤地看了,不知那信内写了些什么!我问他,他又不肯念给我听。……你可以念给我听吗?他们的信,写的字总是那么小的,又是草字……老来的眼,到底看不清,而且也看不懂他们说的是怎么一回事!我找出来,你念给我听听罢!……"

老太太一面说，一面站起来，走到玻璃橱前面，从那里取出一大包的信来递给志清，又补足伊的语气说：

"不过我忘记是哪一封了。你在这中间找找看，我记得是一个黄色而且很厚的信封，你细心地看，总可以找着的，如果不是你哥哥带到北京去了！"

"让我找找看，好，看是怎么一回事！怎么会愤愤的！我找出来念给奶奶听罢！"志清把信接在手里说。

"好，还是我的志清好！学仁，你哥哥，凭我怎样说好话，怎样央求，他总是不肯……而且叫我不要给你仲爽叔。"

这时老太太一面看着志清把那一大包的信一封一封地打开来细细地看下去，一面自己尽管在那里想着伊的堂侄仲爽为伊正在筹划进行的伟大而光荣的事业，就是伊的节孝牌坊。

伊的节孝牌坊，说起来也就有点麻烦了。

本来这样一桩伟大而光荣的事业，应该早有成就的，断不至到了现在还是在那里筹划进行。不过这位老太太的命运实在艰蹇得很！不但是伊的自身，就是这个牌坊的厄运也很够受的了。第一在伊的公公去世的时候，第二在伊的遗腹子夫妇双双死去的时候，第三是民国四年的那一年，伊的堂侄仲爽把伊数十年辛苦积下来的二千元预备来作牌坊建筑费的，挪去买了一个知事缺的时候，这次的筹备，要算是第四次了。这次的筹备，也不能算作乐观；虽然仲爽和伊的大孙子学仁两个很高兴，然而学智和志清可以说是完全立于反对地位的，而且就是学仁也未必有多大的诚心，难保不为仲爽第二,再把那笔建筑费拿了去运动差缺呢!总之,牌坊每经一次厄运,这位老太太的痛苦与悲哀也就增加一层;牌坊的建筑能成功与否,还在不可知的境地,然而老太太的痛苦与悲哀已然一层一层地高起来,堆在伊的生命的路途上,无论怎样,也不能大踏步地跨过去的了!

当这位老太太正在想着伊的前途、节孝牌坊的前途的时候,志清早已把这样一封信看完。

我亲爱的哥哥:

我看了你的信,知道祖母的节孝牌坊,你和仲爽真的要筹备建筑起来了。你们这种举动,异常地使我失望,使我悲哀,使我恐惧,使我猛烈地感到你们的不可医救的懒怠,堕落,腐败的性根的存在,终竟成了人类前进的路途上一个极危险的暗礁。何等地可怕呵!

你们的根据,是"不建坊不足以尊崇国家的教令,发扬祖母的光荣"。但是我要问你们,国家是什么?国家的教令,有尊崇的价值吗?非人道的节孝也有发扬的必要吗?我真实地告诉你们罢!国家这两个字,原只是少数资本家和官僚的保险公司的名称,彼的基础是建立在大多数人们的血肉上面的,已根本不能得到现代的我们的承认了;何况彼所发出来的欺人的教令?原只是为保存彼的尊严而发的,原只是愚蔽人们的工具,原只是断丧人们天性的利斧,原只是束缚人们自由的铁链：你们何以竟迷信到这地步！……至于非人道的节孝，彼在历史上所遗留的只有罪孽，只有被光荣蒙盖着的血与泪！我看着我家中所悬挂的"节励冰霜"四字，已经够痛心的了！你们却还要把人家的血和泪去取媚官僚！哥呀，仲爽的知事已做过了，现在你又要来走他的现成的路……你们这种举动，何等地可怕！

总之，仲爽的顽固，腐败，原是意中事，不足为怪！可怪的只是你，一个刚到三十岁的人，你的脑筋怎么就会这样腐败得快！所以我现在对于你，而且对于家庭，都失望到了极顶！你们再也不要望我来附和你们，为你们撑持门面！我要准备我的热力，扩张我的理想，同不人道的你们宣战！

一九二三，一，四，你的弟学智

志清看完，觉得这样一封信，虽然在道理上没有什么说不去，但是万不能把彼念给这样年老的祖母听的，便急忙地把彼折好插在信封里去；现在又抽出第二封信来看了。

哥哥：

你答复我的信接到了。

你对于我前回那一封信很不满意，我早已料到了；并不必待你的回信我才得知道。

你说我近来满口谈的是脱离家庭，反抗国家，这是不错的！因为似现在这样的家庭，这样的国家，无法使我不能不谈到脱离，谈到反抗。你又说我的话太理想，而且脱离反抗的思想是悖谬，这也是真实的情事！因为你们现在方且以那逞着猛兽本能的掠夺阶级为正义，方且以那侮蔑人道奴隶人们的强权阶级为公理，方且崇拜那假借道义以取得个人荣誉的圣人贤人，方且钦扬那凭借礼法以鱼肉平民的官僚领袖：——这样实在也无法使我不能不悖谬了。

……

哥哥呀，我要对你说了！我要老实地对你说，你的顽固而腐败的思想，实在已经侵占了一个很长的时期，我觉得你的消灭的时期应该到了。"人到三十岁，便如死了一般，没有丝毫希望了"，这话对于你们看来已经成了定理。你今年已是二十九岁，转眼三十便到。这是你的可怕的时期。我以为你到了这个时期，你自己尽可以宣布你是一个可怜的人，是一个仅有肉体而没有灵魂的人；你到了这个时期，你尽可以不要再来占据我的空间，不要管理我的世界，不要梦想着享受支配我的权利！

哥哥呀，你已经是个法政毕业生，你已经有了一门高尚的职务，你的地位已经安全极了！你对于社会上一切畸形的制度风俗一点也没有感觉到不平和不安，你已经同那老不死的仲爽同化了，你哪能不说我的话是太理想的呢！哥哥呀，现在社会上也有因为他们自己惰性太深的缘故，而说世界上本来没有甚理想的；也有因为他们要发展自己的惰性而妨害别人的理想的；什么太理想！妒嫉罢了！堕落罢了！……

志清刚看到这里，老太太忍耐不住了。

"你找着了那信吗？是一个黄色洋纸的……呃，怕就是你手中拿的那一封罢！"老太太说着指着志清手中所持着的信封。志清这时心里急了，不等看完那信，就把来折好插在信封里，一面回答伊的祖母，用了别的言辞遮盖着。

"不是，不是，奶奶！……这封信，来得很早呢！这几封信内，都没有什么使我哥哥发脾气的语句，大概那一封信，惹起他发脾气的，想已被他随带到北京去，或者是撕毁了？"

"这也许是的。你的弟弟学智，是一个坏脾气，我从小把他养大，我还不知道吗？想必是有什么不好的话把你哥哥冲闯了。"

老太太说完，并不追究那些少年人的琐事，便忽然想到《古佛劝世良言》里有两句话道："世人好似一孤舟，撑来撑去几时休。"什么坏脾气好脾气，斤斤计较，实在是多事。于是随手把《观音菩萨十二月修行歌》拿到手里，坐在那原来的椅上一字一字慢慢地用了很尖细的音调读下去了。

三

时间过去了。夜色已经笼罩住了世界上的一切。

这时在老太太的会客室里便有一个三十七八岁已来的人，同伊大声谈论着。这个人名字叫作德全，原是老太太的内侄孙。他满面长着麻斑，右颊还有一块灰黑色的疤子，是从胎里带来的。人家都说他前生是富贵人家的骄儿，是在幼儿期内夭殇的；前生的父母，舍不得他死，故意把他面上涂了一个记号，以便来生去认识。所以在他小时，他的父母时常把他密藏起来，不是至亲好友，不让见他，恐怕他的前生父母看见了，会养不大的。说虽奇怪，但他们也有他们所持的理由，不过我们没有那多的闲暇的工夫去领悟就是了。他的声音极粗大，虽是稍微有点重听的人，也不见有什么困难，所以老太太很乐意同他谈话。

"……真好！乐家新雕的一座送子观音。"德全坐在老太太的桌子对面，很正经地说，一面抽着旱烟。

"罗家的送子观音是飞来的，不知从什么地方！那时候正是咸丰年间，长发坐南京的时候。"老太太满面堆着笑容。

"不是罗家，是乐家，花牌楼乐五老爷家里……"

"啊，花牌楼乐家！我听错了。我怕是鼓楼罗家。……真真，老来昏聩了！罗家的送子观音飞来的时候，我还小得很呢！真灵验，真显圣！在罗家！"

"显圣，真灵验！乐五老爷到了五十岁没有生过少爷，从前年二月十九日起发心吃观音斋……前年二月十九，去年二月十九，今年二月十九，不到三个足年头，他的三姨奶奶竟于前个月生一位又肥又胖的……"他一面说着，口中的烟雾不断地吐出来在空中弥漫着。

"真灵验！"老太太发出很简的赞语，心中安慰到十二分。

德全接着说:"真是一个活观音送来的,乐五老爷便又发心雕了一座送子观音像。今天行的安座礼!……善恶到头终有报!善是善,恶是恶,分毫不差!"他说到后面,声音更粗更大,几乎要把老太太这个小小的会客室震破。

"果然,分毫不差!"

"唔,灵……"他机械似的说着,早已把一部《太上感应篇图说》拿在手里,要做着他平日的功课,为姑老太太讲故事了。

"男不忠良,女不柔顺……"他把《太上感应篇》翻开。老太太好似没有听他的话,却把手中一本半新的小书递了过去。

"这是一本《何仙姑宝卷》,吕祖师度何仙姑因果卷,人家今天送来的。这书我原有一本的,在多年以前,后来不知被谁借去没还。……也是一本很好的善书,你看——"

"哦!"

他顺手接过来,先把卷首吕祖度何祖图像细心赏玩了一番。只见吕洞宾穿着八卦道衣,执着拂尘帚,腾身在云表,何仙姑很虔诚地长跪在元和堂药铺门首;他心想这真是一幅神灵感应的好图画,不由得发生了无限的敬仰。他随手翻到第六页上有几行用了朱笔连圈着的"……要前不思,后不想,无我相,无人相,无众生相,无寿者相,非有非无,一差无差……"口里哼出一声"是!很好!"接连着就讲《太上感应篇》。

"男不忠良,女不柔顺;不和其室,不敬其夫……今晚讲到这一句。"

"不敬其夫"这时触动了这位老太太了。

我们知道伊的生活，除了伊在十八岁至十九岁的那一年中间曾经同着伊丈夫居住过以外，这五十年来，原只是过那孤独的生活。伊心想：夫是应该敬的，不错，那么似伊一样五十年来都是过的孤独的寂寞的生活，又将怎样说呢？

德全大声地把注解念道：

"夫者妇之天，终身所归依，安可不敬！……"

他念完原文，又加以自己的意思来解释一番。接着又把下面的按语同样地高声读下去。他读一句，这位重听的老太太也应一声，虽然伊对于他所说的字句有些并没有听清楚。

现在他拖长粗大的嗓子念道："虔州周志大，为广南县尹。"

"县尹，比民国的知事要小。"老太太插了一句。同时伊的脑子里显出一个曾经挪了伊的修牌坊的二千元去买知事缺的仲爽的影像。

德全并没有理会伊的话，只继续读下去。

"有二女——长适……"

"功名富贵都是假，轮回受苦实难挨！"伊想到仲爽那样无聊的举动，不免有点恼怒起来了。但是德全仍旧没有理会伊，仍是正经往下念。

"长适同邑蹉贾之子赵邺侯，次字同官吴遵道之子庆郎。遵道殁于任，妻亦继殂！……"

"一朝大限来到，万般事务一齐丢。"老太太又背了两句劝世文，并叹了一口气，补足一句。

"可怜，庆郎怎样了！"

"自然，是可怜！"他继续说，"庆郎贫苦无依，志大欲悔婚，屈于众议，不得已将庆郎入赘，相待甚薄。其次女复不贤，视郎如仆……独侍女轻红识庆郎为非常人，早晚殷勤照管。……"

他读到这里，又把上面圈了密圈的似通非通的眉批，大声加劲念道：

"识为非常人，便晓得词华字学，将来为翰院中人了，便是夫人的眼力。"

"真是好人，轻红，这婢子不错！"老太太叹息道。

"好人真难得，世上好人少，坏人多！"德全这时大发议论了，"要真正的好人，才能到西天去，是不是呢？姑老太太，你说——"

"呃，真的！能够到西天去的人才是金刚不化的人。……我家的二伯母，你是知道的，不——你也该听见说过。"

"是，听见过的。"

这时德全已知道姑老太太听书有点疲倦，已把《太上感应篇》丢置在一旁，重行抽着他的旱烟。同时他正在回忆一个在他小时他母亲时常说起的故事。

有一个女人，伊是孝子，又是烈妇，曾经两次把自己的肉割下来给人家当药吃。一次是为伊的丈夫在病危的时候，医生说，那病是不可医治的，除非得到一片人肉来做药引。那女人便祷告天地，鲜血淋淋地把自己手臂上的肉割下一大块，亲自煎了给伊丈夫吃下，病就好了。又有一次，就是伊母亲病得厉害的时候，医生说是须得人肝为引，那病方才有救。那女人竟也同样地祷告天地，血淋淋地把自己的肝脏剥出来割下一小块，煎给伊母亲吃下，病立刻就好了。伊后来足活到九十六岁，一点也没有病就死去了。死去的那一天，伊亲自沐浴好，穿上诰封的衣服，吩咐家人说伊要去了。那时人家还听见天上吹打鼓乐的声音呢！这正是姑老太太所说的二伯母了。他回忆到这里，不觉得便叫了出来。

"那位孝妇，烈妇，真是活佛，真是天上的星宿下凡！死后，不是成仙去了，也该投胎在一个大富大贵的人家，一定是女转男身……"

"真的，善恶到头……"老太太说了半句便不作声了；默忆着自己的寂寞的艰塞的一生，默想着自己的将来，自己的来世的福利，在微笑之后，又引长着声音叹息了一回。

德全很会意，接着把伊的话续下去道：

"呃——终有报，这是丝毫也不相差的。"

谈论的声音渐渐歇息了。沉寂忽然充满了这客堂里。唯有老太太时而发出一种短促的叹息，德全口中的烟气也仍旧不时地吐出来，在空中弥漫着。

第二天清早，在老太太诵完观音咒以后，伊的堂侄仲爽来了。

他是一个五十来岁的绅士,前清的举人,曾在高邮做过六个月的知事,现在是从他的原籍南通来报告老太太筹备建筑牌坊的消息的。

老太太问:"筹备到怎样了?"

"照目下预定,只要时局安静,准清明节后,土石一齐兴工……"仲爽把头点了几下,表示郑重到十二分。

"好,一齐兴工……但是——"老太太嗒然说,伊的态度好似有点兴奋,又好似极其冷淡的样子。

"大概不到一年工夫,总可成功,也应该成功了!也应该成功了!"仲爽重复地说。

"但是,仔细想来,我觉得世事很少意味,何必探求?何必斤斤两两地计较……"老太太越发显出沉闷的样子。

仲爽没有明白老太太的意思,又反过他的语气说:"不过——如果不当着什么民国的时代,'圣旨旌表'的节孝牌坊,早已成功了!怎奈一个非驴非马的民国,'上无道揆,下无法守',弄得礼义沦亡,廉耻道丧……唉,说什么……'礼义廉耻,国之四维;四维不张,国乃灭亡……'"

仲爽说到这里脸庞上的青筋膨胀了,语气也越发急促。但是老太太没有十分睬他。因为一来伊的耳本来有点重听;二来,伊对于仲爽说的话,终竟有几分的意义不甚懂。

"不知学智又闹什么了!小孩子,脾气真坏!"伊插上了一句。伊立刻便想到世上很缺乏一种安命守己同伊一样的人;似现在世间一切的人，都是怀着由斤斤两两计较得来的个人的福利而生活着的，对于世界有什么样一种用处呢？

"脾气真坏，有谁不这样！现在中国的一班青年，胡闹得太不成事体！什么脱离家庭，打破礼教，提倡男女自由……均是亡国败家的朕兆！世道人心，何等地可忧！……"仲爽深深地叹息了一回。这时志清已从里面卧房走来，手中拿着几张法国裸体名画。

老太太注视着志清说："男大须婚，女大须嫁，这是古来的常礼。……"

仲爽加紧跟上说一句道："男子治外，女子治内，也是常例；只要不违背礼教，未尝不能自由，而且权也未尝不平！……"

"不错的！"老太太接连地点头，"这是很公平的！朱家的孩子，也是大学生，人品又好，并没有什么差错，——瞎眼或是跛足，有什么不如意呢？……志清，我的好孩子，你允许了我罢！你的岁数已经到了，你不要老是仗着你小时候那样脾气；你依从了我，择个吉日，把事情办完，免得我悬心吊胆地不安！你是读书的人，应该比一般的女子更明白些！男大须婚，女大须嫁，难道古来那么长久的年代，都把这句话错认了么？"

老太太慢慢地说着，泪珠已经装满了眼帘。但是志清把头一扭，就回到内房里去了。

老太太无可奈何，只叹了一口长气。

"似这样——"仲爽延长着语调，显出怒不可遏的老态，"不闹到灭天理绝人伦的地步，不闹到人非人国非国的世界。不能够放手的。"

这时老太太哭了。

室中空气顿觉严肃起来,几乎同死一样的严肃!

最后只有老太太叫出一声:"家风坏了!"

一九二三年九月

怯弱者

/// 夏丏尊

阴历七月中旬,暑假快将过完。他因在家乡住厌了,就利用了所剩无几的闲暇,来到上海。照例耽搁在他四弟行里。

"老五昨天又来过了,向我要钱,我给了他十五块钱。据说前一会浦东纱厂为了五卅事件,久不上工,他在领总工会的维持费呢。唉,可怜!"兄弟晤面了没有多少时候,老四就报告幼弟老五的近况给他听。

"哦!"他淡然地说。

"你总只是说'哦',我真受累极了。钱还是小事,看了他那样儿,真是不忍。鸦片恐还在吸吧,你看,靠了苏州人做女工,哪里养得活他。"

"但是有什么法子啰!"他仍淡然。

自从老五在杭州讨了所谓苏州人,把典铺的生意失去了以后,虽同住在杭州，他对于老五就一反了从前劝勉慰藉的态度，渐渐地敬而远之起来。老五常到他家里来，诉说失业后的贫困和妻妾间的风波，他除了于手头有钱时接济些以外，一概不甚过问。老五有时说家里有菜，来招他吃饭，他也托故谢绝。他当时所最怕的，是和那所谓苏州人的女人见面。"见了怎样称呼呢？她原是拱宸桥货，也许会老了脸皮叫我三哥吧。我叫她什么？不尴不尬的！"这是他心里老抱着的顾虑。

有一天，他从学校回到家里，妻说：

"今天五弟领了苏州人来过了，说来见见我们的，才回去哩。"

他想，幸而迟了些回来，否则糟了。但仍不免为好奇心所驱：

"是什么样一个人？漂亮吗？"

"也不见得比五娘长得好。瘦长的身材，脸色黄黄的，穿得也不十分讲究。据说五弟当时做给她的衣服有许多已经在典铺里了。五弟也憔悴得可怜，和在典铺里时比起来，竟似两个人，何苦啊，真是前世事！"

老五的状况，愈弄愈坏。他每次听到关于老五的音信，就想象到自己手足沉沦的悲惨。可是却无勇气去直视这沉沦的光景。自从他因职务上的变更迁居乡间，老五曾为年过不去，奔到乡间来向他告贷一次，以后就无来往，唯从他老四那里听到老五的消息而已。有时到上海，听到老五已把正妻逼回母家，带了苏州人到上海来了。有时到上海，听到老五由老四荐至某店，亏空了许多钱，老四吃了多少的赔账。有时到上海，听到老五梅毒复发了，卧在床上不能行动。后来又听到苏州人入浦东某纱厂做女工了，老五就住在浦东的贫民窟里。

当老四每次把老五的消息说给他听时，他的回答，只是一个"哦"字。实际，在他，除了回答说"哦"以外，什么都不能说了。

"不知老五究竟苦到怎样地步了。既到了上海，就去望他一次吧。"有时他也曾这样想。可是同时又想到：

"去也没用，梅毒已到了第三期了，鸦片仍在吸，住在贫民窟里，这光景见了何等难堪。况且还有那个苏州人……横竖是无法救的了，还是有钱时送给他些吧。他所要的是钱，其实单靠钱也救他不了……"

自从有一次在老四行里偶然碰见老五，彼此说了些无关轻重的话就别开以后，他已有二年多不见老五了。

二

到上海的第二天，他才和朋友在馆子里吃了中饭回到行里去，见老四皱了眉头和一个工人模样的人在谈话。

"老三，说老五染了时疫，昨天晚上起到今天早晨泻了好几十次，指上的螺纹也已瘪了。这是老五的邻居，特地从浦东赶来通报的。"他才除了草帽，就从老四口里听到这样的话。

"哦。"他一壁回答，一壁脱下长衫到里间去挂。

"那么，你先回去，我们就派人来。"他在里间听见老四送浦东来人出去。

立时，行中伙友们都失了常态似的说东话西起来了。

"前天还好好地到此地来过的。"张先生说。

"这时候正危险，一不小心……"在打算盘的王先生从旁加入。

老四一进到里间，就神情凄楚地说：

"说是昨天到上海来，买了二块钱的鸦片去。——大概就是我给他的钱吧！——因肚子饿了，在小面馆里吃了一碗面，回去还自己煎鸦片的。到夜饭后就发起病来。照来人说的情形，性命恐怕难保的了。事已如此，非有人去不可。我也未曾去过，有地址在此，总问得到的。你也同去吧。"

"我不去！"

"你怕传染吗？自己的兄弟呢。"老四瞪目说。

"传染倒不怕，我在家里的时候，请医生打过预防针了。实在怕见那种凄惨的光景。我看最要紧的还是派个人去，把他送入病院吧。"

"但是，总非得有人去不可。你不去，只好我一个人去。——一个人去也有些胆小，还是叫吉和叔同去吧。他是能干的，有要紧的时候可以帮帮。"老四一壁说一壁急摇电话。

果然，吉和叔一接电话就来，老四立刻带了些钱着了长衫同去了。他只是懒懒地靠在沙发上目送他们出门。行中伙友都向他凝视，那许多惊讶的眼光，似乎都在说他不近人情。

他自己也觉得有些不近人情，自恨自己怯弱，没有直视苦难的能力，却又具有着对于苦难的敏感。身子虽在沙发上，心已似

飞到浦东,一味作着悲哀的想象:

"老五此刻想来泻得乏力了,眼睛大约已凹进了,据说霍乱症一泻肉就瘦落的。——不,或者已气绝了。……"

他努力要把这种想象压住,同时却又引起了联想,纷然地回忆起许多往事来:记到儿时兄弟在老屋檐前怎样玩耍,母亲在日怎样爱恋老五,老五幼时怎样吃着嘴讲话讨人欢喜,结婚后怎样不平,怎样开始放荡,自己当时怎样劝导,第一次发梅毒时,自己怎样得知了跑到拱宸桥去望他,怎样想法替他担任筹偿旧债。又记到自己幼时逢大雷雨躲入床内,得知家里要杀鸡就立即逃避,看戏时遇到《翠屏山杀嫂》等戏要当场出彩,预先俯下头去,以及妻每次生产时不敢走入产房,只在别室中闷闷地听着妻的呻吟声默祷她安全的光景。又记得二十五岁那年母亲在自己手腕上气绝时自己的难忍,五岁爱儿患了肺炎将断气时虽嘶了声叫"爸爸来,爸爸来",自己不敢走近去抱他,终于让他死在妻怀里的情形。

种种的想象与回忆,使他不能安坐在沙发上。他悄然地披上长衣,拿了草帽无目的地向外走去。见了路上的车水马龙,愈觉着寂寥。夕阳红红地射在夏布长衫上,可是在他却时觉有些寒噤。他荡了不少的马路,终于走入一家酒肆,拣了一个僻静的位子坐下。

电灯早亮了,他还是坐着,约莫到了八点多钟,才懒懒地起身。他怕到了老四行里,得知恶消息,但不得消息又不放心。大了胆到了行里,见老四和吉和叔还未回行,又忐忑不安起来:

"这许多时候不回来,怕是老五已经死了。也许是生死未定,他们为了救治,所以离不开身。"这样自己猜忖。

老四等从浦东回来已在九点钟以后。

"你好!这样写意地躺在沙发上,我们一直到此刻才算'眼不见为净',连夜饭都还未下肚呢!"吉和叔一进来就含笑带怒地说。

他一听了吉和叔的责言,几乎要辩解说:"我在这里恐怕比你们更难过些。"可是终于咽住。因为从吉和叔的言语和神情,推测到老五还活着,紧张的心绪也就宽缓了些。

"病得怎样?不要紧吗?"他禁不住一见老四就问。

"泻是还在泻,神志尚清,替他请了个医生来打过盐水针,所以一直弄到此刻。据医生说温度已有些减低,救治欠早,约定明早再替他诊视一次,但愿今夜不再泻,就不要紧。——我们要回来,苏州人向着我们哀哭,商量后事,说她曾割过股了,万一老五不好,还要替他守节。却不料妓女中竟有这样的人。——老五自己说恐怕今夜难过,要我们陪他。但是地方真不像个样子,只是小小的一间楼上。便桶风炉就在床边,一进房便是臭气。我实在要留也不能留在那里,只好硬了心肠回来。"

吉和叔说恐受有秽气,吃饭时特叫买高粱酒,一壁饮酒一壁杂谈方才到浦东去的情形:说什么左右邻居一见有着长衫的人去,就大惊小怪地围拢来,医生打盐水针时,满房站满了赤膊的男人和抱小孩的女人,尽回复也不肯散,以及小弄堂内苍蝇怎样多,想到自己祖父名下的人落魄到住这种场所，心里怎样难过。他只是托了头坐在旁边听着。等到饭毕，吉和叔回去了，他还是茫然地坐在原处不动。

"我预备叫车夫阿兔到浦东去，今夜就叫他陪在那里，有要紧即来报告。再向朋友那里挑些大土膏子带去。今夜大约是不要紧的，且到明天再说吧。"老四一壁说，一壁就写条子问朋友借鸦片，按电铃叫车夫阿兔。

"死了怎样呢？"他情不自禁地自己叽咕着说。

"死了也没有法子，给他备衣棺，给他安葬，横竖只要钱就是了。世间有你这样的人！还说是读书的！遇事既要躲避，又放不下，老是这样粘缠！"

老四说时笑了起来。他也不觉为之破颜，自笑自己真太呆蠢，记起母亲病危时妻的话来：

"你这样夜不合眼，饭也不吃，自割自吊地烦恼，倒反使病人难过，连我们也被你弄得心乱了。你看四弟呵，他服伺病人，延医，买药，病人床前有人时，就偷空去睡，起来又做事，何尝像你的空忙乱！"

老四回寓以后，他也就睡，因为睡不着，重起来把电灯熄了。电灯一熄，月光从窗间透入。记起今夜是阴历七月十五的鬼节，不禁有些毛骨悚然，似乎四周充满了鬼气似的。

三

天一亮，车夫阿兔回来，说泻仍未止，病势已笃，病人昨天知道老三在上海，夜间好几次地说要叫老三去见见。

他张开了红红的眼，在床上坐起身来听毕车夫阿兔的报告。

"哦！知道了！"

他胡乱地把面洗了，独自坐在沙发上，拿了一张旧报纸茫然地看着，心里不绝地回旋：

"这真是兄弟最后的一会了……但正唯其是兄弟，正唯其是最后一会，所以不忍。别说他在浦东贫民窟里，别说还有那个所谓苏州人，就是他清清爽爽地在自己老家里，到这时我也要逃开的……可惜昨天没有去。昨天去了，不是也过去了吗？昨天不去，今天更不忍去了。……不过，不去又究竟于心不安。……"

这样的自己主张和自己打消，使他苦闷得坐不住，立起身来在客堂圆桌周围只管绕行！一直到行中伙友有人起来为止。

九时，老四到行，从车夫阿兔口中问得浦东消息，即向他说：

"那么，你就去一趟吧。叫阿兔陪你去好吗？"

"我不去！"他断然地说。

兄弟二人默然相对移时。浦东又有人来急报病人已于八时左右气绝了。

"终于不救！"老四闻报叹息说。

"唉！"他只是叹息。同时因了事件的解决，紧张的心情反觉为之一宽。

行中伙友又失起常度来了,大家聚拢来问讯,互相谈论。

"季方先生人是最好的,不过讨了个小,景况又不大好。这样死了,真是太委屈了!"一个说。

"他真是一个老实人,因为太忠厚了,所以到处都吃亏。"一个说。

"默之先生,早知道如此,你昨天应该去会一会的。"张先生向着他说。

"去也无用,徒然难过。其实,像我们老五这种人,除了死已没有路了的。死了倒是他的福。"他故意说得坚强。

老四打发了浦东来报信的人回去,又打电话叫了吉和叔来,商量买棺木衣衾,及殓后送柩到斜桥绍兴会馆去的事。他只是坐在旁听着。

"棺材约五六十元,衣衾约五六十元,其他开销约二三十元,将来还要运送回去安葬。……"老四拨着算盘子向着他说。

"我虽穷,将来也愿凑些。钱的事情究竟还不算十分难。"

吉和叔和老四急忙出去,他也披起长衣,就怅怅无所之地走出了行门。

四

当夜送殓,次晨送殡,他都未到。他携了香烛悄然地到斜桥绍兴会馆,是在殡后第二日下午,他要动身回里的前几点钟。

一下电车，沿途就见到好几次丧事行列，有的有些排场，有的只是前面扛着一口棺材，后面东洋车上坐着几个着丧服的妇女或小孩。

"不过一顿饭的工夫，见到好几十口棺材了。这几天天天如此，人真不值钱啊。"他因让路，顺便走入一家店铺买香烟，那店伙自己在叽咕着。

他听了不胜无常之感。走在烈日之中，汗虽直淋，而身上却觉得有些寒栗。因了这普遍的无常之感，对于自己兄弟的感伤反淡了许多，觉得死的不单是自己的兄弟。

进了会馆门，见各厅堂中都有身着素服的男女休息着，有的泪痕才干，眼睛还红肿，有的尚在啜泣。他从管会馆的司事那里问清了老五的殡所号数，叫茶房领到柩厂中去。

穿过圆洞门，就是一弄一弄的柩厂。厂中阴惨惨的不大有阳光，上下重叠地满排着灵柩，远望去有黑色的，有赭色的，有和头上有金花样的，两旁分排，中间只有一人可走的小路。他一见这光景，害怕得几乎要逃出，勉强大着胆前进。

"在这弄里左边下排着末第三号就是。和头上都钉得有木牌的，你自去认吧。"茶房指着弄口，说了就走了。

他才踏进弄，即吓得把脚缩了出来。继而念及今天来的目的，于是重新屏住了鼻息目不旁瞬地进去。及将至末尾，才去注意和头上的木牌。果然找着了。棺口湿湿的似新封未干，牌上写着的姓名籍贯年龄，确是老五。

"老五！"他不禁在心里默呼了一声，鞠下躬去，不禁泫然落下泪来，满想对棺祷诉，终于不敢久立，就飞步地跑了出来。到弄外呼吸了几口大气，又向弄内看了几看才走。

到了客堂里，茶房泡出茶来。他叫茶房把香烛点了，默默地看着香烛坐了一会。

"老五！对不住你！你是一向知道我的，现在应更知道我了。"这是他离会馆时心内的话。

一出会馆门，他心里顿觉宽松了不少，似乎释了什么重负似的。坐在从斜桥到十六铺的电车上，他几乎睡去，原来他已疲劳极了。

上船不久，船就开驶。他于船初开时，每次总要出来望望的。平常总向上海方面看，这次独向浦东方面看。沿江连排红顶的码头栈房后背，这边那边地矗立着几十支大烟囱，黑烟在夕阳里败絮似的喷着。

"不知哪条烟囱是某纱厂的，不知哪条烟囱旁边的小房子是老五断气的地方。"他竖起了脚跟，伸了头颈注意一一地望。

船已驶到几乎看不到人烟的地方了，他还是靠在栏杆上向船后望着。

一九二六年五月

师弟

/// 许志行

每次坐火车经过 K 站时，心头总涌上一种怀旧的寂寞来，几回想下车去看一看曾经在那里做过一年多生意的老店，却总是一来没有这机会，二来也有些不高兴。今年因为要到故乡去省伯母的病的便道，在 K 站下了车，并且还过了一晚，因这机会，还得与别了七八年从未会过一面的老店相见。这店虽然至今还开着，但看去的情形，较我在那里时更见怆凉了：门前一向摆的卖熟食的那摊头也没有了，木头架起的那廊栅也全部坍坏了，柜台上的伙计也少了去，左右的邻舍也都换了局面，即是对河的那爿木行，也已不开在那里了。

我对于这爿店，本没有什么可以值得系念之事；只不过在平时每当追怀往事的时候，也总联想起它。此番重见了它那较前更怆凉了的景况，更排解不开地想到当年的情形来。忆起可怜的师弟，愈加凄楚而不堪回首了。

十五六岁的时候，我正在这店里充当学徒。店为本地的一位绅士所开，开在市末临河的地方。主人虽是地方上的绅士，而店的排场并不阔大，除了一位经理和一位管账之外，柜台上用了四位伙计两个学徒，作场里雇了三个酿酒制酱油的司务；到了冬忙，又临时添一些人来，叫作帮冬。

地方既处市末，清淡自不待说；好在凡是走上来买东西的顾主，大都是些厨房司务和男女用人之类，那些上银楼进绸缎局的贵人小姐，永远也不会来光临的。店是朝南的门面，门前一条官河，两岸相距，虽然无人测量过，但约来也不上百尺之阔；对岸没有市街，只一爿孤零零的木行，所以河面上便统年浮着长长的木排；到了傍晚时分，市上一些游手好闲之徒，手提鸟笼，口唱京腔，三三两两都来木排上逍遥。

店里的经理，是一位又悭吝又刻薄、六十余年纪的老人，须发都一样地灰白，弯曲了背脊，鼻上架起一副老光眼镜，镇日高高地坐在账台里，伸颈探头地留心着柜台上的伙计们，不许他们在柜台上有半句的闲话，说是谈起了闲事，便不关心到生意上去了。这些伙计们的薪水，都很菲薄，又要受到非常拘束的店规，所以大家都很不服；但是对于经理，犹如私塾里的小学生对于教师一般的害怕，在经理的气焰之下，什么也不敢有所强辩，因此之故，凡是来到这店里当过伙计的，都有个绰号叫作"一节头"。这绰号的意思是说无论性子如何忍耐的人，端节进了店，中秋一定要辞了走，总没有能够做得久长的人的。

我在这店里，一半也为了经理的太苛刻，总觉毫无兴趣，常常想设法离开。其时的性情又很粗暴，动不动就要使性发怒，无论柜台上的伙计，作场里的司务，个个都要和他们吵嘴，有时和经理也竟敢对起口来：所以满店之人，没有一个和我相好，至于经理，尤其当我坏蛋相看了。

然而经理因为要节省薪水起见，我进去还不满足年，便说我人长大了，老练了，可以上得正柜做生意了；因此辞退了一位伙计，另外添进一个小学徒来，替代我的职务。

这位小学徒，就是我的师弟；他第一天进来的时候，我见了就很诧异，因为从来不曾见过这样小的人，家里会放他出来学生意的。穿了一件深蓝色的竹布长衫，罩一件黑色的老布背心，剃得光光的和尚头；身材又小又瘦，由他的荐头送进来，经理见了也不满意地对那荐头说："人太小了，怕做不来事吧！"荐头回答道："这请放心，不过人生得小些，年纪倒有十三岁了，在家里时也是个夯子，样样事情也做惯了的。"但经理总觉不悦。由我和荐头带着他拜过了师，——与伙计们都作揖过了，末后我也受了他一个师兄之礼，吩咐他站在柜台横头。

"你好好地在这里罢。"荐头这样对他说了一句去了。

他呆呆地站在柜台横头，双眼望着对面的墙壁，很难过似的出泪；看见荐头去了，更凄伤地哭出声来。吃饭的时候叫他吃饭，也说吃不落；但这原是很平常的事，凡是初次离家出来学生意的头几天，大都是如此的，所以店里的人也都不去介意他。店里的规矩：倘是新来的学徒，要问他在家里的排行来取名，譬如排行第二，就取名叫二官；我的这位师弟，他是家里唯一的独生子，所以就取名叫他杨大官。

晚上上了店门，我一面告诉他如何用板在店堂里搭铺来睡，一面带问他家住哪里，有多少人。他因我问起这些的缘故，又好端端地淌出泪来，呜呜咽咽地告诉我：家在O镇的乡下，家里一位母亲，一位妹妹，父亲是从小就不见的。

第二日，我将一切应归他做的事情做给他看：扫地，抹桌，换烟管水，以及洗饭碗擦洋灯等等。他一面看着我做，一面还是在出泪；我对他说道："你不要常常这样子，经理见了要说的。"我这样一说之后，他越加苦起来，说道："我要回去！"我说："你怎么要回去？要学满了生意才能回去呢。"他说："我不要学生意，我宁可跟着母亲学种田的。"于是我又好好劝解他一番，叫他不要牵记家里就好了。

自他进店之后，我居然升高做了师兄；但在他面上，却也毫不以师兄自豪，总很和悦地待他，有些事情，他做不了的时候，也总相帮他做。他在店里，除了我，也没有第二个可以搭话的人，所以也很喜欢我，经理不见的时候，便挨过来和我讲话，讲到他母亲和妹妹的事上时，总忍不住要哭出来的样子。他说："不知什么缘故，当叔叔来通知已经荐着生意了的时候，我高兴得了不得，急急盼望出来，动身的那天，母亲含泪送我上船时，我也一些不觉难过,到了K地,见了许多没有见过的东西,更是快活非凡;而一进了店,却就立刻两样起来,心里立刻难过起来了,母亲妹妹便止不住地想念起来了。"我说:"这是你第一次到外边来,总是如此的,再过几天,便会慢慢地好了。"

过了十余日,他牵记家里的心,果然渐渐地平静了。

我每夜必在账台上练习一张小楷,他也看样和我一起写;他只在乡间的私塾里读过三四年书,而写出来的字比我好得多,并且又能自己作通顺的家信,我仿佛对他有些妒忌和惭愧。有时我又教他学打算盘,他天资既聪敏,又肯用心,教他过一两遍,便能自己打,而且能够运用了。

但他总以人太短小,做事一不小心,便要闯出祸来:洗碗的时候碗打碎了,擦灯的时候灯罩擦破了,换烟管水的时候烟筒头落在河里了……许多事情,屡遭经理严厉的叱责。有一次差他送一坛酒到某处,好久不见回来,我也正担心他不要又闯了祸罢的时候,经理忽然喊我道:"C二官,你去看看这小鬼,怎么还不回来!"我奉命出去,走到半路,不料他果然站在那里泪汪汪望着地上的一堆碎坛哭,我知道他已闯出了祸事,走过去,气愤愤地说道:"哼!你又怎么?!"他断断续续地说:"这……这挑担的……""那么你为什么不拖牢他赔呢!"他说:"哪里拖得牢他呵!……"我看看无可如何,对他说回去罢;但他却赖着不肯走,我说:"祸已闯了,还不回去;不回去有什么法子!"他被我这样地叱说之后,也没有一句话说,懒懒地跟着我走了,走得将近店时,他又停住不敢进去,说要我将此事瞒过经理;但这是做不到的事,到店之后,经理一见他仓皇的神情,哭红的眼皮,便逼着问我缘由。我也无能为他掩塞,只好照实告诉,于是经理怒从心起,从账柜里绕将出来,提了师弟的一只耳朵,愤愤地骂道:"你这小鬼,进店来没有好事做过,只会换捣坏东西,如此下去,一年之中,不知要给你败掉多少钱呢!这里用你不着了,你滚蛋罢!"骂罢一个巴掌打倒他,他在地上哭了。

他因为常常要闯祸的缘故,经理之对于他,较之于我更不满意,即是伙计们,也都说他学不出山的。他无论一言之误,一事之错,虽是微细的事,也总每每惹起经理的发怒;而他自己也真不能争气,经理越是骂他,他错事也越做得多,经理发怒追到他的荐头,要他立刻滚出去的事,也有好几次。他每次被经理一顿责骂之后,老是跑到作场里躲着偷偷地哭泣;到了夜里,又对我说:"母亲望我在店里要得经理的喜欢,现在经理横要我回去,竖要我滚出,母亲得知了,不晓得……"说着又哭起来。"以后做事自己小心些好了,经理总不至当真要你回去的。"我这样安慰他。他说:"我也并不粗莽,总处处小心着,可是好像有鬼似的!……"

一日三餐,他永远没有好好地吃一顿过,每当大家用饭的时候,他便一手提了饭桶,一手提了菜篮,送到分店里去;回来时,自己到厨房里去吃一些残菜冷饭。但他虽然如此苦楚,却也并不因此叫怨;他心上觉到不安的,倒是担心着一旦被经理开除出去,不好回家见母亲。这恐慑的念头便常常盘踞在他的小心里，使他不得一些快乐，总是忧忧愁愁呆得像木偶一样。

北风起，大雪飞，大家都喊着冷呀冷呀的时候，可怜他双脚的跟头，两手的面上，生满了腐烂的冻疮；托开了两只坏手，走起路来一拖一颠的：这又格外惹起经理的憎恶了！到了晚上，我替他到药店里去讨一些叫作"马屁"的为他敷上烂处，而在床里，总隐隐地听到他呜咽的声音，叫道："娘呵，痛！……""那么怎么呢？"我问他。他说："暖在被里热了又不好，伸出被外冷了又不好，总归痛！……"

当这时候，刚巧又是酱萝卜当时的时候，店里每天从贩卖萝卜的船上，一担一担地买进来；便要他在作场里将整个的又长又粗的一条用刀划成薄薄的无数片，而后酱了好卖。每天的上午，他总要划到六七十斤光景。他生满了冻疮的两手，捏了这冰一样的铁刀和萝卜，划得慢了，又要被酱司务申斥。有一回，我到作场里去，见他右手紧紧地捏住左手的一指哭泣，我问他做什么；他将这指头给我看，原来深深地割了一刀，不住地涌出血来。于是我帮他寻些布头包好，叫他到店里去罢，萝卜由我划好了；但出去不多一歇，进来对我说道："经理在骂你，叫你出去。"我到了店里，经理板起脸儿骂我道："你只会贪懒，柜台上生意不肯做，倒是躲在里面！这划萝卜的事，用你不着管了！要这小鬼来做什么的！"于是我很不平地回说："谁要贪这事来做，他割开了手哩！"经理说："割开了手，就不要划了吗？学生意不吃苦，哪里学得出山的！"

不久之间，我被调到分店里帮冬去了。

分店是在一条较为热闹的街上，左右对面都有别的店铺。店里的规矩，没有老店那样严紧，经理本是我的老师兄，人也比较和气；柜台上的伙计也不像老店里的那样被拘束，都很快乐自得，调戏女人的手段，尤其高妙，柜台上不论来一位贫家的姑娘也好，富家的婢女也好，只要面貌略为好看些，大家便都色眯眯地抢上去：

"好漂亮呵！这里要什么？"伙计嬉笑着对那女人说。

"不要搭讪，好好的，这瓶里三两酱油，那瓶里五个钱料酒，要多些！"那女人也微笑地说。

"你没有塞子吗？我来同你塞罢！"伙计舀好了酱油和酒回到柜台上指着瓶口对那女人说。

"这烂掉你的！瘟掉你的！不得好死的！"女人便骂了，但样子并不当真，也还嬉笑着；于是满店里的人都咯咯地笑起来，那被骂的人也咯咯地笑起来，仿佛骨头也轻松了一段。

我从冷静而森严的老店里，调到这热闹而又宽放的分店来，颇觉舒服有趣。每餐的饭食，仍旧由师弟一拖一颠地从老店里送来，而伙计们有时还嫌他走得慢了，到得迟了，饭冷了菜冷了地种种责他，他默然忍受，没有一句回话。他每次送饭来，放下饭桶和菜篮，倘若见我闲着的时候，便走过来和我谈话，总说自我离开老店之后，他便觉得有种说不出来的难过，仿佛失去了什么依靠似的。

有一天，送早饭的是作场里的一位司务，我心想师弟大概有了别的差使吧，但午饭夜饭仍旧是这位司务送来，于是我有些疑惑了，问那司务。司务说："他昨晚上上店门板的时候，掮了一块门板，一个不小心从上阶沿跌到了下阶沿，今天起来不得。"我想跌了一跤而至于今天起来不得，这跌一定是有些厉害了，颇为他担忧不堪。但是到了第二日，他又送早饭来了，我问起他跌跤的事，他卷起袖管，解开衣襟，给我看右手的上臂和腰部都跌破了皮。我说："不至伤吧？"他说："腰撞在石角上，此刻还痛。"我说："腰里是要紧的部分，不晓得受伤不受伤？既然还痛，那么今天为什么不再歇一天呢？"他说："经理骂我故意装腔，一定喊我起来！"

此后第三天第四天，饭仍是他送来，问他如何，总说腰里还有痛。又过了几日，饭又不见他送来了，问那送来的人，说他夜里吐了血了！吐了血了？……我不觉吃了一惊，惊得呆了去；到下午落市之后，急忙跑去看他；他睡在楼上的床铺里，见了我，哭起来说道："C二哥，果然伤了呵！"我默然了一歇，问他看过医生否？他说看过了。医生怎样说呢？他说医生说不要紧的。

他服了几帖药，睡了两三天，幸而血只吐了一次；说在床里寂寞不过，仍旧起来了。经理也总算对他发了良心，分店里的饭遂停止他送。

其时已是阴历十二月的初十边了，分店里差我到O镇去追索一笔旧账,这事他也知道了,特地走过来对我说:"我家在O镇落乡三里路的山芋村,最好你顺便到我家里去转一转,望望我母亲妹妹。"我很愿意地答应了他。他又说:"不要将吐血的事告诉母亲知道,便是生冻疮也不要说起,只说在店里一切都好;叫母亲不要牵记。"我也答应了他。

K地到O镇只要半日的路程,我到了那里,公事办妥之后,就访问到山芋村的路径,出了市街,北风呼呼地迎面吹来,沿着田塍彳亍而行,身子几乎要被吹倒。我一路思量:见了他的母亲,不如将他吐血的事告诉了她,好让他母亲发急为他医治。一路问去,到得山芋村已是下午三四点钟的时光了;这村人家甚稀,约莫不过六七家,都是坍旧的平屋,一字儿排着;各家的门前都高高堆着一堆稻柴,附近的田圃和桑地里,种的满是山芋,村场上不见有人,门也都关着,狗也没有叫,只一条耕牛系在场上的一株树下,懒懒地望着我来。我正不知如何问讯的当儿,俄见一位三四十岁模样的妇人,提了一篮山芋,从屋后出来,于是我即上前问道:

"请问这里姓杨的是哪一家?"

"先生是哪里来的?问那人家做甚?"那妇人问我,我就将来意略略地告诉了她,她慌忙放下山芋篮,一种怪难形容的高兴样子说道:

"先生原来是我小儿店里来的,我就是姓杨,先生,大官就是小儿,快请到舍下去坐坐罢!"她说着提了山芋篮,一头说,一头领着我走；我跟她到了家里，她随手拖一条长凳掀起衣角抹一抹干净，说道：

"家里是糟得不成样子的，请坐罢，先生。"接着又喊出一位八九岁样子，黑脸污手的女孩来，叫她去烧茶。我坐下看一看屋的四周，真是糟得不堪：满地的鸡屎，地又凹凸不平，几条桌凳，歪歪斜斜地放在那里，面上满是灰尘，一圈猪栏，栏里两三只小猪，那种猪粪的气息，更是扑鼻难当。

"请别忙罢。"我对她说。

"便煞的。先生贵姓？"

"C，与令郎是师弟师兄。这次来讨账，令郎托我顺便来望望你老人家的。"

"呀啃，真罪过煞了！先生原来就是 C 师兄，小儿信上总提起 C 师兄如何如何地好，如何如何地照应他；C 师兄，你真是一个好不过的人，这样照顾小儿呢！冷天冷时，又要你特地赶进来！"

"师兄师弟是没有什么的。"

"呀，C 师兄，像你这样好的师兄，是真天下少的！小儿总算前世修得，逢着你这位好师兄，连我在家里也放心得落。小儿是傻不过的，C 师兄！年纪又小，身体又不好；我本想让他再读几年书，只是不瞒你 C 师兄说，在家里也实在难！可怜他五岁上死了爸爸，由我一番心血拖他大来，不知经了多少的苦头，本想不把他学生意，在乡下耕田种地些好了，皆为他一来体质薄弱，二来耕种田地难望出山,同他叔叔商量,也说学生意日后有把望,所以今年东托西托总算托着了一头生意,就忍心地放了他出去。……"她一面说着,一面不住地抹泪,样子怪可怜的。

"令郎人很聪敏,就是身体差一些;但你老人家也放心罢。"

"多谢 C 师兄称赞,小儿实在傻不过的,全靠要 C 师兄照应哩!他现在不知得长大些否?身体得壮些否?饭吃得落否?天冷了,又得知他衣裳够不够?身上冻不冻?……"她这样问我,可是我在这时心里只是暗暗地凄苦,再也没有勇气将她儿子吐血的事告诉她了。我只是说:

"都还好,人也好像比起初进来时长大些了;你老人家可别牵记他。"我说这句话,几乎和了眼泪一同出来。

"哦,那也罢了,只要他人长大起来,身体壮起来,我也好了。"

谈了一会儿,那女孩冲上茶来,母亲含泪带笑地对她说:"阿囡,叫声 C 叔叔,这位是你哥哥店里来的待你哥哥最好的 C 叔叔。"接着又向我说道:

"这是小女,今年也有十岁了,可是蠢得很,身体也这样瘦寡呢。"

"一男一女,真是你老人家的福气。"我吃了一开茶,看看时候晚了,向她告别,她却怎么也不许我走,定要留我歇夜,说有空床;到镇上去住客栈是白费钱的。我无可推诿,看看外面的风也吹得更紧了,晚来的天气也更冷了,所以就答应了她。

她为我特别做了两种饭菜:一碗荷包蛋,一碗蒜煎豆腐,用晚饭时不住地"吃呀！吃呀！"地夹到我饭碗上来；而她母女俩，只各吃了一碗饭，其余都吃的蒸熟的山芋。晚餐之后，她又亲手炒了一升芽豆，拿到房里叫我吃；又娓娓不倦地和我讲她的儿子。我几回想将她儿子吐血的事说出，却几回总忍住了。她又从箱子里翻出一个红帖子来，说新近替她儿子已对了一头亲，等他学满了生意，会赚钱了，便要为他娶来；又说这位小女儿，也已出了帖，说自己年纪虽还没有老，可是一生也只有这一男一女，总得早些看见他们各自成了家，那么心也安了，死也瞑目了。……我看她说到这些的时候，脸上好像露出又悲哀又满足的样子。

次早我告别出门时，她将昨夜吃剩的芽豆，包了包，要我带去和她儿子两人吃；又包了二百钱，叫我给她儿子在新年里买些东西吃；又说可惜不好带，否则再带几个山芋去，说她儿子是喜欢吃山芋的；又再三叫我转告她儿子只要好好地安心在店里，不要牵记家里。

到了O镇搭轮船回店，一路想起师弟的母亲，心里很不安宁；第一责罚自己为什么终于没有说出师弟吐血的事，一时虽然瞒过了她，但倘若病再复发起来，到了不可救药的时候，不是耽误了她的一生吗？想到这里，不胜悔恨，几乎要跳上岸，再回去对她说了才好。然而追悔莫及，终于无可奈何。

回到店里，将公事交代之后，拿了芽豆和钱去看师弟；却是谁也想不到，师弟又睡倒了。

"C二哥！你回来了吗？"师弟在床里见了我，无力地叫我。

"回来了，你怎地又睡倒了呢？"

"你去的下日，又无缘无故地吐了血，昨日前日都连连地吐了；你看如何好哩？C二哥！我家里你去了没有？"

"去的，并且歇了夜。"

"我母亲妹妹都见吗？母亲说什么吗？"

"都见了，在家里都好；你母亲托我带了一包芽豆在这里，还有二百钱；叫你不要牵记家里。"

"唉……母亲！……"他立时淌下泪来了。我那时候虽然自称是硬汉，不肯轻易出泪的人，但此刻见了师弟这样凄凉的情形，眼泪也不和我商量，一涌出来了。

"你不要过分伤心，好好地静养；我不曾将你吐血的事告诉你母亲。这药是谁给你煎的呢？"

"你想有谁给我煎呢？都是我自己起来的。"

"要吃什么吗？饭吃不吃？"

"什么也不想吃，只每顿吃一碗茶泡饭，咸菜下下；医生说要忌嘴的。"

"放宽心，静静地养几日，总会好起来的。"我这样说了一句，下楼去了。

时候既是冬忙，店里的生意比平日加倍地忙碌，也剩不出空的时间去望望师弟的病；只是常常忧心他总不至于死的吧？想到他孤零零地病在床上，便也联想起慈祥和蔼对于他怀着无穷希望和快乐的他的母亲，更觉得他的生命，比什么都贵重呀！

有一天，老店里的经理，突然差人来通知我，要我仍旧调回去；我也很愿意，因为回去之后，更可照顾照顾着师弟的病了。

到了老店里，上楼去看师弟时，他正熟睡着；我默默地坐在他床沿上，看他的脸色更加瘦黄了，呼吸也更急促了。枕边一封新从他母亲那里寄来的信，我悄悄地抽出来读：信里说些新年里不要过分游戏，为什么近来总是没有讯息的种种嘱咐和系念的话。

"呀……"师弟忽地醒了哭起来。

"你怎么了？杨大弟！我在这里哩。"

"呀……母亲……"他似乎还未见我，只是哭着。

"你怎么了？杨大弟！我在这里哩。"我又这样地重说了一声，他才掉转头来向我望望说道：

"C二哥，你……"

"我来望望你，你这几天好些吗？"

"血夜夜吐了，并且又咳嗽起来；C二哥！我……医生还说不要紧的！……"

"不要紧的，宽心些静养几时，总会好起来，医生说不要紧总不要紧的；心里第一要放得宽，越忧急便越难好。为什么凭空哭呢？"

"刚才做了一梦，梦见到了家里，并且病完全好了，母亲妹妹见了都很开心。……"

"你总是想着家里，不要想它好了，你母亲也叫你不要想。"

"在床里冷清清的，也没有人来看看我，也睡不着，东想西想，只有想到家里的事……听说经理已去叫我的荐头,要我回去了。"

我这才知道被突然调回来的原因,大概就为此了。

"那是好的,回家去有母亲服侍你,好起来就快了。"

"病好了,不知经理还要我来否?"

"那自然还要你来的,你受伤是为了店里的事,不要你来怎么好说呢?你可不必再顾虑到这些事。"

次日,师弟的荐头果然来了,由我领到楼上,看过了他,吩咐他要带的东西自己拣出来;而师弟却帐子不要拆,被头也不必带,只要拿几件替换的小衫裤就好了,说横竖病好了就要出来的。

师弟挟了小包袱,跟着荐头走出店去的时候,我正靠在柜台上,看他的身段显然较前更瘦小了,脚跟的冻疮仍旧很厉害,走起路来仍旧一拖一颠的,仿佛将要跌倒来的样子。他跨出门槛时,突然掉转他又黄又瘦的脸儿来,好像哭出来地向着我和伙计们说道:"C二哥,再会罢!王先生,张先生,都再会罢!"但我简直答应不出来。

自他去后,我仿佛总有种什么东西在我心里作祟似的,觉得不安得很。到楼上见了他那不曾拆去的床铺,总仿佛见他仍在床里呻吟;晚上一个人独自在账柜上习字的时候,尤其有种不可抵御的凄寂刺入心坎里来。

过了岁底,翻到新年,店里以新年的旧习,从初一到初四,整整上了四天门板。在新年里,家家户户,大大小小的人,都显出一种快乐的新气象来;尤其平日被拘束在店里的一些伙计和学徒们,一到新年,犹如牢狱里的犯人得了皇上大赦一样的欢悦。我本是个最喜热闹和游玩的人,约了几位别店里的学徒,高高兴兴地进戏馆看戏呵,上茶楼吃橄榄茶呵,在街上张西洋镜呵,看山东人变戏法呵,夜里大家围拢来打天九牌呵,敲年锣年鼓呵,忙个不亦乐乎;对于可怜的师弟,什么也没有思想去想着他了!

但是快乐的日子是最容易过的,新年转瞬过去了;过了正月半,大约是二十边的一天,师弟的荐头到店里来,向经理拱一拱手说道:"恭喜,恭喜!"经理也照样回了他一拱领他到客厅里去。我冲进茶去送进水烟筒去的时候,满拟问一问师弟的讯息,然而经理在座,终于不敢轻举。

"C二官!"歇了一刻,经理喊我的名字。

"做什么?"我进去问道。

"你去将杨大官的铺盖行李都仔细地拣出来,好让这位先生带去;杨大官不来了,已经死了。"经理慢慢地对我这样说。

"……"这时候,我也好像死了一样,一些知觉都没有了,只是呆呆地站着。

"出去罢,站着做什么!"经理这才把我的脑子又重新说醒了转来,我怏怏地走出了。

走上楼梯,踏到楼板上的时候,我满眶的眼泪大雨样地滚下来,见了师弟的床铺,动手将拆的时候,力气都没有了。想到他临去时说:"帐子不要拆,被头也不必带,只要拿几件替换的小衫裤,横竖病好了就要出来的。"而今终于不能再出来了的师弟,几次哭得噎住了气。卷被头时，又拣出他母亲的一封旧信和托我带来的一包芽豆，我的身体简直软倒了。

到了这年的三月里，我也永远离开了这爿店，距今已有七八年的工夫。而在这七八年中，对于这位可怜的师弟，不论什么时候回想起来总是伤心的；此番重见了老店，更常常地想到他来。

一九二五年十二月，杭州师校

守夜人

/// 燕志儁

在河北面的秋原里,田主收了几亩落花生,车上辕马的腿坏了,没有向园场里拉。

黄昏时,来了两个守夜人,用猎枪背了布被和干草、布篷,在河北面的草原里,傍近花生田,近邻的地方,用干草铺地成床,铺了被,扎上船篷似的布篷,预备遮夜露。

那高膀子的王立芳,向腰里掏出烟盒,用手指拿了两支烟,分给他的侣伴,然后点了火柴。黄昏更黑下来,好像撒下的布幔,跟了四面秋天的柳林的边沿黑昏昏地沉下。

两个人一时间坐着吸烟,散步。

"你听!"王立芳斜耳向林外的河里,说,"呼,呼,呼……这是打夜鱼的跟鱼,你听!"

"你听他们跑,"侣伴也斜耳向林外的河里,说,"泼剌,泼剌,泼剌,……这是在哪里?"

"这是在这林西桃树行下,"王立芳用烟火指着说,"那里的水很深,绿茸茸的,鱼也多。"

侣伴没再作声,轻微地侧侧头,又轻微地向黑暗凝思,抓着头发,好像想点话想说,深深地咀嚼着在河口打鱼一类的事。

"可是,"他说,"水鸭呵,水鸭快来了,可是,也许今年这些炮声吓得它们不来了。"

"没有的事!"王立芳说,"已经早来了,前天这林西,这林西的柳树沿下,落了一群,可是!"

"那咱俩明天去打。"

"不行,"王立芳摇摇头,向鞋上抹灭了烟头,"很生很生的,枪够不到就起群。"

"可是今年那兔子可不少,"侣伴说,"斑鸠怕炮声,水鸭怕炮声,什么都怕,只是兔子不!"

"它怕什么呢,"王立芳说,"夜间在豆田里,萝卜田里,什么草叶里,果子田里,睡它的太平觉完了。它怕什么——斑鸠?黑夜里,斑鸠被大土炮震得满林里乱撞?"

"就是水鸭也不能安!"侣伴站了起来,向干草里拿出他的猎枪,自己向黑暗里走去,在那广漠的睡眠的花生田里走了一圈,静悄悄地走了回来。

他好像在不停地静思着,想找话告诉告诉方好。

"立芳哥。"他忽然快声地说。

"什么？"

"看个纸牌吧？"

"没有灯呢。"

"可是，咱这不是地方，这林里的蚊子一定很多呵。"侣伴说。他的脸已完全埋在黑暗里，只有他站着的身影的一半，衬在林后西方熄灭的鱼肚色里。

"那怕什么，"王立芳说，"你没住过宿，在野外，你只要盖上一条被单，它是白哼哼；夏天我在这树林里守夜，看麦子，盖上一条被单，连头带脚地裹住，那时候蚊子倒是真多了，可是白哼哼，抬了人去也是吃不着的……可是，这什么，你呆啦，这时候坡野哪里还有蚊子。你不能比家里，家里多暖和，也没大些了，这里你听，哪里还有一个！"

侣伴静静地斜了一回头，然后转了回来。

"不错，"他说，"没有一个，这比家里冷多了，可是，你拿来了几床被？"

"几床？一床还是主人的呢。"

"咱俩几铺睡？"

"你说？"

"我看一铺伸脚暖和。"

"不错，"王立芳说，"伸脚真不错。"

侣伴又默默地走到花生田北面，向天放了一枪，很快地走回来。

"立芳哥！"

"唔？"

"睡吧，时候不早了。"

"好！睡！"王立芳说，他将他那枪的机器弄了弄，然后搁在被下。两人舒好了被，都倦倦地睡下，在被中，都无意地仰看着满天的繁星，都轻微地微思着似的。

"黑夜的露水很凉呵。"王立芳半睡思地说。

"那有布篷！"

"不错！你十几了？"

"我？"侣伴说，"我十九。你呢！"

"二十四。"

"你怎么还没娶媳妇？"

"嘿嘿！谁给媳妇，穷光蛋！"

"别说，你穷，我就更不用说了！"

"你还没提亲，你也？"

"嘿嘿！要那个做什么用！"

两个人寂静了一刻，好似更深的睡思，更深的睡意，眼前像有微流的昏雾。一群野鸭由夜空鼓翼过去，但是看不见，在远处的林顶上低低地散逝了，如邈远的落叶的沙沙一般。在河原的曲折处，有村中的灯光透出来眨眼，如黑夜的流萤在林中一般；河原宛如熟睡。

"你睡着了吗？"侣伴好像由睡思中抬一抬头问。

"——没有。"

"你见过陈家的小兰没有?"

"小兰?"

"呵,小兰呵,"侣伴说,"前街向外的那小胡同里,一个白木板门,她父亲死了,只有她和她娘,你怎么还不知道?不就是一双尖生生的小脚,红鞋,说话就红脸的那个小兰吗?——还没有婆——"

"噢,噢,噢,"王立芳连连地说,"我知道了——可是不跟高家姊妹好哩!"

"嗳!高家姊妹都出嫁了;那回我从胡同里走,看见第三的苑,抱着她姐的一个黄瘦的小孩子,准是都来走娘家了——苑不跟没出嫁时年青了。"

"你认识她吗?"

"不很认识,"侣伴说,"可是她认得我,那回,春天,我从那胡同里走,去给俺娘买根油条,因为她病得不想吃——天晚了,苑走到我前面,向我笑,推了我的胸膛一下,我也没作声,就走过去了。"

"那——她从前认得你吗?"

"不认得,"侣伴说,"从那一回,我就认得她了。还有一回,我走到那里,也是天晚了,她拉我到那路南的小园里,问我多大了。"

"怎样问你?"

"她抱住我,和我亲嘴,一脸香肥皂气味。"

"后来呢?"

"后来我不知怎的怕得心里只跳,挣出跑了。"

"唔!你不该跑,她拉住你是爱见你,怎不拉别人呢。"

"我不敢呢——你也认得她吗?"

"我也认得,"王立芳说,"那时我有十八岁,在她家里放牛,那时她还小,她两姐常叫我上街去买东西,那时还都是闺女,住在那圆砖门的西屋里,早晚咯咯地娇声细气地笑——"

"你听见吗?"

"怎的不听见?"王立芳说,"和我住的牛棚只隔一垛短墙,早晨洗脸都脱下褂子露着胸膛,我去了,也不避嫌,也不——"

"她们不怕你吗?"

"不怕,和我混熟了,别人却不行。到晚上在院里凉快,我一样偷过去,从夏布褂里插下手去胳肢那大的,香,她也不生气,只眯着眼吐我。她二妹却不行,谁偷和她耍笑,她就骂,不留情。"

"胳肢,那不胳肢着奶子吗?"

"呵,奶子呵,就是胳肢奶子呵。"

"那你和她好过吗?"

"哪里的事?"

"你还想她不想?"

"想这个做什么用?"王立芳凄低地说,"人家出嫁了,都有了三个孩子,不是年青的时候了;那才出嫁时还哭还叫,这也不哭了,也不叫了,老气了。"

"哭什么?"

"哭什么呵,她女婿是个井庄,一个眼!"

"苑的女婿怎样?"侣伴问。

"苑的女婿更坏。她娘卖给城里当小婆子,四十多的个老家伙了,苑才二十,所以走娘家不安稳。"

"唔!……"

两人寂静了一刻,村中的灯熄灭了,好像眨眼眨烦了,自己入了睡。从村间的草地上吹过一阵微风,带过河原上远近吵嚷的虫鸣,悠忽不定,好像睡思一般。

"立芳哥?"

"唔?"

"想困吗?"

"不困。"

"你娘多大年纪了?"

"四十三。你娘呢?"王立芳倦倦地蒙眬地说。

"四十二,小一岁。也不知是什么病,夜夜叫唤,找先生试了脉,喝了两回理中丸也不好,我这来没人给她烧开水喝了,一定不——"

王立芳的睡呼起了。

"立芳哥?"

"……"

"立芳哥?"

"——唔?"

"睡吧？"

"——唔。"

两人静悄了，河原更静悄，星儿明明地满天眨眼，远近的虫变成宛如梦般的凄诉，静悄，静悄，静悄……在河原的柳树后，渐渐地升起一个大而圆的、几乎可怕的淡红的月亮，河原稀疏地明亮点了。

凉露落上河原的一切和守夜人的篷上……

渔家

/// 杨振声

一个春天的下午，雨声滴沥滴沥地打窗外的树。那雨已经是下了好几天了，连那屋子里面的地，都水汪汪地要津上水来。这一间草盖的房子，在一棵老槐树的旁边；房子上面的草，已是很薄的了，还有几处露出土来；在一个屋角的上面，盖的一块破席子。那屋子里面的墙，被雨水润透，一块一块地往下落泥。那窗上的纸，经雨一洗，被风都吹破，上面塞的一些破衣裳。所以，那屋子里面十分惨淡黑暗的了。

屋子的墙角，放着一铺破床，床上坐的一个女人，有三十多岁，正修补一架打鱼的破网。旁边坐着一个八九岁的女孩子，给她理线。床头上还躺着一个小孩子，不过有一岁的光景，仰着黄黄的脸儿睡觉。那女人织了一回网，用手支着腮儿出一回神。回身取一件破袄，给那睡觉的小孩子盖好，又皱着眉儿出神。

那女孩子抬头望见她母亲的样子,便说道:"妈妈!爸爸出去借米,怎么还不回来?我的肚子饿……痛……哎哟!"说着便用手去捧肚子。

那女人接着说道:"好孩子!你别着急,你爸爸快回来了。"

那女孩子又接着问道:"爸爸是上张家去借米的么?"

那女人道:"是的,上次借了他的米,尚未还他,这次还不知道他借……"

那女孩子道:"那一天我到张家去玩,他家的蓉姐姐拿馍馍喂狗,我向她要一块吃,她倒不给我。"

她母亲道:"罢呀!人家有钱!命好!"

那女孩子道:"咱们因为什么没有钱?怎么就命不好?"正说着,一阵雨水从那屋顶上淋了下来。淋了那女孩子一身,那女孩子不觉地打了个寒噤,说道:"不好了!屋子上面的席叫风吹掀了。快把床挪一挪罢。"说完,便同她母亲来拉床。正忙着,一个三十多岁的男人,打着一把破伞,通身的衣裳都湿了,走了进来。那女孩子叫道:"爸爸来了!爸爸!你借了米回来了么?"那男人夹着肩膊,颤声说道:"没……没……"

那女人急道:"我们两天没有动火了,又没处再去借米,这不得等着饿……"这句话倒说得那女孩子想起饿来了,哭道:"爸爸,饿……饿死……我了!"

那男人拭眼说道:"你乖,别哭,等到好了天,我打鱼卖了钱,就有的吃了,不挨饿了!"说着,只听哇的一声,床上睡觉的小孩子也醒了。那女人忙地抱了起来，给他奶子吃。但是那小孩子衔着奶子在口里，只是不住地哭。那女人拿下奶子看了一看，道："哎哟！这奶子是没得汤了！怪不得他哭呢，这怎么……"说着，便用袖子去拭眼。那女孩子看见她母亲哭了，越发哭个不住。那男子包着眼泪，转了脸，往上望那房子上面的窟洞。

那时已是黄昏了，雨渐渐地住了，但是还没开晴。忽听门外叫道："王茂，你的渔旗子税还不快纳么？"说着，一声门响，进来了一个身穿蓝军衣的人，手里拉着一根马棒，嘴里吸着纸烟，挺着胸腹，甩着个大辫子，一摇一摆地走进来。王茂见是一位水上警察，就带了几分怕，忙赔笑道："老爷！我这里连饭都没得吃，哪里有钱上税。再等几天我就给你送去罢。"那警察从鼻子里出来两道烟，慢慢地说道："你有没有得吃我不管，这渔旗子税总是要纳的；难道你说没有饭吃，就不纳税了么？没有饭吃的人多着呢，哪一个敢不纳税来。快点，我若回去禀了老爷，办你个抗税的罪，你就担不了兜着走！快点罢！"

王茂道："我前些日子预备了两块大洋，这几天没得吃，还没敢动用。等着再借三块，一遭儿给你送去，不是……你先拿这两块去。"

那警察道："不成，得一块儿交齐。"

王茂道："老爷！我今年时气不好，上一次下了网，又叫旁人把鱼偷了去，连网都割去了，所以我……"

那警察不等他说完，便接口道："胡说，有我们水上警察，哪一个还敢偷鱼。难道我们偷了你的鱼不成！你分明抗税，还要胡说，非带你见我们老爷去不成。……快走……不成。"说着，拉了他就要走。

那女孩子原是哭着的，后来看见那警察来了，她便吓得跑到她母亲的背后，一声也不敢哭了。今见那警察要带她父亲，她怕得又哭起来了。那女人也急了，把小孩放在床上，跑来求那警察道："老爷饶了他罢！你若把他带……我们一家……都要饿……死了！"那警察仰了脸，只作不理，道："走！走！别废话啦。"说着，拉了王茂就走，吓得那女人孩子一齐哭起来。那时雨又下大了，澎湃之声与哭声相和。

忽听哗啦的一声，接着那小孩子哭了一声，就无动静了。那女孩子哭叫道："后墙叫雨冲倒了，弟弟……"

王茂听了，哀告那警察道："你放了手！我看看我的孩子再走！"那警察哪里听他，拉着就走了。那女孩子还在后面哭着叫："爸爸……爸爸……妈妈晕过去了……哎呀！"

那时天已昏黑，王茂走得远了，犹听得他的女孩子叫哭之声，被风送到他的耳朵里，时断时续的。

磨面的老王

/// 杨振声

一个伏天的午后,午饭刚过,满地都是树荫,一丝风也不动;好像大地停止了呼吸,沉闷得很。一团炎炎赤日,很庄严地在长空中缓缓渡过;这个世界像似被它融化了,寂静得可怕,一切都没有动作,也没有声息。花草都低下头去,沉沉欲睡,长舌的鸟儿也一声不响;只有不怕热的蚂蚁在火一般的地上跑来跑去;勤苦的蜜蜂儿围着花飞上飞下。在一个花园东北角上,立着两间茅草的破房,从腐烂的窗格中间,滚出一阵阵隆隆的磨音,打破死一般的沉寂。

一个三十多岁的男人在那里磨面,黄色的脸皮上披着一缕一缕的汗纹;乱蓬蓬的头发盖满了浮面,好似草上秋霜一般。一条蓝布裤子露出膝骨来,被汗洗透,都贴在腿上。他从十几岁上失去父母,就雇与人家磨面。起初推磨的时候,他还觉发晕;又觉得天太长了；腰腿酸得不能抬步。后来习惯下去，他也就和那两片无知觉的磨石一样地机械动作了。两片磨石磨薄了几寸；他的汗把地滴成窝，他的脚把地踏成坑，他的胡须也连腮围口乱草一般地生出来了。除了对门李家的花狗儿时常跑来看看他，对他摇摇尾巴要点冷饭吃，只有那两片又冷又硬的磨石是他离不开的友伴呵。

墙下的日影渐渐长了，树荫下睡醒的老牛，哞哞地唤伊的小牛。巢上的小鸦儿伸长了脖子，张着宽大的嘴儿叫老鸦回家。压山的太阳照出半天的红云。老王出了黑魆魆的磨房，拍一拍头发，走到左边的河里把身上洗一洗；坐在河边草地上，看李家的花狗儿和一个黑狗儿扑着玩。张家的小福儿伸着两只泥手，从一株柳树后面转了出来，一直跑到河边对老王说：

"妈妈要你磨麦子，你明天有工夫么？"

"有工夫，明天一早就磨起。"老王回答说。

那小孩子又眉开眼笑地说道："妈妈要面给我做巧果子，后天过七月七啦！"说着跑到那两个狗的跟前，抱着那个黑狗的脖子，和两个狗滚作一块儿。爬起来又往北面一个菜园里跑了去，两个狗也跟在后面跑。他口里嚷道："我叫爸爸吃饭去啦。"不一会儿，张老三肩着锄从北面走了过来，福儿在前面跑。他又站住等他爸爸一会儿，仰着小脸儿问他爸爸几句话，扯着他爸爸的手儿往村西头走去了。

老王看得出了神。那个小孩子含笑的小脸儿，仿佛有一种魔力，引出人心中很深密的爱；他那个活泼泼的神气，能使一切的东西生动。这个景象深深印在老王眼里，使他的脑筋起了特异作用。他呆呆地坐了一会儿，顺着脚走回自己房里；心中好像有了心事似的，饭也不吃，瞪着眼睛仰卧在炕上不动。此时沉沉的大地笼罩在黑暗里，一点声息也没有；只有窗外的虫声和村里一处处的犬声来点缀这个空寂的世界。

老王仿佛身在磨房里，但是这回自己不推磨了。一个大驴子给他推磨，他只在一旁忙着加麦子收面。这个长脸的驴子，竖起两个大长耳朵来在磨前飞跑；面落得十分快。他看着自是高兴。忽听身后一声叫道：

"爸爸，你不去吃饭么？妈妈都预备好啦。"老王回头一看，一个五岁的小孩子站在他的面前。这是他的小孩子，比白天看见的福儿还长得好看些。抱起来亲个嘴，他喜得唇都颤动了。

"你磨面给我做巧果子么？"小孩子抱着他的脖子问他说。

"是呀！是呀！做一大串巧果子，下面坠个花红，好不好？"老王忙着回答说。小孩子喜得张了小嘴笑，露出一口洁白的小牙来。抱了他的孩子走出磨房，他看见一个二十多岁的女人在那边忙着张罗饭桌子。"这是村西黄家的大女儿。"他心中想道。他的女人指着桌子说："快吃吧，等会儿就冷了。"看见桌子上放着一盘子热气腾腾的黄瓜炖牛肉，方蒸好的馒头，他腹中觉着饥饿得很。饭吃得香甜极了，却是越吃越觉着饿。小孩子坐在桌子头上，伸出小手来要馒头，又张着小嘴儿要菜吃。他心中说不出来地快乐，泪包着爱的眼光常射在他的小孩子脸上。一阵脚步响，张老三闯了进来，嚷道："福儿！福儿！我好半天没找到你，你跑到这里来了。"说着抱了小孩子往外就跑。小孩子一面挣扎着，回过头伸着手向老王道："爸爸，扯住我，我不去！"老王吓呆了，急向前来抢，却吓醒了，心里还只是嘣嘣地乱跳。睁开眼屋内漆黑，死沉沉地寂静，只听远远的鸡声和肚子里边咕噜咕噜的声音相答。

老王瞪了眼，躺着不动。直到窗纸发白了，树上的雀儿噪起来了，他懒懒地起来，仍旧一转一转地磨他的面，却是他今天与往日不同了：他有了心事了；他走得慢了；他时常不知不觉地停住了脚，忽然又紧走几步。磨的声音不似从前那样地均匀了，变成时断时续，忽快忽慢的了。他大概是想他梦里的小孩子，或者也想到他的驴子。他只是渐渐地瘦下去了。

正是秋天的黄昏，屋角上黄色的夕阳照在草园里一堆堆的落叶上。下面的蟋蟀，"唧唧！唧唧！"时断时续地叫伊的友伴。草屋里的老王已经绝粒几日了。他起初受了风寒，头烧得厉害，后来腰腿都痛起来，他不得不和他那两块又冷又硬的磨石分手了。他躺在床上，也没人送饭他吃，捧水他喝。倒是对门王家的花狗儿有时想起他，跑来打两个转身，见他躺在炕上，把两只前爪子搭在炕沿上，摇摇尾巴，对他汪汪地叫两声就跑了。

他一阵一阵地发昏。忽觉屋内放了光明，他看见他的驴子在那里推磨；他的老婆在那里做饭；他的小孩子在草园里玩，很可爱的小脸对他笑着，伸出小手来招呼他；他也笑着跑向他的小孩去了。

阿美

/// 赵景沄

少爷今天确乎有些动怒了。他板了面孔对着王妈道:"你不做。我告诉妈妈去。"

不过除了阿美,谁肯什么事情都做呢?况且王妈年纪也大了,怎还能和小孩子玩耍。但是少爷却不能原谅伊。

当然,少爷知道什么原谅不原谅呢?假使他知道原谅,他也不会叫阿美什么事情都做了。他现在不过几岁。照仆人们称呼主人的例,他只够得上称一声官。不过他是他母亲的独子,他母亲欢喜人家称他少爷。他自己,也欢喜争一个少爷做,所以人家就称他少爷了。少爷是应该有少爷的脾气的。是的,少爷除了书不要外,什么东西都要的。他无论要什么就要立刻办到的。他的少爷脾气发的时候,就是阿美倒霉的时候。他一天到晚发脾气,阿美就一天到晚倒霉。因为阿美虽只是一个十二岁丫头,伊的主要的职务，却就是给少爷当亲随——二爷。

　　伊还不只做二爷哩。少爷是欢喜骑马的。少爷要骑马的时候，阿美就是马。伊就得把两手放在地上，把少爷在背上，用手心和膝盖抵着地，从房间的这一角走到那一角。实在这马太嫌低了，少爷骑上了，他的脚有时也抵着地。少爷的脚一抵着地，马的进行也费力得多。不过伊是不许走得慢的。伊的常常蓬着的辫子，就是少爷的马鞭子，马走得慢，就得吃马鞭子：这种地方，少爷都知道的。拿鞭子抽还不够，少爷就拿他的小手掌，向伊的小脸上嗒嗒地打。这样一来，伊当然要走得快了。但是快了又不好了。少爷带着哭声喊道："妈妈！伊要弄我跌！"这时正吃着水烟的太太，把水烟管撇开了嘴唇边，哼道："卖胚！好好地玩玩，又闹些什么了？卖胚！你总是恶恶恶！卖胚！不知哪一世欠了你的债！"

　　真的，不知是哪一世欠了伊的债，太太常常要为了伊费力；为了伊，太太常常要说许多话，常常要用尽气力瞪着眼睛板着面孔说话。太太吃午饭吃得有些热了，阿美并不知道来扇扇。于是太太发怒了："卖胚！只知道呆立着，从不知道做事。看见人家吃饭，总不肯拿扇子给人家扇扇的。难道定要等人家请的么？"阿美学到了乖了。不过实在，这事只多给了伊一种讨债的资料。因为到吃晚饭的时候，伊就又过去扇扇子，那时太太正有些头痛，怎能不又费了许多力动一回气呢？"人家头痛，谁要你来扇？总是这样的，叫你做一件事，总没有好好地做的；不叫你做的时候，却要你忙着献殷勤。人家的丫头,教教总会些。只有这里的饭,是吃在猪肚皮里的。"

太太的话,在伊的小脑子里,并不能留存几时。唯有猪肚皮三字,却在伊的脑子上印了一印。因为有一次,王妈正在灶上熬猪油,伊立在旁边。王妈对伊说:"像你这样无用的人,只配养肥了,卖给人家煎人油去。"现在伊听见了猪肚皮,就想起了熬猪油,煎人油。伊知道煎人油是和熬猪油一样。那真是一种不曾尝过的难尝的滋味啊!想到这里,伊不免有些怕起来,幸喜伊自从吃了"大人家"的饭,一向还是骨瘦如柴的样子,所以伊想那样煎人油的人,还不见得要伊。无论如何,伊的恐惧存在的期间也是极短的。一会儿,伊又给少爷叫去伴着玩了。

少爷是将来要做官的。虽是现在年纪还小,不曾做过真官,却很欢喜玩玩官的把戏。现在他就在凳子前面坐起堂来了。

"这官样子倒不错,"太太靠在榻上笑着说,"不过犯人呢?""阿美!"少爷说着,就把阿美拉到凳子的前面立着。"这个犯人犯些什么事呢?"太太眯着眼,继续地说。"犯的……"少爷有些说不出了,不过记起前天隔壁陆家捉着贼,送到局里去就想着了。"是贼。"少爷说。"偷了什么呢?""偷了……贼!你偷了什么?"少爷对了阿美问着。但是阿美却俯着头,一声不响。"贼!你偷了些什么?"阿美向少爷望着,带了一种似笑非笑的样子。少爷耐不得了,离开了案桌,跑去把手心在伊脸上啪的一下,仗着喉咙说道:"问你,你偷了些什么?"阿美缩着身子道:

"我不曾偷。"太太总是很会教的,说道:"贼不打怎么会招呢?"少爷捧了门闩,向着阿美头上就打,剥的一声,阿美就哭了。太太喊道:"饶了伊罢!"王妈过来,把少爷抱去了。但是阿美的哭声,却渐渐地响起来。终至太太忍不住起来,哼道:"还哭哩!又打痛了你了。叫少爷给你打还了,好么?"

当然,少爷怎么好给伊打还呢?况且,少爷说伊做贼,也并不曾就冤枉了伊。自从伊偷了少爷的糖吃了之后,伊的贼名就定了。太太是很精明的。伊偷了一块糖,就给查出了。当太太拿棒把伊打着的时候,伊也没有什么话说,只一遍一遍地说:"饶我罢!我下次不偷了。"问伊为什么要偷糖吃,伊说:"我见了糖,只觉得非常想吃。"不过伊不曾知道伊是不应该想的,伊一想,就做了贼了。太太更给伊加上一个徽号,叫伊"小贼"。

在伊得了这个徽号后不上一个月,张家太太来了。伊是太太的丈夫的姊姊。伊住在离这里四十多里的地方,这次到这里来,是专预备来住几天玩玩的。伊是一般也很有钱的。在伊身上,满露着"大人家"的太太出来"做客人"的样子,伊的衣服并不很鲜艳:因为鲜艳是不适于太太似的。但伊的衣料,都非常考究。伊的两手十个指头上,戴着好几个珠的宝的戒指。太太见伊来了,很起劲地去欢迎伊。王妈见来了,极意地去奉承伊,准备将要走了的时候,可以多赏几个钱。阿美见伊来了,自然也欢喜,因为伊以为这位漂亮的客人太太,是非常好看的,所以常对着伊看,从头上望到脚上。至于客人来了,自己的太太也要忙些,所以阿美也可以少挨打骂,这是当然的结果,虽是在伊的小脑子里,却还不曾想到这一层。

张家太太住了几天,有时也到街上去走走。到了第四天,伊预备走了,早上起来,却不见了一只金挖耳。伊在枕头边、被里、地上、屋角里,处处都寻到,却总是没有。但是张家太太确实说,伊昨天街上回来时,那挖耳还明明是在头上的。太太也知道了客人太太不见了东西。当然,这是伊不能不查究的,否则人家心里还以为主人窝藏着贼呢。贼么?要只是"小贼"罢?不是常对张家太太头上望着么?"今天张家太太房间里除了阿美去扫了地,别人都不曾进去过。"王妈说。这样,那话就更确实了。太太这次的动怒特别地厉害,因为伊的可怕的眼睛的亮光,似乎比平常特别亮些。拿了很粗的棒,目不转睛地对了阿美,发出十二分有威势的声音道:"你偷去放在哪里?说出来,不说就打死你。"阿美怎样说呢?伊的头俯着;伊的手垂着;伊的吓得带着青色的脸,表示出脑筋的作用停滞的样子。伊的身子渐渐地颤动了。太太的棒,开始向伊手上飞来,伊的手让了一让,腰里就吃了一下。痛是打了以后必然的感觉,这并不是伊的最难去尝试的事情;伊的最难的事情,就是要感到了剧痛而不哭。但是伊终于哭出来了。太太说:"你哭吗?哭了,人家就会饶你吗?"接着的,又是一阵头上的剥剥的声音和身上的嗒嗒的声音,张家太太说:"一只挖耳,值得多少钱?不见了也罢了。嫂嫂何必这样动怒去,饶饶伊罢。"但是对于太太的心里,这几句话的每一个字,都似乎有些刺痛的。伊的手机械般地举着，阿美的皮包骨的身子跳舞般地动着。棒的声音，夹着狂吆般的喊声，棒声停了，哭声渐渐地低起来；哭声渐渐低起来，加上的就又是一阵棒声，于是阿美哭声又大了。这样地继续下去，直到太太觉得十分疲劳的时候。阿美呢，不知是因为打呆了忘了吃，还是吃不下，还是不愿吃，就中饭晚饭都不曾吃。那晚睡了以后，明天就不曾起来。现在伊正病着，伊的病倒也清闲的，因为从没有人去扰伊。至于太太呢，也可以少费些精神。

只有少爷因为缺少了一件不会有替代的玩具，不免常有些动气。不过当王妈对他说"阿美给你打得现在快要死了"的时候，他倒也很晓事地说："死了，有什么呢？我叫妈妈出几个钱，再买一个。"

狼笯将军

/// 陈炜谟

"离家两年,那金鸡寺中的荷花,不知都怎么样了?"

离我家的两里路远,面对着一段弧形的绿茵如锦的小丘,高耸着金鸡寺的屋尖——在一丛缥翠葱青的修竹林里。月明如画的夏天晚上,沉醉的,含着稻香的夜气弥漫在田野中,这地方颇不寂寥。农夫、农妇、工人,以及邻近居民,多来在这寺里,或三个一堆五个一攒地聚在草亭里,谈论东邻的是非,批评西村的头足;或挈酒提壶言笑自若地据在眺楼上,邀清质的明月做伴侣。我从前乡居的时候,亦往往加入他们的游园队,凭倚在莲子池的扶栏上,凝视荷花的红笑,静听莲叶的翠谑。

但自从命运的鞭儿,驱策我做这沙漠似的北京城的骆驼以来,每天除跫跫地随着琅琅的钟声,上课,吃饭,睡觉外,乡愁有之,乡梦早已广陵散绝了。

"两年没到故乡去,那金鸡寺中的荷花,不知都怎么样了?"我常不自觉地这样叹息。

今年暑假,我冒了危难,回到灰色的故乡去,在半岛形的重庆城,听了整十五日夜的枪声,好容易才唱着"蜀道难"动身回到故乡去。

"金鸡寺的荷花,我毕竟可以看到;偿一偿两年来的夙愿,也很满足。"我倚在轮船铁栏上,望着东去的大江,想着。

习习的微风,从城里吹来不少的恐怖;团团的战云,愈布愈远,灰衣服的军士,快少光顾蓬门了,我到家一周,金鸡荷花没有瞻仰,心房倒跳动过不少次数。从L城到C城大道上,太平年间旅客商人,摩肩接踵,穿梭往来,从附近的小丘上眺望,宛如一条无量长的千足虫。现在呢,上下数百里,人迹寥寥,白天只有三五大胆的农夫,怯鼠似的跨过石道;稍一不慎,遇着拉夫,即有剖心刖足的危险呢。晚上尤为严厉,犬嗥虫叫,皆疑为人。只有绿衣的邮差,提着风雨灯,数数白石的数目……城门失火,殃及池鱼,金鸡寺中小池里条条的游鱼,再也得不着从前那么多甘饵了。

幸运的是荷池旁的石凳,许久没有肩着人体的重担。

七月的一天晚上,天空铺下一张薜荔青的鸳鸯锦,月儿绣球似的缀在上面,晚饭后,我独自背着手在院子里踱来踱去。四围寂无人声,只嗜嗜的夜蝉高据在柳树上,鸣着。郯郯的风,送来一阵阵院子里的花香,沁入我的鼻观,全身顿觉轻松多了。小星三五，不知是哪位美人卸却的九雏钗？我觑着月光，数着星点，心里暗自忖算："这样好的月光！……这样体态轻盈的月光！……像披着孔雀翠的泥金绡衣的美人，在瓦尔池舞后，洗去铅华，卸去珠翠，倚着玻璃窗口，抚着鬓黑的香发，微倦地惺忪地觑着。……可惜——可惜我和她的距离太远了——天上，地下！"

正在这神思飞越的时候，大门口有叩门声，我忙去开门。

表哥蹑步进来，拍我的肩头，猝然说道："走？"

"哪里去？"

"金鸡寺，有人已经先去了，纳纳凉，解解闷，也好。这样的年头，晚点睡，安全些。"

我正苦无法消遣，便踱进卧室，装上卷烟夹，戴上帽子，随他去了。

荷池畔已踞着数人，表哥和他们招呼；他因在成都读书，离家较近，年暑假均回家，和乡人甚熟。我未出川时，居乡日少，且已离家两年，反觉生疏了。我只认识靠东坐着的青年白棣。他是我的邻居，也是我老同学，我们从小学一直同到中学毕业。我和他拉过手，傍他坐着，便开始问他：

"朋友，别来二年余，你生活怎样？"

"怎样，全家同吃饭，一人独睡觉罢了。"

"近来做何事，有趣味么？"

"在镇上高小校教书鬼混，哪里谈得上趣味？"

他本是木讷寡言笑的人，且我们别来两年，反觉生疏了，说过这几句话后，便不再言语。我心中有千言万语，想向我的朋友尽量泻出，但亦不知从何说起，对坐无言，反使我想起他许多往事。

我和白棣同入中学，是民国六年的夏天。他的性情和同学大多合不来，只和我尚好；同学们都叫他"眼泪狗"。他的眼泪真多，一对黑眼珠，好像含着深蕴无底的痛苦。有时，他噤若寒蝉地向着同学端详；端详面部，耳，目，口，鼻，举止，行动，像蚂蚁含食物一样，永无休息，永无言语，到他看出兽性的遗留时，他的眼泪就来了。别人口角或争论，亦往往能开启他的泪囊。细雨纤纤，宿雾蒙蒙，天色黯淡一点的时节，更足以潮起他的泪浪。他又说他晚上睡不着觉，常常做梦；所以，晚上他多半点着灯，有时彻夜不睡。就为此事，学监骂过他不知多少次数。他总是说："我是酷好鹰之国的人，夜的世界才是我们的世界，白昼的虚伪，诱惑，堕落，残忍，均已消灭。群鹰乱噪，我愿和着悲咽的调子，唱自己凄清的挽歌。"学监也管不了许多，且他成绩很好，只是劝说："白棣，别太衰飒了！鼓起你玫瑰花似的青春的鲜蕤罢，这世上有的是光明的星点！"但过后不久，众音岑寂，午夜清幽，人从他寝室外面经过，即能见美乎灯孱弱的灯光。……他有时又有孩子的天真烂漫的快乐，一个人在屋子里呵呵地笑个不亦乐乎。……

哼，眼泪狗……幸喜你尚未疯狂，给人家把你禁锢起！……幸喜你尚不曾被人用恶毒的石子掷伤，也未曾给乱棒打死！……我想起他许多往事，不觉注视他的模样。……哼，模样也不曾改变，冬瓜脸，面色铁青，宽广的前额，约占面部五分之二的地位，这额原是不能伸直的，现在似乎多了几条皱纹；嘴唇凸出，几乎与前额落在一直线上；乌黑的头发，乱草一样地堆在头上，远远看去，活像一个黑砂锅！只是神秘的眼珠，似乎更加了些玄蕴的神秘，而且全部的表情亦很奇特——呆板，凝滞，阴郁而惨淡，好像一只将牵上屠场的蹄声趵趵的黄牛一样！

两年来经过了多少变乱。我想我的朋友总有许多新闻见告，很想开始问一问他，但一念及反正"全家同吃饭，一人独睡觉罢了"，我心释然，终于缄默同蛤蜊一般。

表哥絮絮地同他们谈话，越谈越起劲，我无聊极，只静静地观察这一队游人——

正北面的游人，年纪有四十岁左右，黄铜色的面庞，头发垂颈，眼珠晦涩；眉萼时时蹙起，好像在他那一丛镰刀形的眉毛上，压着一百斤的重担一样；他穿着一件蓝布的短褂，没扣纽子，胸脯裸露，从那铜黄、波皱的肌肉看来，他是一个驱驰雨雪阅历风霜的农夫。

白棣靠东坐着，钳口抱膝，像泥塑木雕的菩萨一样。

靠西的青年，从外表上看不出他的职业；年纪约三十岁。脸部很奇特：鼻钩，颚凸，两颊上似乎长着斑点，月光下看去，他面部的颗粒，总不能组成一光洁的平面。他那眼珠时左时右，身体不住地摇晃，好像坐在安乐椅上一般。

南面的人，最使人注意的是那肩膀：宽阔，结实，长，且平坦，好像有二百斤重的担子压在肩上,他亦能承受一般——表哥傍他坐着。

起初他们随便谈话,谈着镇上的猪市、棉花、土壤等,后来那宽肩膀忽然发现宝贝似的问那农夫道:

"老实,你们的谷子打完了没有?"

"叨光?打完了。……听说土桥沟那面,出一块大洋一天还找不着人打呢。"

"怎样?"宽肩膀很注意地问。

"匪呢……现在人真聪明,听说那些匪早不来,迟不来,等你刚把谷子刈下,就来——来便逼着你打好给他挑去。"

"他们怎样来得这样应时?"宽肩膀发现空隙了。

"应时……他们早在芦草中伏着呢。……你不曾听说,石板溪那面,谷子打完,稻草都不许竖起,怕有匪人匿迹其间呢。"

"嘿,光绪娃真聪明!……幸得我们这些还好。"靠西坐着的身体摇晃的人说。

"好?"老农夫生气了,"你昨晚未听见枪声吗?……刚睡的时候,我忽然听见洋号声,好像就在门外山坡上吹着一样。……我赶忙起来,倚着门槛听。是不好,我又到山坡上去。……四方的狗都吠哼起来,夹着一声两声的炮响。……杨湾的狗尤其吠得厉害,上上下下的,好像匪已进屋的样子。……不知哪户家又遭抢了?……"

"沙陀寺的张老三,今天在镇上听说的。……有点空钱,没有田地。"白棣补说几句。

"匪亦太猖獗了,昨天石堰场的团总来信,说中山有匪人,回龙场亦有信来……你怕隔好远,只隔七八里呢。"农夫说。

"今——夜——满——天——星——,明——天——大天——晴。"身体摇晃的人,像吐铁球般,一字一字地,沉重地吐出。

"晴!"宽肩膀生了气,"再晴!……再晴,你会嚼树根!……再晴,你会咬石子!再晴,吃不吃?……海椒茄子都干死了。"

"海禅寺的菩萨真灵验,"老农夫有所感了,"戊午年打战,降乩笔说,如果给他烧一百个纸兵,一百匹纸马,可以横直保五十里没事。后来如命烧了,果真没事。……这回扶乩,说有三十个红光,真果不错……现在,才(他屈指计算)……才十一个,还差十九个呢!"

"现在真不成世道,"宽肩膀更有些不平,"菩萨也不管事。……张献忠绞川,人们都跑到高山去,围了三年,毕竟攻不破,后来玉皇放下摩脸鬼,才收尽呢。……记得我七八岁时,不是,十一二岁了,米才卖六十文一升,鸭子一百二十文一个……现在呢,贵不必说,还买不着呢。……好久没有脚夫进城,镇上的茶馆都在借茶叶,洋火亦卖四十文一箱呢。"

"四十文?前天赶集,李金山铺子上只有五箱了!"老农夫如背熟书般说。

谈话暂时中止。只嘶噪的夜蝉,填补这静寂的空隙。

"头戴熨斗,身披黄狗,手拿鸟枪,往深山走!"身体摇晃的人歌唱般说,"现在赶集,也是打猎一样,前天镇上调来一连团练,个个背枪,人人实弹,在街上走来走去。"

但没人应和。

"你家的阿二听说拉去了?"

层叠的记忆之波,又涌起于宽肩膀的脑海里,拍着老农夫,问。

"拉去了,昨天才回来……遭了一刀。……他说走到石碑,诈称挑不起,那勤务兵便用刀在他腿上刺一下!……这才把他放了,讨口转来。……"老农夫说了,伸一伸懒腰;宽肩膀瞅他一眼,点上一支叶子烟,吸着。

我也吸起一支,又递一支给白棣。

"老实,我家屋后鱼塘里鲤鱼很多,想捞一捞,你明天空不空?"身体摇晃的人向着白棣这样问。

"不空。沟头赵惕甫死了。我要去帮忙照应。"白棣眼圈上泛起一层红潮。

"死了?……什么病?……好久我像看见他在赶集。"

"大前天死的……他那病也难说……这样的世道!……本来死也罢了,死是人类的安乐窝,但他偏死在这时候!……你想,现在是什么时候?……谁敢举办什么事?不久,李保董的少爷结婚,也只用一乘小轿呢。……而且,死也罢了。人类总要求一光荣的死……他呢?……哼,光荣。"白棣吞吞吐吐的,终于把他的话吞咽下去。

身体摇晃的人不再问,大家也就未注意了。谈话的题目因而又转到李保董的儿媳，大家争着问她的面貌，娘家，妆奁多少，新郎漂不漂亮……从堂衣到裙子，从裙子到花鞋。……我不曾做过结婚的梦，有一回，人家结婚我欢喜，亦曾醉得半死，但自从和岑寂订交以来，久也乎未读"结婚的爱"了。……这些话于我有什么？……除却李家的人口论上有些更换，家事史上着些墨迹……但是——"死也罢了，人类总要求一光荣的死。"这不是我一年来悬而未决的问题？

"怎样？"我不能不申问了。

"什么？你问。"

"赵惕甫，他究竟是什么人？"

白棣不语。

半晌。

"他吗？……他是世代冠缨，满室钩牒；金鸡寺的荷花有多少朵，他家就有多少官。他吗？他是痛苦的象征，灾难的记号；世界上有多少杀人流血的战争，他家就有多少捐男弃女的损失。……他吗？他是死亡的纪念碑，眼泪的储藏室；他家门前的阶段有多少级，他心灵上就有多少火烙的瘢痕。……他，他，他已在极乐园拈花微笑去了。……"

我惊愕了，哪来这矛盾的话？

"怎样？他究竟是什么人？"

又半晌。

"他吗……"

"他是二等文虎章,陆军中将衔,狼笅将军。

"他的次子:十八岁,平头宽额,身矮眉粗,沏蓝的牙齿,朱砂的嘴唇,是——陆军少将。

"他的季子:十二岁,柿子形的面庞,身矮,眉粗,一蓬浓厚漆黑的头发,是——参议。

"他的次女:十六岁,菱花白的面庞,荞麦乌的头发,咖啡色的衣服,莲青裙子,是——咨议。

"八岁的橄榄形面庞的幼女,是——秘书。"

我愈加不懂了:八岁的秘书?是的,八岁的秘书,在我们"首善之区",倒像汽车轧肢体,灰发狎绯颜般的寻常,但是?唉!怎地进步到这样快?真是一日千里的!在我们这"天府之国"里也居然有八岁的秘书,——而且是女的!

"听说他家里已设起审判厅呢?"身体摇晃的人问。

"是,"白棣续下说,"半年以来,他性情越发变得古怪了,一有不对,便升堂问案,玉香,那娇小玲珑的婢女,才作孽呢,全身指甲伤……有时连小秘书也要受夏楚之刑呢!……"

我如在梦中,茫然,悒然,而又怅然,这叫我从何说起?两年的远别,我竟和故乡隔绝到这个地步?……我几乎不相信我的两耳了,终于鼓起勇气问道:

"好朋友,恕我麻烦你,告诉我,怎么一回事?"

白棣还是半吞半吐的,终于我逼迫不过,说了:

"怎么一回事?朋友,这不是书上说的,这是人间的事。……

赵惕甫是，他家原是世家，他自身亦是个举人，且在法政学校毕业。……在早上，人谁知他是否应该在晚上跌死了？人谁知半小时，半分钟以后的事？……但是上帝的赐福，他毕竟到天堂去了。……他的长子也在那里等他，叔父三月前就去了，还有长女，无有消息，大约是的。……我和他是亲戚，不知我能否有这样的幸运？"

无聊着我点上一支纸烟，又递一支给我的朋友，他不即往下说，只呆呆地瞧我出神。

唉，那只眼睛——神秘而且玄蕴！这明明告诉我：有多少鬼气森森的魂灵阴影都映射在一潭清渊里！……哼，这一潭清渊！

"去年冬月，我过他家，不幸遇着他长女的生日。……唉，生之日？死之岁？你可曾懂得？谁又曾懂得？……他的长女，自从前年兵燹，那时她才十八岁，有一天下午，走人户①回家，被军士们掳去，两年无有消息。……她可曾活着，抑已经死去，谁知道？……问问上帝好了！……那天的天气十分黯淡，似乎报告了她的死信。……天空罩着一重铅灰幕，而这幕又似罩得不稳，快要坍下来的样子。……我到他家，堂屋中神龛上燃着一菜油灯，荧荧如豆，生日原要点灯的，这并没什么。……我和他的夫人我的姨表姊匆匆地叙话也和他呆若木鸡地对坐着：你望着我，我望着你。……

---

① 走人户：方言，即串门，出门做客。

"午饭时全家聚在堂屋里,仆人捧上碗碟,他命摆在神龛前的一张油漆方桌上……他踱到桌旁,籀籀地、噢咻地祈祷:'菱儿,你魂归来罢……爹的过,你魂归来罢……你死了么?——上帝给你投生到盔铠之家,自个儿享福!……你还活着?——这园里满目的碎瓦颓垣,我不愿你这样!死了,爹,还可以过年过节给你化袱……活着,像海滨的沙粒般地活着,只有给人们侮辱,只有做人们的玩具!……菱儿,不是爹咒你……养你出来,辛苦地养你出来,还得我来尽这样的一个义务——愿你及早死灭!……船是为水而生的,灯是为火而生的。原来你是为"红帽箍"而生的!……'

"'来罢!'他的夫人眼圈上泛一层洪潮,'来罢……娘没有什么,只愿你来世做一个魁梧奇伟的丈夫,上帝的赐福!'

"七岁的幼女。天真烂漫地,拉着母亲问:'妈,什么?'

"'你姊姊!……说,好姊姊,菩萨保佑你常常住极乐园!'

"'姊姊!……姊姊……给人家背去了!'小孩哭出声,大人齐掉泪。

"饭桌上大家又谈论菱姐,赵惕甫说,他的女儿在,今年二十了,也许要大大庆祝呢。忽然抬头,看见卧室门上她女儿绣的琅玕紫门帘,他泪珠点点地说:'门帘犹在,造物者不知哪里去了?'

"'造物者不知哪里去了?'他又重说一遍。"

白棣瞧一瞧我的面容,抖一抖烟灰,用力吸了一口,将残蒂掷在地上，又继续他的谈话：

"我以后常往他家，今年三月，他家神龛上又添了两块神主牌，一是他的长子，城里派军款，期限太迫，缴款不及，狱中死的；一是他的叔父，三十一岁，人太热心，办团种下恶根，给匪人捉去，挖出心肝，尸骨被狗吃了……

"自此以后，赵惕甫的性情变得古怪极了。……黯淡天，猫头鹰似的一个人坐在椅上流泪……有时又呵呵大笑，但笑犹未完，便祈祷地合掌，闭目，嘴里叽哩咕噜的……

"更古怪的是他竟把全家都封起官来，他自为狼筅将军。……今年三月，我去找他……怎样，真怪……你猜，我看见什么？……他门前插一面红纸做的小旗上写一'赵'字，门旁站着两个小孩，我认得是朱二和吴五，他佃的儿子。……至熟的人，我到门前，他们居然不要我进去，问我要名片……打了半天麻烦，好久才引我到客室。……好久才有茶来。……才有烟来。……才有婢女出来。……又好久他才出来。……

"我向他述说事情，他不住地摇他的头，捋他的仁丹胡须（几时蓄起的，连我也不知道），看他的模样，好像要罚我三千元，判五年监禁！……我的事情完了，他便滔滔汩汩地和我谈起天下之大业，不朽之盛事来……

"他说，他的家庭真值得称为模范家庭，值得赞美，值得崇拜，值得模仿，这是寓兵于家，道前人所未道，发前人所未发的……泰西的家庭，儿童室有积木，皮球，小床，小几，冰鞋……那不过是顺着先天的本能，还未必适合于后天的环境！

"他说，他的次子已习完步兵操典，野外勤务，武学大全，临阵须知，可以打野操，临战阵，当教练长。

"他说，他的季子已知道什么是'咨'，什么是'启'，什么是'令'……他已知道'署'与'为'的区别……他已知道'特''荐''简'的意义，他已知道'等因奉此''等情准此''等由据此'……他已知道'为布告事，照得，……'的告示式……

"他又说，他的女儿简直是木兰复生，缇萦再世……可惜他的长女死了……不然，也许要炫耀着金枝翠羽，飘扬着锦伞绣旗，红妆蹙敌，彤史留香，效一效赵津女的故事呢！……

"说完他喊沏茶……我那时正口干，拼命地喝：一口，一口，又一口。……后来他轻轻地拍我的肩，说道：'这是送客礼呢。'"

我的朋友突有所感似的，停住了。

"幸好，礼节还礼节，事实还事实。……他虽举行送客的典礼，却没有实行送客的事实……那天在他家午餐。……

"这回不比前回，严重的神气驱走了悲戚的分子，手续也周到。厨司把碗碟搁在桌上，就走了；安置椅凳，分配杯箸，是婢女的事；其次便轮到那小差遣——他的小秘书——的职务，他必须将菜蔬依次先尝，看酱油多少，是否合口味；最后他才来食。……食时又和我谈起国家大事，一部《孙子十家注》，倒诵如流！……

"以后我以校事忙，长久没有见他。前天才知道，他毕竟离弃这荆棘的人间到仙人桥与阎王爷算账去了。

"听说他死时还再三吩咐他的儿女,留心前程呢!"

朋友先前的声音,好像纤纤细雨,滴答地洒在半掩的蓬门前,这时,雨愈落愈大,嘈嘈地向我直泻:

"告诉你,好同伴,找遍近代的大辞典,也许找不出'调和'这个名词。……世界原只有南北两极。你不墨污人家的妻女,人就要鸠占你的老婆。你不养成啮心啮肺的习惯,就干脆把心肝割下来奉献给别人,并且,就是乞丐,总有两件天然的宝贝……记忆的箱,联想的线,谁也毁不掉的。……大王给人这记忆的箱,同时给人无数的纸条。……无数的纸条:猩红,豹黄,蛾绿,蟹青,鸦蓝,鹭白,乌黑,各种颜色,代表自由,平等,正义,人道,勇敢,冒险,进取,各种精神。……在这些纸条上,你若不写着'年月日奉令委为×××,遵于月日视事,除呈报外,志此备忘',或记着'年月日讨某妾''年月日提某婢上房''年月日调任,计盈余×××圆'……那么,你就得违反大王的意旨,撕碎这些纸条,剖出你的心肝,用白水洗净,盛在一白洋瓷盆中。加盛几玻璃瓶你自己的'真正老牌自来血'(以别于市上贩卖的人造自来血);更和上你女人的头发,你女儿在给人侮辱时遗下的一条花绸裙;更加上几只你的小孩的肥白的腕腿,装满这记忆的箱……然后用联想的线,紧紧地捆着,在生日或节期,一件件地取出来,放在心版上:抚摩着,眗视着,一件件地……回……忆!……

"你如不信，我还可以给你些证据。……反面的赵惕甫——他亦不全是反面，不过心有余而力不足罢了——已向你说过。……正面的例很多，举不胜举，即就我们镇上而论，也有不少。你不见镇口的吴蛮吗？往前，怎样，给人做伙计还要挨骂，但是，后来，拖两年棚子，如今已是师长了，还讨了十几个小老婆。……现在的吴曼师长，谁敢说是当初的伙计吴蛮？……岂特邦家之光，亦闾里之荣呢！……连他的妹夫田耀光亦是'嘒彼小星，三五在东'呢！……前天赶集，听说刘焕三已升了团长，那还不是栈房掌柜的儿子。学校退了学，从少尉做起的。……朋友，我劝你，早自为计罢。……几年毕业回来，还是要经过顾问咨议阶段，才能外放知事局长的优缺呢！

"好朋友，老实说，立身行道，扬名于后世的事，谁个不愿意。——勋章锵锵，彰服衮衮，武夫前呵，从者塞途，这才是大丈夫。……佩宝刀，饰金剑，我的父母曾这样地望我；我亦很愿意……说不定有一天我亦投身枪林弹雨中，唱'天下英雄丈夫争战功'呢。战而败，那是为国家，为人民，何等光荣的事！……战而胜，那是为自己，多么快乐！……从此青云得路，如日初升，我要讨九九八十一个女人，出一出我对于发花蝴蝶样跳舞着的乌云发、虾青裙的怨气呢！"

朋友不再往下说了。我只觉得呼吸窒息，血轮凝滞；我觉得我的心是一个盛药的小玻璃杯，给人塞下橙大一簇水竹茹，塞得太多，压得太紧，一口唇也不知被什么钳住了。

大家嘿嘿地望着,簇成一个静寂的夜鹈群。

"听,哪里来的枪声!"

身体摇晃的人这样惊愕地说后,踱到池畔小门旁。

大家倾耳细听——

没有枪声呢!……池旁只有两堵静寂雕花的墙壁。……风吹着树枝,瑟瑟的。……高木上恨费的夜蝉声。……宽肩膀短促的呼气声。……老农夫抖烟斗。……院中已没有别的游人,更没有别的声音。

"瞎说!哪里来的枪声!"

"真的!"

表哥与身体摇晃的人辩论两句后,也就站起身来。

真的,四方的狗都狺狺地吠起来了。村户的破锣,在附近的山坡上乱响,夹着一声两声的枪响,似乎格外喑哑而沉闷。

"不知哪位英雄又想吃元宝,讨姨太太,戴鹅毛帚子了?"我朋友白棣说出这几句话,也站起身来。

老农夫和宽肩膀踱出小门去,我不能不随大众走。

只有金鸡寺饱尝世故的荷花,密叶疏茎,深青浅紫,怪可爱的,仍呆着不动。

夜

/// 陈炜谟

箴婶婶陷入苦难中去了。

在她是一个苦海。但在我差不多是一种难得的、久盼着的乐园。隔两天总有新鲜的东西吃。起初说是想吃折耳根,鲜豆苗煮汤。后来凡是不大常吃的东西都渴想,尤其是甜的粑之类。早上我们一起床在院子里玩,就看见林妈端着一碗香油豆腐筋汤往箴婶婶房里送。有时我们爬在后园的树上掏果子吃,或者坐在那两丈高的园墙上眺望辽远的白塔,这时走来的也正是林妈,像跳着的蚱蜢一般。她很生气,说我们快上房子了。

嘴里咕噜着连续的、疑问的字句:看你们回不回来吃粑!果然,桌子上隔几天总摆着蒸的泡粑,浑水粑,黄糕粑,煮的麦粑之类。这样,箴婶婶的腹部也一天比一天大起来。

在那搭了楼板的屋子里,母亲,信嫂,玲姊一起谈天。早几个月母亲便说，恐怕是那个事罢。玲姊却情愿和信嫂打赌执定说一定不是，证据就是箴婶婶一点也不想吃什么，而且有一回还看见伊站着脚爬上很高的多宝柜去取什物。想吃的东西都已吃完，玲姊是输了。大家便计算着"月份"。第九、第十是最重要的月份。后来过了时还不见生产，大家都有些焦急，尤其是母亲。

我吃过甜的粑，便野雀似的四处乱跑，一点也不在意。心想着箴婶婶第十一个月、第十二个月还不生产，那就便好。天天都有新的东西吃！

我想得不长久，后来连自己也有些不耐烦。箴婶婶不能动弹了，一点小事都要人料理；林妈她们从东屋跑到西屋，递茶递水；母亲一看见箴婶婶感着不舒服，或者倒在床上，或者用手臂支着脸伏在桌上，便站在一旁问："怎样？不舒服吗？肚子痛吗？头晕吗？腰肢擎不起来吗？不要紧的。日子多，还聪明呢。"大家都在期待中过日子——一种漫长的、焦灼的、不可知的期待。大家都不知道降临的该当是什么，都不知道自己要怎样来应付这新的环境之产生而避免麻烦。

晚上尤为厉害，母亲本来患着气喘和咳嗽，常常一咳便喘不过气来，要人捶背。她为箴婶婶焦灼得太凶，操劳得太过分，咳嗽也加剧了。但仍支撑着，在很晚的夜分也还和玲姊谈话。我坐在一旁看着自己的影子在墙上动荡，故意把身子摇来摇去——那影子很有意义，觉得有点像蕙姊的使女走道的光景。老鼠在屋顶上跑来跑去。楼梯口那边看来是一团黑气。屋外死静。

许多可怕的、平常想不到的故事也想起来了，联想是多么厉害！母亲说箴婶婶有点危险。她讲了许多故事。说有一次有个人喝得很醉很晚才回家，看见一个女人总在他前面走，手提一个红包袱。他想，是私奔罢，便也跟去；到了一家围墙，他也在后面跟着那女人爬过墙去。女人止住，把红包袱埋藏在草堆里，他偷偷拾起来塞在阴沟内。屋内叫得很厉害，那女人趴在窗子上望一眼，屋里的女人便叫一声；鸡也叫了，天快发白，女人找包袱急得四处乱窜，小孩终于产生下来——那女人便是产难鬼。玲姊说得更可怕，说魏六娘就是在产难中死的；她待人太刻薄，心又狠，大概有什么人害了她：把三根谷草套起来成人形，用火烧去一头，放在她的枕下，她就死了。我想这恶作剧太危险、太可怕而且也容易到顶，只消三根谷草！箴婶婶不是太危险吗？我看见她的床铺得太不留心，靠西墙的那一头还有谷草露在外面。

父亲在很远的地方。箴婶的怀孕箴叔自然是知道的，但他在几个月前便跑到别处去。他不能不去。他在那里有着重要的事务在。他结婚较晚，箴婶比他要小七岁。母亲常说自己的责任重大，焦灼得很，就是做起事来素不皱眉的信哥，想到箴叔还没有儿子，和我们又未分家，箴婶如果……这时他的脸上也掩不了恐慌的神气。

蕙姊和她的丈夫也回来。谁也没有这样厉害，有如蕙姊丈的把烟来当饭吃。蕙姊做事很精细，她就是在我们家里，即是她的娘家替他煮烟，锅底也刮了又刮，煮完还锁在自己的箱里。她总避免母亲,怕她看见。有时凑巧碰着,母亲总说,我决不偷你的!蕙姊的答话是"哪里哪里"——但隔一会儿便说这回的烟煮出来特别稀少,不知都在"哪里"去了。

屋里特别亮,已到了箴婶婶最末的时期。

看见林妈房里的灯,菜油换成煤油,总觉得有点滑稽;母亲的房里多添的一盏灯,那光亮好像和原来的一盏合不来的样子——一比起大小,究竟是新添的大,在箴婶婶房中放着的是白罩的保险灯,光亮很大。堂屋里的牛蹄谷灯也加上红蜡烛了。我跑在下面客厅望上面的院子,仿佛另一世界:眼所见的是灯花,光亮,灯上吊垂的红穗,保险灯的白影,人也都不是从前那样静默了。在家伙响动和母亲咳嗽的声中总传过来林妈的应语:就来!——真的"就来"了,面前踱过一影子,那影子也不是黑的,穿着毛蓝布长衫,手里端着一个碗,昂藏得像中古的骑士要去救一绝代佳人的光景。在这样的光辉中我想那产难鬼是绝没有藏身之地的。

我倦得很,睡了一会儿,醒来时晓弟正站在我的床边,用手拍着我的肩膀,窗外还是那般光耀,以为天亮了。到院子里一看,才不是,在那里拥着许多人,都带着一种兴奋、激昂、期待的样子。人丛中有一个兵,手提着一杆枪,向天空直指着,马上要放的光景。我深恐他的枪打着我,连忙摇手,心想说:"兵士,请别忙放,等我过去再说。"——幸喜还未出声,急遽的两步便加入他们的队伍。这时我才发现自己的错误(我原是睡眼惺忪的)。原来那兵不是别人,就是信哥,也不知几时装扮成那个样子,而且是什么目的。他穿着短装,袖子反卷起,戴着不知从哪里来的操帽。我惊疑了;他也摇着手,但这是不让我看他的枪,我也难断定那枪是九子或是五子或是毛瑟。

晓弟对我说:

"你不知道吗?你睡着了。你听,箴婶叫得厉害。见神见鬼的。什么魏六娘啊,张五太太啊,叫个不休。真的有鬼!信哥也不信的,他们劝他,叫他拿枪来放,如果是有鬼,那样就放不响。或者自己的火焰高点,就准可打着,你瞧,林妈不就是在信哥旁边吗?林妈火焰最低,常常见鬼,那回白天睡在房子里(就是箴婶的隔壁),也梦见有鬼来要抬她走,哭喊醒了。所以今天晚上要打鬼,用林妈做眼线,她若看见,信哥就好开枪。"

好奇心占据着我。我没有看见过鬼,也不知道鬼应该怎样打法,打下来又该是什么样子。但我也有自己莫名其妙的推测和怪想,很难加解释,也无须解释,因为照我那时的意见,以为那鬼打下来一定是五方的,像道士"请水"或"上表"时戴的帽子,再不然就是两块紧合拢来的,同蚌壳一般。

看见信哥在扳机柄了,我的心怦地一动。

大家都静默无声。

那枪竟自打不响!

"真的有鬼!真的有鬼!"信哥把枪掷在地上,很懊恼的样子。

这时姊姊的丈夫也在一旁,把枪拾起来,说:

"你打不响。我来！我火焰比你高。"

他把那枪仔细地看了又看，用衣襟擦了一擦。是一支很旧的"四担菜"。刚刚要动手放的光影，他忽地把枪掷在地上。

"还是请你打罢，我不打！"

"怎样？怕吗？"

蕙哥把枪重新拾起，指着机柄说："你看！坏了！换过一支看！"

母亲来叫晓弟了。晓弟看得正高兴，不愿去，母亲在他耳边吹嘘了几句，晓弟点点头，两个人像做贼一般，偷偷地走了，这引起我的惊疑。信哥和蕙哥到后院换枪去，清静了一些，果然听出箴婶婶在叫喊：那叫声怪凄惨，但只是"哎……哟""哎……哟"，每两三分间一次，听不出什么"魏六娘"或"张五太太"。

我带着怀疑心跟母亲走去，他们经过甬道，绕出天井，晓弟在那里等母亲，她到厨房中去拿碗。走到猪圈旁边都停住。母亲喃喃地像在请神。

她把那吃饭的碗放在猪圈的横挡下面，叫晓弟撒尿，就撒在那碗里。

晓弟站在那里，尿总撒不出，又不住地催他，有点扎慌；后来只有半碗，母亲端着走了。

她告诉我说这是给箴婶婶做药吃的。我听到先前的叫声，真觉得箴婶婶可怜，经母亲这一说，觉得她实在太不幸了。这时从后园中来了一两声枪声，信哥他们又在那里打鬼了；我很懊恼，我向天祷告，向灶神祷告，向管猪圈和茅房的神祷告（在我的故乡中，猪圈和茅房都是有神主宰的。每初一十五都要敬香，过年过节还要加上猪肉刀头，晓弟就去作揖），求他们颁灵，给箴婶婶幸福，打鬼一定打得着，否则就早些生产。

鬼终于没有打着，箴婶婶死在产难中了。

在箴婶婶的丧期中，各间屋子里的灯火并没有减少，灯花耀眼，四壁辉煌。时常有人来吊孝。父亲和箴叔处已打电报，他们都不能回来，嘱信哥先料理丧事。母亲在这个时候睡得很少，差不多整夜地从这里到那里招呼人，用着她带咳的、半喘的喉音谈话，在那微红的灯火下看出她的没有睡足的脸着实令人害怕。一直到现在我的瞌睡还是很多，但那时也睡得极少。

而且我也不能睡，外面的锣鼓吹手响得厉害，聒耳。紧接着我的房间住着蕙姊同她的小女儿，那小东西便是一个破锣，时常在夜里发焦，哭醒了。奇怪，她总是在晚上叫。在箴婶婶的病中，母亲最怕听她的叫声。她叫蕙姊想法谎她。

倒也有效。蕙姊一说：

"你不要哭。等几天王大娘会给你送一个小妹妹来，又白又胖又不爱哭。"果然小女孩便不哭了。

"哪个王大娘？"还睁着眼睛问。

"对门住的，过几天就送来了。你也是石厨子送来给妈妈的。"

"妈妈是谁送来的呢？爸爸呢？"

"妈妈是叫花宕里生长的。叫花子送来的。"

"妈妈瞎说！妈妈瞎说！"

又白又胖的小妹妹终于不送来，小女孩又哭嚷起来了，蕙姊便索性吓她。

"不怕吗？换朝了！"

"……？……"

"换朝就是换一个新朝代，就是唐换成宋，宋换成元，元换成明……怪怕人的！开起红路来了。鸡牲鹅鸭都杀尽。"小女孩这才紧靠着母亲睡去。

我耽搁的睡眠很多，一天晚上和衣倒在床上，正梦着换朝，可恨晓弟又来把我叫醒！他说箴婶的棺木要钉上盖，这时候什么人都不能睡。睡就要钉去魂魄的。我和他到顶外边的院子去，蕙姊同蕙哥同那小女孩也正在那里谈论着他们的家事。外院的右边是装谷子的仓库，蕙哥正抽着长杆大烟的叶子烟。

我们去，他们便不谈了。

蕙哥正逗着小女孩玩，把大烟斗敲着那装谷的仓库的仓板，叫那小女孩听。

"你听，空的！"

蕙姊瞥了我们一眼，觉得不好意思，说：

"都像你那样抱着石头浮水！谷子还没有挑回来。"

"这时候啊，哼，谷子还没有挑回来！"

在箴婶出葬后不久，一天我们正在晚饭的桌上，信哥淋得像水秧鸡一般地转来了，看见母亲自去给他打洗脸水，我才忆觉到信哥真是太劳累,太操心,那灯光下他的经过事变太多的苦脸也映入我的脑子。那晚睡觉的时候,母亲把一锭银子放在我的枕边,说是给我做纪念的,但样子不显得高兴;那银子倒是大锭,库秤拾两零肆钱。

母亲告诉我,我们又卖了一股田。

一九二六年八月作

寨堡

/// 陈炜谟

一

熊震东近来忽地有些不快,这是不常有的。自从他到这里以来这样的事在他平静的心境中发现还是第一次,这思想使他不安。

他诧异着,这忽然袭来的不安与那每天上下午都要在他的窗前踱过,手里持着书信的号房有些关系,于是便决定每当听见跫跫的号房的足音时不再期待,连头也不抬。

埋着头,肘下挟着簿子,号房果然走过他的门前也不进来,拐角去了,他生得一副硕壮的身体,戴大眼镜,还套上大袖马褂,俨然就是一个"候补道"。

但熊震东立刻又自己明白,关于他的信是早已送过,不会再有的了。三天前他的妹妹就从 N 城的女子师范学校有信给他,信里说长兄怕人家麻烦,母亲也担忧着吃官司,打算在秋收她毕业后就给她择期了，叫他替她设法；就在同一的晚上母亲也有一封写得歪斜别字很多的信来。即使号房不再在门前经过，邮政从此停办，但你总没有办法使熊震东不知道他的嫂嫂又在和母亲斗气，而在秋收后人家就要派人把他的妹子抬走；母亲的信中已明明说了。

他想："不会再有信来，送过了，才接到三天呢。"便即抬起头来。他的同事郑炀谷正从门外向他屋里走来，熊震东把门打开让他进去，随手又关上了。

郑炀谷从怀里掏出手巾，取下眼镜来擦，随即戴上，把头埋得差不多都要触着他的桌面，眼睛从左至右在桌面上画一道弧形，问：

"有什么信没有？"

熊震东没回答，看了他一眼，说"有"，随手推开抽屉，取出一封洋式信套来说：

"泣雨寄来的，你托他的事又不成功。他在那边办的交涉真糟，始终只承认百分之二十五——杂志减半，诗和戏曲还要卖上了五百部方时付版税。他看这情形似乎有点不好意思向你回信，直接寄给我了。"

看完了信，郑炀谷叹了一口气，这才说："还是去还一还那路债罢。"

熊震东推却说："今天不去了，要在家里想点事情。"

他又把门打开让郑炀谷出去时，他还回过头来说：

"我希望我以后能帮你一点忙。我有一个朋友在东方书店任总干事,只是,怕亦未必——"

二

熊震东到这里来也快一年,他是做国文教员——教国文这还是初次,但他教英文却有五次。三年之内就换了五个地方。这大半是他自己看得不适宜,地方太偏僻,接触得很少,又连太普通的饮食起居也想不到,有一回是学校不要他,那地方倒很好。后来才找到这地方,他决心要平平静静地住些时,再要离开这里时,便不去执教鞭了。

在这学校里,教员就不多。有一两个本地人都是教完学就回家,其余便住在学校里。

一共不过十个人,有些他连名字也不能知道。有一个姓"朱"的他倒知道,但自从那天以来便漠不相关,还成了仇敌:那天他正站在自己门口,姓"朱"的走来,他乘便问他有课没有,姓"朱"的答说没有,他又随便说一句"你顶陡"——却不料姓"朱"的脸陡然红了,跟着就你一句我一句地争吵起来。他哪里知道呢,姓"朱"的不是自己没有课,是学生驱逐他,从三年级掉到二年级,从二年级又降来教新生,还是没有好结果,姓"朱"的以为他在讽刺他。还有一位他倒知道,他的名字确乎是"李宗师",但他就知道也没有用处,因为人家也不这样叫他;大家都叫他是"David Copperfield"——这大约是因为他从大学一直到现在老念这本书,那书上都批满汉字,但也许第一次还未念完;书的前半部已被指头摩得很旧,后半部却是新的。他是北京 A 大学的文学士,扁皮小帽,铜丝眼镜,最特别的是他那件马褂,这不像平常的马褂一般,边缘整齐,是缝在里边的:这是青布面,白布里子,高领,袖口是毛的,缝线在钉在距袖口的三分远的地方。

倒是一位就住在熊震东隔壁的老头倒有意味,他的年纪和他所教的东西一般古老。他一个人在房里也是照镜子,有时熊震东进去,说一声"王先生,你今年气色好",他便要复问一句"真的么?"一脸上显出高兴的神气,这神气是只有每礼拜六他的孩子来同他共煮火腿稀饭吃时才有的。那孩子寄宿在一个教会学校里,每土曜日来同祖父一起煮火腿粥吃。

熊震东就同郑炀谷去还路债。他们两人平常也散步的,不过这一天走得更远些——要到学校附近三里许的古刹,间或亦过江到城市里去。待到在临江的城市都炫耀着辉煌的灯火,他们两人在黄昏的天空下归来,学校的饭厅上正热热地冒气。大家并不动手吃,就趁这全校的教员每天可以见面的机会来享受半刻钟的杂谈。学校有几个月不发薪,每人只每月给四十元"维持费";伙食的不好,是不用说的。大家由批评饭菜进而研究那在月前成为问题的大事。

开首总是一位任理化的说:"督办发的那六万元什么时候可以领下呢?"省教育厅已没有定款给学校,发薪成为督办的恩泽。

这时候教务长便接下去说:"好久就说发,发,终于发不下。

早先就听说是有六万元的消息，随后说，已经签字了，便没有影响。这还有什么问题，但他们偏又忙着来研究一个公平的方法去支配！"

青马褂的 David Copperfield 想了一想，说："我看这倒真是一个问题。怎地，究竟是以学校为单位，以教员的人数为单位呢？这样我们顶不合算，咱们一共不过十个人。"

熊震东也知道他在路债之外还欠别人许多的钱债，但在各地混迹几年，到处受人排斥的他，已没心情留心这类事。别的思想苦恼着他。他正计划要回去一趟的事，而那没有交涉成功的出版的事也苦恼地想起：二三年前他同他的朋友们曾办过一个文艺杂志，后来停刊了，一直到现在还无法继续；而又时移势异，天下作文章的人已不多，从前风行一时的刊物大抵都已绝迹了。

熊震东正计划着，无论如何，趁妹子假期归来前要回去一次。

他想："再不然，人家就要抬走了。还有母亲呢？老是让嫂嫂同她斗气？"

三

熊震东有五年不曾回家了。追溯起来，还是五年前的夏天他回去过一次，那时他想他在大学里差一年便可毕业，不如趁此时回去，到时候还可借着学业未满为名跑了出来。

此后一年他便持着学校的文凭做保票到异地谋生去。

他对于故乡的印象有些朦胧，记不很清楚了。

三年前的春天他自 A 地方的学校退了职，到 P 城去看朋友，商量出那杂志时——那杂志出了一年就停刊了——路过 C 城，心里倒动一动。C 城距他的家乡只有八个钟头的火车。这样顺便回去一次比起时地由 A 地方或 P 城动身时，路费要轻省得多；比起后者来要省一倍，比起前者要省两倍半。

啊，那旅馆中熬煞的一夜，现在想起来还有一世纪那么长久！他为了省钱，下车后便在车站附近的旅馆中要了一间每天一块二角钱的房子。他自以为得计，因为他看那两块五角的比起来竟大不了多少。但一睡在床上他才发觉自己之错误：他哪能入睡呢，既然他周身都给臭虫围攻了！一个人点好了灯预备要在床上去捉时，他发现倒不如自己多花一块三角钱去替代这不胜其烦的工作。可是在另一间的床上，他又是一样地辗转反侧——

一个人半夜爬起来，卷着被子坐在床上，在墙上的光影里就瞧见自己的影子。

远的一声火车的汽笛。这像是天乐一般，惊醒了他的迷梦；他猛地跳下眠床，大叫一声伙计，还是搬回那一块二角钱一天的房子！

这时候他明白他不能睡觉的原因了。从这里只消有八个钟头的火车便到某一站，从那里到他的家乡不过二十里路远。

但是他不能回去！这叫他自己怎样解说呢，他也渴想着见他的母亲、嫂嫂、妹妹，在灯下和她们谈他自己的遭遇、计划和工作，在倏忽间故乡在他便是一座寨堡，可是一凝神想去，这座石城便在他的脑中消灭,或者紧闭着门向他拒却,好像他是一个闯入者,要夺去他们的不幸。顿时之间眼里一胀,他听见被子上轻微的沙沙的一声,他疑心外面在下雨。抬头望去,月光正从窗间射进来——

第二天他就在P城一个朋友的屋中谈论别样的事。他是一个自信的、具有同情的朋友,熊震东把昨夜的景象告诉他。

朋友把眼睛望着天花板的极角,又复垂下头来,好像并不是对他说:"是啊,你看这蜡烛。它旺盛地燃烧着,没有一点啬。这是多么悠游自在呢。快乐就像它。快乐就是一支蜡烛,它燃烧着,它震荡着,它就能耗尽我们,用着它鲜红的火焰。但是,不行。还得工作——燃烧也是一种工作呢。像一座寨堡一般,工作可以防御我们。所以,有一个法国诗人就说,快乐烧尽我们,工作防卫我们。"

熊震东静静地听着;以后故乡的影像便不时从他的脑里出现,像是在那边已经给他筑好一座堡垒,要张着两臂欢迎他的加入,可是一凝神想去,便没有——踪影全无。

这时节他便想到郑炀谷和他天天还路债的事,想到他们每天散步的情景,一路上他再听不见火车的汽笛——那地方只通轮船——只暮霭苍茫中荡漾着军队里的喇叭,有一个从P城来教书的女士时常带着她的学生在这时遇见他们,但熊震东已不再加以注意,他只留心着有经过的丐妇,他很担心他的母亲。

现在他可以归去看看她们了。

四

　　他带着极大的希望让火车一站一站地带他走近他的家乡去。火车像一匹战马，风驰电掣地向前奔去，这时候他也觉得他成了一位勇士，本来这回归去大半就为的是解决他妹子的事；她在她父亲在世的时候就订了婚，现在师范学校毕业，人家要迎娶了。但伊极不愿意。还有嫂嫂同母亲间的纠纷呢——啊，这也得解一解。但是伊们为什么纠纷的呢？他想了又想，像是辩护士努力要搜寻证据。

　　火车开到那一站了；他下了车换路到他的家乡去，从这里只有二十里远。他决定步行回去。经过兵灾，一路的情形与先不同，他也不在意；这样沿途没有熟识的面孔点头，倒省事。但何以连镇上茶馆也稀少起来？那般地痞，村乡恶少都有了职业？他忽忆起那边寄来的信曾说过这地方出了三个师长，本地的人们群起附骥，连耕田的人也稀少了。这思想到他脑中了："如果顺利，就辞了职，在这里住下去。故乡于我都生疏了，本来从前在家的时候就不多。"

　　他的足走近自己的家了。他觉得有人拆毁了他堡垒的一半。那地方与从前两样；人在外面敞院中堆积着干草，还有一匹耕牛在墙边吸水。他诧异着莫非他家里自己种地么？他家里并没有可以下田驱牛的人。屋外的杂乱是他从未见过的事——从前，他住在这里时，屋外还有一道短篱，篱边有花坛，种着各色的花，红的，紫的，黄的，白的，蓝的都有。现在只有家里饲养的那只狗对他还依稀认识。它最初在墙角吠，一会儿便奔来，但并不咬他，又摇着尾到墙角——吠。

家里的清静！一进门限，他很后悔他像武士一般为多事了。他家里本没有事。妹妹许早就回来了罢，她正同着母亲、嫂嫂在斗纸牌。她们见他自然都高兴。

晚上他问母亲："怎样，我们自己种地么？"

母亲苦皱着脸说："不是的。谁去种呢？你三哥不是在外面做事没有回来么？你贤哥天天在家里嚷他的小孩要吃饭——意思是指你和妹妹多花了钱。我也没法，由他吃去。他现在就住在镇上的老屋。可是也不在家，是什么王参谋请他做事去了，一月有一百块钱，比你三哥的还多。"

他问："那么，隔壁呢？"

母亲复问一句"哪个隔壁"，随即会意说："是自己的佃户。并没有隔开，就只一道门可通；平时那门就闩起来——啊，现在锁了。那一回，不知是谁——是用人罢——把那门打开了，你嫂嫂刚起床，只穿一件汗衫在屋里梳洗，隔壁的胡二嫂就偷偷跑来，在窗外看，还不觉笑了。你嫂嫂就大不高兴，要用鞋底去打她。她说她没有给人看不得的事，但要明看，何必偷偷摸摸呢。你三哥又不在家，谁要人这么看她。她总要打她，我挡住了。但她总要人家搬家，还同我斗气，第二天把小孩扔在家里哭，自己跑回娘家去打牌。"

熊震东说:"搬了不好点吗?我们自己把屋子整理起来用。"

母亲比即说:"哪里成,家里没有男子。自己亦住不了这么大的房子。而且,没有一个下力人,不怕强盗呢。并且我有时喊动亦方便。"

五

熊震东退回他自己的屋子里,他觉得这并不是他自己的屋子。他从前曾有过一间屋子,那是他自己的书斋,他自己整理的,现在他们却让给那塾师住了——那塾师就教他三哥的小孩英明,是一个师范学生也许还未毕业。他只得退居另一间屋子,坐在方凳上用力地想——

想的是那回他路过一场镇,轿夫要吃午饭,把这轿子停放在一间贫民住室门口,从那隐暗暗的门道看来,那堂屋就是地府;神龛上供奉的也似乎不是"天地君亲师位",而是"恶魔"的神主。几个妇人在这堂屋内谈话;还是正午,但屋内总昏暗,阴黑中的一点光,便是妇人抽水烟的纸捻火。他们许是有了什么纠葛罢,因为传来的总是妇人的声音——"你说句话!"他知道这就是要"赌咒"的意思。——

妹妹进来,问他:"哥哥,我们什么时候去呢?"

他说:"过几天。"

"母亲呢?这怎办?"

"母亲就在家里。"

他看见嫂嫂正在那里,他想去向她说明,但是——何等地琐屑呢!

嫂嫂却先看见他了。她问:"震弟这回可在家多住一会儿?我想呢,一个人离乡背井,总不方便,还是在家的好——本地方究不同。"

他只好说:"我在外面倒习惯了。"他的大侄儿英明正在那里手里弄着方块字,但并不练习念,只是玩。他接过来,顺手取过一张,上面写着"玫瑰"两个正楷的黑字。

他指一指问:"这是什么字?"

小孩的清晰的口音说:"Wen Kuai."

他疑心他听错了,再问,还是一样,但音却大些:

"Wen Kuai."

他皱一皱眉,说:"谁教你的?是弟弟教你的罢?"他笑了。

小孩说:"先生教的,毕先生。"

他拉着小孩的弟弟,正要去举起来逗弄,嫂嫂却止住他。她说:

"别动他,他有病。"

"什么病?"

"胡三那东西吗,喂罐头牛奶给小孩吃,他总是多给他,他觉得吃多了,小孩的肚里摇来摇去,很好听,铛铛地响。日子一天一天过去,成了习惯,小孩的胃的扩张力大,吃饭就吃不饱,不叫他就不知放筷子。"

熊震东把话岔开,对那小孩说:

"东叔叔带你去,到很远去,同着姑姑。"他的妹妹便把小孩接了过去。

他退回屋子,从窗上看见妹妹还在那边,她知道她不久要离家,有点依依不舍的情绪,熊震东亦有点黯然——但每当他立在窗口瞥见妹妹的样子,他的眼光不禁掉向那边去。

六

一月之后,熊震东把他的妹妹送到 P 城安置好预备进女子师范大学后,仍回到这里来。

他的房子也渐渐热闹,有同事的教员来闲谈;这并不是他把门户洞开,谈的还是那六万元的问题。

教务长提议说:"我们学校出名字去索罢。"

教理化的首先赞成:"明天午饭时便——征求同意。"

连 David Copperfield 也放弃主张说:"就是不以学校为单位,依人数派,我想也是不要紧的。"

谈话声渐渐地响亮,新聘的教公民学的教员也来,他穿着一件浅蓝的华丝葛长袍。

大家就研究他,有好几个都异口同声地说他的衣服"很有美术上的价值"。

郑炀谷把眼镜往鼻梁上一挪,在靠书桌的躺椅上目光自上至下画了一道直线,大家跟他望去,都笑了。

教务长也不像对学生点名时那般谨严，拉一拉 David Copperfield 的袖子说：

"你看，真快！"

David Copperfiled 微笑说："真的，刚才还在说话呢。"

原来那教理化的已在躺椅上睡着了，他的鼻孔打鼾，腹部一上一下地起落。

郑炀谷拿起帽子说："还是去还一还那路债罢。"

这是他看出的熊震东唯一的变迁，他已不再应允他的邀约——故乡的影像在他脑里逐渐朦胧，他在眼前立刻看一座新的寨堡。他预备要离职到 P 城去。

有一个可以住下去的乡村倒也是好事，他想。

一九二六年九月作

伤心的祈祷

/// 汪静之

值翻是 V 省城里 H 中学的国文教员。有一天,他过江到 H 镇去,被亲戚留住吃了午饭,急急忙忙地回 V 省城去上下午一点钟的课。他到六码头的时候,过江小轮船刚要开出了,他勉强赶上去,船上乘客已满,他便站在船头上靠着栏杆。过江轮船由 H 镇的北岸驶到 V 省城的南岸只要十二分钟,原也用不着坐的。

值翻站着望了望苍黄的江水,又无意识地望到船当中去,他的视线在那人丛中的一个妇人的脸上停驻着了。值翻很怀疑地注视着在那里思索,他觉得这妇人是谁,但又决不定是谁,后来他听得这妇人和坐在伊旁边的男人说话,说的是他的家乡 C 县的土话,他才恍然了。他和伊不见面已二十年,没有听见过伊的消息,到 V 省后才听说伊在 H 镇,伊的丈夫在 H 镇开了一爿洋货店。他曾想去看看伊,但他和伊既非本家,又非亲戚,凭了什么名义去看伊呢？

　　伊的衣服颇华丽，头上有许多珠宝首饰，手上戴了两个金戒指，穿着一双有花的红缎鞋，说话时嘴里露出两个金牙齿。伊旁边坐着一个三十几岁的商人，伊膝边站着一个五六岁的孩童，是伊的丈夫与儿子。值翻在这里遇着伊，感着一种失望、哀伤、憎厌三者混合起来的心情，他不料伊已如此粗俗老丑了。

　　值翻和秋英十三岁的时候，同在故乡Ｃ县西乡Ｚ村的一个私塾里读书。这个学校南邻Ｚ村，北临田野，是一个半旧的祠堂。先生是一个穷秀才，面上宝塔似的挂着一个很高的竹节鼻，他讲书讲到《史记》上"隆准而龙颜"一句，必定很欣慰很得意地说："汉高祖的鼻子是很高的。"

　　这个学校里有三十几个男学生，五六个女学生。值翻和秋英座位相并，两人最讲得来，先生也特别欢喜他们。

　　秋英圆圆的脸儿很丰润的，皮肤雪白粉嫩，常常颊间现着水红的血色，头发很黑，梳着一条辫，又极聪明伶俐，说话的声音也很清脆：伊在Ｚ村是很出色的女孩，而在值翻的眼里却是空前的美女。

　　值翻和秋英什么事都互相关心，互相庇护，有一个和别的同学吵嘴的时候，另外一个必定来帮忙。他俩从不吵嘴，有时稍微有点生气的事是有的，但不到五分钟就和好了。他俩生气的原因总是因玩具之类的东西意见不合而起的。即如有一次他俩同用香烟匣做了一个孔圣庙，值翻要把"大成殿"的匾额用红纸做，

"至圣先师孔夫子"的牌位用绿纸做，秋英却以为要绿纸做匾红纸做牌位。他俩争执了一番，他便把香烟匣和一些零碎的红绿有光纸推到伊面前说："你一个人做去！"伊又把这些推到他面前说："你能干，你做去，我是不会做的。"彼此推了几遍，结果推在两人的书桌的接界的地方。两人背着脸无语了几分钟，不知不觉地又在那里头碰头地一同做着他们的艺术品了，至于刚才争论的红匾绿牌位的问题似乎已经忘却了。这样的事是常有的，甚至一天发生几次，但他俩从没有认真地争吵过。

那时 C 县乡间读书的女子绝无仅有，Z 村这几个女子读书是空前的事。伊们大都是家境很好的乡间小康之家的女儿，伊们的父母把伊们读书有两个愿，第一听说城里有女学堂，觉得把女儿读读书是很时髦的事；第二是女儿识得几个字能写封家信、写笔家用账倒也便当。他们并不想女儿读得很通达，他们以为女子一通达就不守本分了。秋英也是这样读书的，所以伊虽和值翻同年，但上学上得迟，书比值翻读得少，常要值翻教伊读。值翻很喜欢教伊，可说是不厌百回教，而伊到先生面前去背书时更为伊着急，怕伊要背错。但他有时又希望伊背错，伊背错书后很羞惭，便更温顺更柔和地做出恳求的样子来问他生字，而对他一切都更殷勤了，他看了伊这又可怜又可爱的情态觉得很满足很畅快。他常对伊有点骄傲——不，不是骄傲，乃是表示自己的能干，——而伊每每被他所屈服。

他家中带了糕饼来必要分一半给伊，伊带来时也一样要分给他。先生每天要睡一午觉,那就是他俩偷偷地吃糕饼的时候。他俩如此要好,同学们便取笑他俩是夫妻,他俩难为情得红了脸要去告诉先生说人家侮辱了他俩。但他俩心里却有一种微妙的朦胧的感觉,觉得"夫妻"这两个字是非常神秘,非常高贵,非常可爱又是非常不好意思。他俩心底里对于同学赠送的"夫妻"二字,实在是很愿意领受,觉得有不可说的趣味。而他俩就真的显出夫妻的样子来了,他俩更亲近更不分你我,他对别人说到伊,伊对别人说到他,都有点避讳的样子。

放了学在外边,他俩也常一块儿玩耍,如春天的捉迷藏,夏天的钓鱼,秋天夜里的跟着月亮跑,冬天的堆雪人,他俩总是同伴。大人们见了都称赞他俩的整齐清楚,说:

"好一对活泼可爱的孩子!"

学校门口有一条水沟,有三四尺宽一尺余深,值翻和秋英常于放假的日子在那里捉泥鳅捉蟹。秋英拿着一个脸盆在岸上跟着,值翻赤了脚在水里走来走去地捉,他的鞋子是伊负看管的责任。有一回他捉了一只很大的蟹,食指被蟹螯钳出血来了,他叫起痛来,几乎要哭了,伊很惊惶地跑到他面前摸他的手,似乎伊也和他一样感着疼痛,用十二分的同情安慰他,叫他不要哭,说是等一忽就好了。他得了伊的安慰很舒服,觉得被钳真是大幸,流血的代价是太好了。

水沟以北是一片旷野,有稻田,有桑园,他俩常在桑园里采桑葚。他爬到树上去采,伊站在树下两手拿起衣襟来,他便把采得的桑葚丢在伊衣襟里。他采了爬下树来，和伊在桑园里走着另找一株树再采，灼热的太阳晒着，伊脸上有一粒粒的汗珠，他用小手帕把伊揩拭，伊立着不动让他揩拭。伊的白嫩如凝脂的面孔上，因热而浮着一重轻淡的红潮，和桃花的颜色一样。他把一个乌紫的熟透了的桑葚塞在伊嘴里，伊便动着鲜红的嘴唇吃起来，并不推辞。

他的占有欲很强，不许伊和别的同学要好。一天伊和别一个同学一同玩，又一同在院子里移栽凤仙花，值翻见了便生气，等秋英回座位的时候对伊说："你和他好去，不要再和我好！"说着便把自己的桌子拖出来和伊的桌子离开一寸宽的一条缝。这对于伊是一个突如其来的天雷，伊急得要命，把桌子搬过来和他的接连着，表示一定要和他好，但他却再把桌子拖过去一寸，伊没有法子，结果哭起来了。一哭之后两人马上又和好如初了。伊好像是他的属国，要受他的干涉，但人家要侵犯伊的时候，他也要保护伊。

后来那竹节鼻的先生说是女学生的年纪大了，用几张竹帘把厅堂的一角围起来，叫五六个女生在竹帘里读书。此后他和伊内外隔开，在学校里终日不能在一块玩了，而且在校外也因年纪大了，不便打在一伙，便渐渐疏淡下来了。虽然形式上比较疏淡，他俩的感情却仍旧是很浓密的，然而值翻总常感着寂寞冷清。

大概是春尾的时候，值翻秋英两人的母亲去烧香，把他俩也带去。那尼姑庵在深山里，离 W 村有十来里路，他们一清早去，在那里烧了香便在庵里住一夜。这是值翿秋英同房睡的唯一的一夜,值翿以为这一夜是他今生最可纪念的。秋英和母亲睡在里面的床上,值翿和母亲睡在窗口的床上。若在前两年他俩必定很顽皮地在床上滚作一堆,但这时他俩已十五岁了,已知道男女有别了,所以他俩说话举动都很规矩斯文,拘束得很,但他睡在床上却异常地不安静,他不断地想着伊,他把伊睡着的情形以及其他种种都幻想出来,他翻来覆去,辗转不已,只是不能入睡,他非常兴奋,非常苦闷,而又兼之满枕的潺潺的溪声,尼庵旁边冷寂的溪声,所以他更难堪了。

　　第二天早晨他们在尼庵里吃了早饭,两个母亲捐了一点修补正路的钱,便动身回Z村,那笑容可掬的尼姑送他们到山门外。这条路虽是深山的路,但因为这个尼庵远近闻名,来烧香拜佛的人极多,而老尼又会化缘,所以一路都是石板做的。山上有许多住山庄的人家,每天挑了山中的出产品到村里去卖,村里的人也起早到山上去砍柴,因此路上行人也常常不绝。那天早上天气清新,万山皆绿,绿得异样鲜嫩,山上草木郁郁苍苍,高高低低地好像碧海的波涛一般。便是那山腰的暗灰的岩石,因了上下四方的草木的掩映,也罩上一重淡淡的薄雾一般的青翠的影了。

　　他们走路很慢,秋英当头,值翿第二,两个母亲在后面。他不望两旁,也不看着路,只不移地看着伊的娉婷的后影,伊的头发黑宝石一般黑,又很茂密,打成一条辫,辫的下端束了一个红绫的花结,伊的粗细适中的腰身,走路时前后摆着的肥嫩的手,圆白的颈项，提起踏下的脚，他只是看不厌，他觉得样样都完全中意。伊虽只离他几尺路，他却觉得很缥缈，很恍惚，好像隔着辽远无涯的海洋，可望而不可即。他心里隐隐地感到一种无望的苦痛。

行路间看见旁山上有几朵红的杜鹃花，秋英想要去采来，但那杜鹃花在数丈之外的草丛里不容易走，伊很为难，打算托值翻去替伊采。值翻会意，便马上爬上山去，嘴里说着"我替你去采来"，像侠客一般勇敢，飞也似跑上山去，不顾藤条与荆棘。后面两个母亲连忙喊着："慢慢地，小心一点！"但他不听这些话，很兴奋地向草丛冲上去。他把杜鹃采来给伊，好似求得什么稀宝奇珍来贡献与女皇一样。伊戴了两朵花在头上，其余的拿在手里。

这天太阳颇大，又已是暮春天气，他们走得热起来了，到一个路亭里坐下便脱衣裳。秋英脱了外面的黑棉袄，里面穿着浅蓝的湖绉夹衫，起先有棉袄胸部看不出高低，这时衣裳单薄了，乡间女子又没缠胸的习惯，所以那胸前两乳便很分明地看得出来。这是初发育的少女的两乳，高高地撑起犹如将开未开的莲花。值翻对着坐在石凳上的秋英，伊含着无限的爱娇，他感得一种不可抗拒不可思议的有力的诱惑，这个使他心里很烦恼。

他们从路亭里起身时，他看见伊辫上戴的杜鹃已经萎了。

值翻和秋英一共同学了两年半，第三年的暑假里他便到了T镇去读书了。后来他又到了W省读书，一直到如今二十来年没有回家去过，因此也未见过秋英。他今天在过江轮船上遇着，真是出乎意外。伊妙龄时的美丽已完全失去，成了一个恶俗老丑的妇人了。从前白嫩如玉的脸现在灰黄了，从前象牙雕成似的额现在有了许多皱纹了，从前水汪汪的眼波，黑晶晶的眼珠现在是枯涩而无光了，从前清脆的声音现在很粗大了。值翻看了这样子，他二十年来对于伊的爱便如退潮一样低降了。他一方面觉得很凄怆，很惨然，一方面更又觉得异样的憎厌。

他望了伊很长久，伊并未注意，伊已不认识他了。他脸上已罩上阴阴的苦恼的网，他眼睛里已含着沉沉的郁闷的光，即此二端便尽够使伊不复认识他是谁何，何况他的发已白？何况他的背已勾？值翻虽还是三十几岁的壮年人，但因连年东西流徙，常困于忧劳愁苦，所以头发已白了许多，而背脊已和村学究老秀才一样弯曲了。

小轮船到了长江南岸，值翻坐了人力车到 H 中学。他坐在车中回头望了一望，看见秋英和那个五六岁的小孩坐在一车，后面还有那三十几岁的商人的车。转了几个弯以后他再回头望时，秋英已不在后头了。

他赶到 H 中学时上课铃已经摇过了，他连忙到教务处拿了几支粉笔便上讲堂去。这天上的是文科的文学史，正开始讲汉朝。他这一天讲得不像往常那么起劲，声音也很低。讲到后来他停了，对学生说：

"我这时候想唱一支歌，要唱一唱才舒畅些。今天讲到的汉武帝的《秋风辞》我会唱，从前我在 C 省时一个女朋友教我的，我现在唱给你们听听吧。"

他这样说了就唱起来。他缓缓慢慢地高低抑扬地唱着，声音凄厉而悲凉，唱到最后"少壮几时兮奈老何——"一句，声音全然颤抖而破裂了，声调里含着无边的哀惨。他的眼眶里满噙着泪水，几乎要滚出来了。学生们因为先生在课堂上唱起歌来，觉得有点稀奇，都开心得忍不住要笑出来。

此后一年，值翻在 P 地做教书匠。有一天，一个从 H 镇来的同乡来看他，这位同乡和值翻秋英都是幼小时候同过学的，他和值翻说了些关于别的同乡们的闲话，后来又告诉他秋英现在病重的事。

同乡去了以后，值翻茫然地独坐着。他心里忽然生出一种恶魔的思想，他憎厌伊，愿伊便这样死了。但他这思想里其实并未含着一丝恶意，与其说是残忍的恶意，毋宁说是一种无可如何的无助的伤心的祈祷。虽然如此想，但当他想到"花一般的少女已那样老丑了"的时候，他眼里的悲痛的泪一滴逐一滴地落下来了。

一九二五年八月作

谁知道？

/// 尚钺

自从元月二十一日信阳"国联战事"消息传到罗山之后，她一向所抱的"能忍自安"的意旨，而不赞同她丈夫所行所为的责备的心，陡然沉入在一种不堪测度的怨望的恐怖中了，并且有时她还意想到，浸在信阳的那种纷乱的状态中的人民，是怎样在忍受着兵的苦痛与伤害。当然地，他的切身的人，也不能是例外。她的深切的热挚的爱的心，发狂似的与时俱深地加增着恨与怨。在暗中祈祷着她所幻想到的而不敢目睹的毒害的发生，而诅咒着战争的罪恶。

战事的消息，是一日紧迫一日地向罗山传来。并且撼天震地的沉重破坏的隆隆的大炮声，也不时地，尤其是黑夜人静的时候，带着一种毒狠地刺痛地由她耳中打入她的焦灼的迫切的心里。她无端地战栗了。而她又有什么法子呢？可是她嘴中不时吐出的"这拼命的不都是人的儿子吗"的熟语，大约是她解决她自己心中的不敢拟想的恐惧的震痛的吧？然而又似乎不是，因为她此时心中的所有，其实只有"谁知道？"一句漫茫的急切的问语，是她心中莫名地震荡的最明白的解释，也可以说是她心中的最模糊的想象的拟解。

"你屋的掌柜的有信回来没有？他是为什么往信阳去的耶？！看，当这兵荒马乱的时候，倒叫我们担多大的心呢？"这是她邻居余老妈时常向她发出的一种同情的问声。

而她的回答，照例是：

"没有耶……！不是因为西关外李五猴子强占我的房子吗？我儿不愿意，他靠着官的势力，将我儿打一顿，又把他送到棚子里去押起了。"每每说到这儿时，她总是深深发出一声怨望的叹声，"唉——！天有么理可说呢？我的老头子脾气也不好，我叫他莫去碰老虎，他偏偏不听我的话，要跑到信阳去告上状！"她的两眼老泪，不由得便随着她的叹声送出眼眶了。"你看好不咧？又碰到信阳打大仗。"而结尾的一句，常常是又抱屈又愤恨又伤心又沮丧的一句，"谁知道呢？天爷睁眼不睁耶！"

无根的幻想，常常使她是这样在灶神面前许愿：叩罢头之后，便竖起头跪哭着："灶王爷在上，我家的老头子，他一生也没有干什么亏心事。要是你老人家能保护他平安回家，我情愿替你老人家打十年清醮。"

然而当她许罢愿起身之后，心中又不由得生出许多恐怖的问题来：末劫年是人类罪恶满盈的时候，老天爷收生的时候，当然地，"黄巢杀人八百万，在数难逃"。他——老头子——这一辈子固然没有做什么坏事，他前生呢？他前几生呢？她不由得战栗了，乱麻似的纷乱的思想，在她心中横一阵子，而一切的回答，也只有近于神经错乱地轻轻从嘴唇上弹出那又抱屈又愤恨又伤心又沮丧的一句虚缈的答词："谁知道呢？"

而算命的先生又常常用着很镇静的态度，这样告诉她："不是我说，你家的先生这一辈子虽然没做什么坏事，那一辈子却有点冤孽呀……你看年为祖宗，月为父母，日为自身，时为子孙，以成八个字。本来他是该申时生人，日上该有贵人。因为有冤孽过重，硬等到申时尾酉时初才生，贵人才有一半，只有半贵人；所以遇着有困难的事，便有人说些好话。今年的流年正走庚运，运气不好，所以生有小难。要紧是不大要紧，因为这年底正是龙德星照事的时候，人是要吃点亏的。张太太，以我说，你也不必担心。这二十的是三杀五皇换位的日子，二十二，二十三两天是接印的日子，所有的冤孽到那时，都是要退避退避的……你瞧，他二十四不回，二十五一定可以到家。不过你要想全好，也须得解化解化。"

"怎样解化呢，先生？"她紧切地追问着。

"解化倒不值什么——到二十一日的夜正子时的时候，我给你祭祭北斗……"

"得多少钱呢，先生？"

"提起钱来做铜气，不要钱……"他淡然地笑着说。

"唉，看先生说的，先生说一下是个记印，多少总要请先生说一下！"

"好，既是你要打钱上过一下，就拿两串钱我买点祭礼，本来我和你屋的掌柜的都认识，说不上钱的。"他得意地微笑了。

"这倒不值什么，请先生务必费费心。"她即刻付与了算命的两串钱，又紧迫一句地嘱托他道，"先生，救人一命，胜造七级浮屠。他要平安回来了，我一定替先生挂红子，给先生传扬传扬。"

算命的去了，她看着她家中的一切，桌椅器具依旧发呆地萧条着，墙壁窗户依旧死寂地沉默着，仿佛示与人以绝望的悲哀的凄恻似的，冷冷地使她乱麻般纷杂的心绪，再转到那使她又是恐惧又是难堪的问题上：“谁知道呢？”

"谁知道呢？"她将这个问题来反问她自己，反问来问她的人，反问她丈夫所遗留的一切的器具的默询。

二十二，二十三，二十四，她心中默祷着龙德星君地计算着。然而这些有好消息的日期，都如斜面滑冰上的琉璃球一样，毫无顾虑地、不堪稍留地驰去了，她心中的沉重的、久悬而亟待解决的问题，只得又付之那忙乱的、茫漫的"谁知道呢？"几字去解释。

可是又有人替她想出一种颇可引为慰安的计划来：

"李大嫂，你听着，发几个钱，请一位下力的人，到信阳去看看，不就明白了吗！还怕他是因为行李累住走不了呢？"

计划是有了，然而这计划又何异群鼠计划与烈猫戴铃作自己的警示呢？她想遍了天涯海角，哪一个是可与她胜这种重任的人呢？况且当这兵荒马乱之时，是走长路的人，哪一个不为躲避"拉夫"而匿于幽处呢？计划呵！你是可以实行的生之路吗？抑是柏拉图式的片面的痴愚？她心中真是被不知有多少计划塞满了，然而又似乎被那万能的计划吸空了。她心中盘桓过来，盘桓过去，但结果也还是只有那简单的近乎呆板的"谁知道呢？"的难以申说的恐怖的惑疑。

是这么一个面孔的轮廓可以说稍微认识的人，而且身上也披着一件兵的乌衣，突然撞见她问说：

"李大娘，可庭大叔有信回来没有？"

"没有耶，你这个大哥请到屋里坐。信阳现在么样耶？也不能通个信，你晓得他是个什么样子呢？……说是请一个人去看看也请不着，你看多急人！……"

"我明着预备上信阳去接个人，这样，李大娘，你把可庭大叔住的地方告诉我，我去替你打听打听。"

"哎哟，那务必劳叨大哥去替我打听一下！"她仿佛得着生命了。

"不过，现在我的盘缠还没有弄好，大约去还得两天，赶明着要是去了，打听这个消息算我的。"

"大哥，你预备赶么时候去？你要能明天动身，盘缠钱多少都算我的。"

"唉，不，不，好说，好说。可庭往日我们在一块儿都不错，还能说要你老行子的钱咧？"

"可不能，可不能。"她用着十二分感激的快步，跑到屋中取出五串钱来付与那人说，"大哥，薄意思，莫嫌少，留着在路上喝喝茶。你到了信阳，务必去替我打听打听。他住在车站上么悦来升栈房里的呀，请你务必费费心。赶明着你大叔回来了，再酬你的情啦，大哥。"

这个计划也可以算是实行了。然而从这个去的人的身上，她可以得到一点到底如何的消息么？他可以将她的丈夫安安全全地保送回来么？她丈夫可以将他心中所藏的使她心安的言语，告诉他带回来么？他可以在她自己和他的恐怖的命运中当一个龙德星君，一个贵人么？而一切的结论，还是那就是费尽一切的深浚的思想家的询虑，也不能说出半点儿证据来的答案："谁知道呢？"

但是于第四日，在她的极端迫切的怨望中，她又看见那个人了。可是于她的许多的问话诉出之后，他的回话，可惜，可恨，只有这么很淡然的几句：

"十八里庙还正在开火，连我自己也没有走到就回来了。等我再去时，一定替你打听打听……"说罢，他用着与己毫无关涉的漠然的态度，扭转身向他自己要去的方向去了。

"就回来了。""就回来了"这四字究与"谁知道呢？"四字，有什么区别呢？没有区别吗？不的，这四字是价值五串钱的。于是她心中又多了一道伤痕——五串钱。然而她又有什么法子呢？

她心中不还是只有"谁知道呢——？"的茫然的疑案盘住着吗？所异者，不过多一个"再去"的希望罢了。

旧历年中可有的许多设备，大约都是她可以引为伤心的吧？她年纸也没有烧，年供也没有上，她的伤心使她在梦中度过年去。如同一切都死过去的正月初一，她撑起她宛若经了一次大病的疲弱身体，看看院中的她屡屡曾在正月初一竖起头就看的新生的天宇，看看她曾过过多少欢乐年节的房屋。她依旧不堪支持地躺在床上，她似乎又睡去了。

次日的清晨，她忽然从来拜新年的客的嘴中听说，南关外有新从信阳回来的某人，而且他还是她丈夫的熟人，她仿佛从一向的黑暗中，陡然看见了光明似的，立时换换衣服，去那儿去打听一切的究竟。

"老陕见咱南五处的人都要杀，说是咱们不该养他们的敌人，我是住在城里我的亲戚家里的。听说他们要来搜，我赶快从他门口的一个通到城外的大阴沟中爬出来了……咱们罗山人听说也死得不少，至于可庭怎样，我还不知道清楚……"

这是她一切惑疑的结论吗？她实在更深地沉在恐怖中了，因为她丈夫有养陕军敌军的嫌疑。

她出了人家的大门便哭起，一直哭到她自己的家中，她觉着她的头重，她觉着她的身体不由她的主宰。她眼前觉着一昏，她的世界渐渐黑暗起来。以后的一切，她仿佛睡熟了似的，不知了，她死去了。

不久她被人用木匣装起,送到她一生从未践踏过的野地中葬埋了。至于战事,今日信阳已经打开多日,此地的军队已经移到郑州一带地方去了。而她丈夫的消息,街上的闲人们谈起,虽然说"还活着"是绝无仅有的事,而结论依旧是她求神问卜所不能解决的那个疑案:"谁知道"。不过,于此后,因为他犯有曾经养活过陕军的敌人的罪案,他们又加上一句评语:"恐怕不保吧?"

但不久,连这声音也不见有人说起了。

一九二六年三月作

子与父

/// 尚钺

报晓的鸡声,把李自有从梦中惊醒,他抬头看了看示时的窗上:淡淡儿有些暗意的灰白。

他好像做错了一件要事,忽然明白过来了而立要悔改似的,翻身从床上跳起,嘴中带着悔恨的口吻自语道:

"天怕是已经到了卯时了……莫迟了咧?!……"

三把两把穿上了衣服,走出了房门,到院中叫道:

"小二!起来没有?……快起来套车呀!"

叫罢,听了小二的答声,便转身到院中草垛前,扯下几捆麦草,一再用手试了试,仿佛嫌轻了似的,又找了几块破砖,从草捆散乱的头上,深深地塞入草捆中间;塞罢,又在外边补填些杂草,使草捆还复原状。一切停当了,小二始睡意蹒跚地从外边走来说:

"套好了，搬吧？"

"搬！"

他和小二便将些沉重的草捆，一个个向门前套好的车上搬运。运完了，又用绳索索好。李自有坐在车头上，嘱咐了小二看门的话，手中鞭梢一动，车便推着牛走开了。

红星星的大太阳从他迎面远远的远远的一道黑暗的雾中水汪汪地爬出半个来，照得满野金红。半面阴暗的秋苗、豆苗，都喜欢得含着泪滴，相互微笑地挨撞着。他整个的灵魂都仿佛荡漾在这种和蔼的晨曦里了。

城里边饭晚，这大约总不迟吧？——李自有心中这样盘算着：——我先去把这几个捆麦草卖了它……割块肥肥的猪肉，灌瓶好酱油，好叫他——他的爱儿——回来享享福……补补他用半年功的亏。

"工东东，工东东……"车在干硬的地上强向前走的声音。

殷红湿润的太阳，已经离地二三丈高了，渐渐干燥起来，金白起来，有些热的意味了。然而这景色，完全不在李自有的觉察中。他脑中的许多卖草买东西的计划，渐渐也都凝集起来——成了一个神圣不可侵犯的影像——洋学生，这便是他整日价在心中自夸的爱儿。他是瘦了？这当然是他用功用的。是的，他是很用功的，年假回家，他一天到晚在屋里"吧吧"地念——念洋文，洋人子的洋文，洋老爷的洋文。他还说他会和洋人子说话，洋人子连官都怕。从此，无论他是谁都不必怕了。……官，将来叫他去考法官,做县官……老太爷上任,坐在那围着一圈副兵的大亮轿中,人都伸长脖子看,威威武武的。李自有的心花乱了,他俨然坐在一辆安乐轿上飘飘然地随着屁股下"工东东,工东东"的车声浮荡。移游得他驰放了的思索渐渐又凝成一个——耀武扬威的大官的影像——带着洋气的大老爷,这便是他整日价在外面所夸耀于乡党邻里的爱儿。的确地,这样的儿子,在天下实在不可多得的,大约几乎也只他李自有自己有一个。他目空一切了,拿东庄王立本的大儿子比一比,呸!哪里够格?拿西庄郭得龙的第二个聪明的儿子比一比,呸!外面也比不上,莫说学材咧!就让拿这罗山县城里的刘家、方家、吕家的少爷们比一比,他们都是吃烟的烟鬼、好赌的赌迷、好嫖的嫖棍,呸,都不是他娘的正经东西。一切的背后的上边,一个站在很大的希望中的少年,长得眉清目秀,就是给天仙女做女婿也不愧,而且还有一个大肚子,里边满装着预备将来做官的学问,这便是他白日夜里凝想着以极力练习着做老太爷的架子的爱儿,而且是天下无论是谁都绝不会有。

"工东东,工东东……"他屁股下的车子,仍然毫无感触地发着这样干燥的声音。一群猪肝色的人脸从他低一头的面前过去,他轻蔑地用眼瞟了瞟,他无意中觉得他们这低一头的行走,是应该向他表明的他们应有的身份。一列猪肝色的颈脖子,被重担压得往上一伸一伸地,从他车子两旁匆忙地赶到他前面去。他用眼看了看,他们那肩颈交际处的被压的深痕,他找着了他们应该鄙薄的证明,如车辕下的牛一样。

"工东东，工东东……"车子在牛屁股后边发着空洞的恐吓的声音，好像受了它身上放着的一块骄矜的死肉的压力的暗示。

"哧，吓！"他骄喜地举起手中的鞭儿发驱逐的声音，而车子立时好像忘了自身的重载似的，向牛屁股上推去。

李自有宛然坐在一切的尊位上边了。眼遥遥地盗看着那远天升起的一轮红日，好像觉得只有它——日——才有与己比配的资格。风经过草的身躯，拜倒在他的脚下；坟墓戴着它们青污的土冠，列在他的远近的两旁；田埂纵横如接驾的队伍似的排着他身由近及远的左右，他昂了昂头；摸了摸背上驮着的小辫，他俨然如戏中的皇帝似的，身临于紧心倾听的群众之上。但是在他的靠近的前面，一个较他稍矮而身躯较他庞大的华丽影像，便是他的天下第一名的唯一的亲爱的儿子。然而倏然屁股上受着些微痛的感触，他依然坐在"工东东，工东东……"的牛车上了。车前来往着许多猪肝色的人脸和颈脖。在这样的人丛中当然不会有他儿子的，他在无意中这样承认着：虽然，而在来的人脸中间他仍是惊心地寻查着。

八里堆过去，三里桥便横在眼前了，在他面前流水般来去的物影，仍是那些猪肝色的人脸和颈脖；在他两旁远地里排列着仍然是些污黄的田埂和青黑的坟墓，毫无感触地向他身后移动。而他的思索，却不是像刚才那样复杂了。他的心好像已经寻到一个安乐的处所，在那里边他决定地追寻着他的唯一的亲爱的儿子的幻影，他的心的舌头舐着时间滋味，仿佛是与路程有关系吧？一程比一程尝着甜蜜、香美。他的骄傲也没有了,他的自尊也没有了,仿佛能证明他的可以骄傲和可以自尊来源的即在目前,骄傲和自尊是不必需的似的。

跨过三里桥,城墙上向天独竖一只烟突似的奎星阁,已经隐约在望了。他的心里思虑,不知怎地,到此完全变成一团急进的情绪。他举起鞭儿。车猛地又推着牛快快地跑去了。

向他来的一列猪肝色的人面丛中,他陡然发现了几个玫瑰色的脸来。在他眼望见的远处……近处……他看见了,他看见他的希望和渴慕堆聚的亲爱的儿子的面孔。但是又惑疑,惑疑那脸对他的生疏。这是可以证明他的惑疑是虚伪的了:他的眉毛那样长在他的眼睛上,脸笑时嘴那样咧开,那样的衣服是他上月与他亲自送去的。这无疑地是他的亲爱的儿子了。

——没有见我吗?老和那几个漂亮孩子谈话……——李自有自己在心中疑想着。

他们走到车前了,那个脸仍然不敢向这边一视地偏向那方,和那群漂亮孩子有说有笑地前走,好像是想闯过这辆卑鄙得可怖的牛车。李自有满腹渴望和希望的热情促他跳下了牛车,拦阻着那群玫瑰色的人脸,向那个脸问道:

"你怎么没有等我去接你呢?"

"什么?!"那个脸惊异地圆着眼睛答问。

"你不是天成吗?"他凄然地感着恐惧地问。

"什么天成?!我是李秉旭。"那个脸气愤然地答。

"你怎么认不得我了,我是你的父亲。"他乞求地申述。

"我怎不是你的父亲吗?天下同名同姓的多得很,你认不了这样多!这老东西,怕你也是想不吃了!"那个脸恼怒了,其余玫瑰色的脸,调和着将那个脸拉去。他们所余下与李自有的,只是一阵讥笑的"哄,哄,哄"的声音。

——他不是我儿吗?!他的体态,他的举止动静,他的言语笑貌,他的服装,他的名字,完全相同,完全相同!……是的,绝不能不是,……那他为什么不认我呢?……他疯了?不,他还是和从前一样泰然自若地说笑,他绝没有疯。他喝醉了?不,他自幼不会喝酒,每沾一滴酒便要脸红,他绝没有喝醉。……那他为什么不认我呢?为什么他远远地看见我,脸上便现出一种回避的颜色?……我有什么对不起他的地方吗?……我有什么不配与他当父亲的地方吗?……——他回头追望着辗转地凝想,他渐渐有所觉察地愤怒了。

"呵——?"从愤怒中他失望地呼出一种了悟的声音。

他又紧紧地追看了看,一个发现突然从他的仿佛觉察中跳出。他明白了,他明白他的希望和渴慕,完全被那个摇晃行去的玫瑰色的颈脖带去。凄然地、悲伤地又转眼看了看那停止的载着草的牛车,自己身上的褴褛的衣服,和那远远行去的玫瑰色的颈脖,嘴中不由得自言自语地说,仿佛又有所畏惧而不敢说出似的吐出半句言语:

"是的……"一个死人般冷湿的冰手的紧捏,他在心头试出。他心头的愤怒,好像有一块盘石压在火山喷口上似的,在他心腔血管中阻闷起来。他痛恨地将两眼逼直地盯住那个摇晃行去的玫瑰色的颈脖，直到跟在距离上消失了它"光之形"的作用时为止。他始又惑疑地回头来看看自己，看看牛车，看看牛车他顶上的青天。他的仿佛惑疑渐渐得到了一种确切解释，预言给他说：绝望便是那摇晃着行去的玫瑰色的颈脖带去的他的希望与渴慕。

他失望了，他绝望了，他的生之"知"和"动"，都被他心头所喷发的怒火烧灭了。他看了看青天，看了看横在眼前的黄土，看了看牛车上的重载，看了看自己的穷酸，看了看眼前流过的许多猪肝色的面孔和颈脖，以及那些充满着简单的幻想和惑疑的眼睛，他渐渐发现了他的马上要走的"生"的大道。桥下流水在唱欢迎他的仙歌，护桥石栏向他呈出欢迎的冷笑，他身内的热血游着欲出毒火，他的脚被愤怒从地上拔起。迸然一声，一阵裂心的疼痛，在他眼前把死之黑幕张开。他的简单的记忆戛然断了计算的寂鸣。

三天后，李自有的家内正房中，放着一口新的棺材，道士进门，打着铙钹，唱着超度经，以解救他的被"碰死鬼"捉去的灵魂。棺前地下，披着麻布，跪着烧化钱纸，致哀恸哭泣的，正是李自有前天在桥头所遇的那些长着玫瑰色面孔中，他所认为儿子的一个。纸灰飞去，玫瑰色的颈脖愈垂低，所发的致哀恸的哭泣的声音亦愈悲切、凄惨。

一九二五年十月二日

六封书

/// 向培良

第一书

老友,我今天执笔写信给你,我预先抱歉,因为到了这里已经许久都没有给你的信。今天要走了,才写这封信给你。我不写信给你,也没有别的缘故。我的生涯不过如是,从这里漂流到那里,海鸥似的,毫无留恋,也不遗下痕迹。我愿意这都像轻烟一般,我过去了,也就消灭了,何必告诉你,多此执着呢?

然而今天一个新的念头盘踞了我的心,发生了新的意境。

昨天我同林和振送亭回去。临行时,亭虽然很留恋似的,然而他终于酝着欢娱同希望走了。我们三个人回来,在路上,林叹息似的说:"只有家庭是最可恶的休息所,你看亭呵!"我默默地没有作声,年来已经冷却了的心,似乎微微抖动了。

别过他们,归到我的寓所——其实不过是我吃饭睡觉的地方,又怎么能说是寓所呢?——已经黄昏了。开开我的门,走了进去,谁也没有注意。屋子里只有空虚。从外面远远传来的欢笑声,时触我的耳鼓;然而屋子里只是空虚。我只是孤零。这时候,一个很强的观念抓住了我,老友,我剧烈地思我的家。

这几年来,我像秋风般吹过各处。冷冷地,冷冷地,我从东直到西,从南直到北。经过我的眼前的,有许多的事物同许多的人,我毫不留意地让他们过去,于是又触接着新的东西。人与人没有情意,没有关系,不相识似的,我经过了这许多的时间,实在厌倦了。飞疲的鸟儿,希望得到休息,我也是一样。我的心不能再是这样空虚的,我需要安慰,需要温情的人间关系。

人穷则返本,我已经决定了归我的故乡。

从此,我要像经冬的蛰熊,把浪游的心思收起。蜷曲着我的心灵,静默地听大地的呼吸,自然母亲的默示。当你接到这信的时候,老友,多年漂泊的我,已经在故乡的河中,看两岸的垂荫了。

你忠实的朋友容
六月九号

第二书

昨天上午,我已经到家了。船一拢岸,就听见嘈杂迅利的乡音。

这乡音与其说是给予我一种亲切的感情,不如说是一种奇异的罢。一听到这,我立刻知道是到了家;但是我离开家已经这样久了。我差不多能认识他,大约他也不认识我了。

家里是知道我今天要到的,我想一定有什么人来接我的吧,提起皮包,并不即走,却站在很方便的地方。大约那些车夫同挑夫们,看见我的服装奇异点,所以怯于招揽罢。我站在那里,冷清清地站在那里,等着,看着,直到形形色色的人,影一般地散了,码头又沉入平常寂静的时候,才慢慢地向家里走。

离家里不远,转弯的地方,有一株老大的枫树,你说像一个庄严的老人的,现在已经没有了。我走到那里,迟疑了一下。路没有错,我家的屋顶已经望得见,然而那株庄严的老人确实没有了。老友呵,你知道那时候我的心是何等地颤抖呵!

我敲了几下门——铜环仍旧是那么光亮的,漆却剥落了许多了——犬吠声中,我听见问道"是谁"。唉,老友,这一声沉重地刺痛了我的心。这是那陌生的冷硬的问声,我从无数不相识的人处所听到的问声,淡漠而粗涩的问声。唉,老友,我已经到了故乡我的家了!

告诉你吧,这就是我回家的情形。

父亲含着长的烟管——老得多了,比你从先看见的时候。胡须已经半白,腰也有点弯曲,不过还很康健——缓缓的,但是我仿佛觉得是冷冷的,问我这几年来的光景。老友,你是知道的,我这几年的光景,何堪重述!我端庄地坐着,极力搜寻一些可以对答他的言语。这时候,四岁的侄儿走来了,怯生生地靠着我的父亲。我伸手拉他过来,亲热地抚着他的头,亲热地问他的话。他呢,轻轻地叫了一声,那目光,陌生的、怯疑的目光,偷偷望着我,又偷偷望着父亲,他的祖父。

夜已深了,到了乡间休眠的时候,我说:"仍然到我从先的那间房子里睡去罢。"

"你还忘不了从先的那间房子吗?"父亲轻轻地笑了。虽然是轻轻的一笑罢,老友,我觉得,的确觉得的,这完全没有温暖的意思,凄凉的微笑呵!

昨夜我一晚没有睡着,许多新的事同新的情绪烦扰我。今天早上,我起来得极早,在后边园里,徘徊了两点钟。园子里大致没有什么改去。蔷薇长得更茂盛,竹子也多了。只是从后面望着屋的全形,虽然粉饰得很新,但是好像盛妆的老妇人,越显得青春已经消逝了呵。

到了几家亲邻的地方,在客气的招待中,我觉得仿佛有点奇异。

我的房子还全变了,那红色同绿色的玻璃已经换了白的,大穿衣镜也不见了。一切的器具,除掉那吱吱叫的床——从先不是这样的,现在上了几岁年纪,所以在重负之下呻吟了——以外,都改变了。我留心寻找,只有我们从先在窗旁边钉的钉还在那里。

灯光拨得很大,然而房子里总是很暗的。墙角里,床脚下,椅子中间,一堆堆奇异的不可测的黑影;天花板上,有许多古怪的图画。

我投笔静听——沉重的脚步声,轻微的语声,同远远的关锁大门的声音，一切的，尤其是我冷清的房间，都好像那将要静寂的旅舍的情形。呵，我几乎叫出"茶房"来了！

　　为什么呢？老友，我已经到了故乡我的家了，然而凄凉的茫昧的漠然的心情并没有离开我，毒蛇般死死地缠着我的心情呵！老友，你说这不过一时的现象罢。是的，我极希望是一时的现象。往后怎么样？我不知道，也不敢想。

容
六月二十一日

第三书

　　老友，错误永远不能纠正，现状永远不能改去吗？我要告诉你一些不愉快的事情，你能指教我是什么缘故吗？

　　半月以来，我只是伏处家中，没有去追寻归游的勇气。今天早上，天气是这样地晴和，微风是这样地温柔，小鸟又这样清脆地鸣叫，使我不得不走出去，到了那祠堂后面的树林里。我们从先在那里摘过苦栗子的——你大约记得吧。我在那里，一步步徘徊，一处处查看，从先留过我的足迹的，我要再踏上一层印记，我找着了梧桐树上刻的字，随着树身的长大更加明显了。

　　我回来时，一进门，就听见他们的欢笑声。姑母、哥哥同嫂嫂，四岁的侄儿,同那个年老的周妈——她是在我们家里极久的雇工,从先曾经伺候过你的,现在头发都白了——他们很起劲地玩笑着。我一进去,你肯信吗?真的,我一进去,他们忽然不作声了。讪讪地,周妈寻着一些事做,哥哥跑开了,侄儿仍然用那陌生的怯疑的目光向我望着。姑母呢,她用些不要紧的话同我闲谈,如同两个人不好意思时用以破破寂寥的那些话。

还有一些与这个相类似的事情。

到家大约十天的光景,黄昏时候,我走到园里,坐在蔷薇丛后面。我听见周妈同姑母的声音,还有侄儿。蔷薇长得很密,他们没有看见我。

"少爷出去好几年,这次来,想必做过官了。怎么带的东西这样少,大概是清官罢?"

"什么官!一点事情都没有做,这儿跑到那儿的。"姑母叹息似的说了。

"一点事情都没做?"周妈似乎很惊讶的。

我恐怕他们走到近面来,轻轻地,溜到林中去了。

就是前天晚上,从父亲门前走过,刚听见他对哥哥说:"这样下去,终究不是了局,难道能够在家里住一生吗?"我想要再听下去,但是我的脚不由自主地急急走了。

我到家已经很久了,我竭力想做得使他们忘记我是一个久客归来的游子。我竭力想使他们认我为家庭中普通的一员,橡皮鞋、便帽、洋装书一类家里不常见的东西,我都收藏着。不是乡间所用的言语——有许多是客中极普通的——我都留心避免。现在我的装束,完全像一个农夫——赤着双脚,穿着毛蓝布的裤子,土白布的汗衣,外出时便戴着斗笠。我学着乡间一切的举动习惯,为的是要加入他们的生活中。然而……

晚饭以后,同在屋前的柚子树下乘凉。柚子有碗口大了,就是那株很好吃的红瓤的,大约再过一个月就可以吃。

我们坐了一会儿,默默的,都没有什么话说。这情形,正好像我们有了什么不熟识的客人似的。我知道是为我的缘故,便假作倦了,欠伸一下,说我要睡去。

其实呢,我并没有走,躲在窗后面。果然不到好久,他们开始谈话,谈得很自然。姑母重复地提起那古老的谜子,哥哥说点外面的新闻,一切都活泼有生气了。呵,要不是周妈的足音惊醒我,我不知道要站在那里多久呢。随后我赶急偷偷地跑进我的房子里去,像一个贼从人家屋里跑出去一样。

到了屋里,我擦燃一根火柴,因为手的颤抖而灭了,我便索性不再点灯。在这一闪里,我看见我的房子,空虚的,渺茫的,奇异的,正如我的心。没有上床的勇气,我伏在桌上,手背湿湿的,也许哭了罢,我自己不知道。再抬头时,月亮转到西边,照进我的窗了。就借着这一点光,我急忙地画了这封信给你。

容

七月十八号

第四书

老友,无论我怎么努力,他们只当我是一个客。呵,永久的,永久的,我只是客,在他乡或自己的家里!

父亲长日冷冷的,那种严肃而冷静的态度,使我不敢同他说什么话。哥哥呢,好像故意避开我,又好像看见我这农夫式的装束觉得滑稽似的。姑母虽然应我的请求,偶然讲一两个故事——我不在的时候却常常讲的,我知道——但是讲得很勉强。甚至于我拿起锄头学着掘地,工人们一定说,"少爷,那不是玩的,待我来罢"一类的话。无论走到哪里,总是有陌生的怯疑的目光注视着我。呵,这目光几乎使我疯了!

有一个时候,我很想跪在他们面前,说:"我虽然是一个浪子,但是现在我已经回来了,请收容我罢。"然而我不敢。

呵,永远地,永远地只有我一个人,永远地,永远地我只是做客。老友,我不能再写了,祝你康健!

容
七月二十八

第五书

我想再告诉你一点我去会福生的事，老友。

福生——你想必记得的——比我大三岁。那年你到我家的时候，我邀他同去摘过苦栗子的，他爬树那么高，你慌得只是叫下来，记得吗？那时他比我两个都高多了。胖胖的面孔，圆圆的眼睛，粗黑的腿露在短裤子外面，并且左耳上戴一个银耳环，你很笑过他几次呢。

这一次我去看他的时候，他已经娶了妻，有了两个儿子，成为出色的农夫了，他依然住在他父亲的茅屋里，虽然隔了许多年载，却一点也不显得老旧。

我刚走进去，恰好他也从外面回来。我叫了一声福生。他一认识我，立刻露出惊讶同恭谨的神色，抹了一张凳请我坐，说："二少爷怎么跑到我们这种地方来了？"他接着又说："听说二少爷在外面已经做了官，现在想必是回来享福的罢。怎么也戴着我们一样的斗笠呢？"他回头看见妻子，立刻骂道："还不快去泡茶，站在这里做什么！"

我心里十分惭愧，说不出什么恰当的话。

他恭谨地立在我的旁边。

他的大儿子走了进来，看见我，便怯怯地站在他父亲旁边，用那陌生的疑惧的目光望着我。陌生的疑惧的目光呵！

我走了出来，像做了什么不应该的事。

我原来的意思，是要寻那脸儿胖胖，眼儿圆圆的，嬉皮笑脸，同我一块儿做伴玩耍的福生。然而只有恭谨而疑怯的农夫，再不认我做伴侣了。唉，这眼前的大变迁！

老友，我知道我已经被他们遗弃了。虽然努力要恢复从先的地位，然而无效。我同他们已经两样，这中间隔着不可越之坑。

为什么呢，他们漠然地对我？我的父亲，我的姑母，我的兄嫂和我从先的伴侣。一切的人，是的，一切的人！

我不能忍受这个。我宁肯受陌生人的疑忌，而不能忍受这故乡的漠视。我宁肯漂流浪荡，而不肯在家里做客。老友，为了慰安，为了休息，我从远道归来，然而，然而……

已经决定了，从此天涯，当满印着我的足迹。我将永远做客，在无论什么地方，无论什么人之前，只除开故乡我的家。

铁从贵阳来了封信，要我到他那里去。我跟家里说了一下，自然地，他们并没有留我。临行时，哥哥没有在家，父亲送我到门口。虽然也叮咛了几句。老友呵，我觉得这叮咛是冷冷的，不能使我有丝毫留恋。

又提着那个皮包，依然是我一个人，缓缓地向口岸走去，转弯的时候，就是那从先的大枫树底下，我回头一望，对于这故乡的永别，我心里似乎一动，但即刻冷冷地消灭了。呵，我归来时无人欢迎，我出去时无人留恋，永远的孤零，永远的淡漠呵！

从此天涯，当满印着我的足迹。无所系恋的人，是没有归宿的。

老友，我祝你康健，并且祝你永远地不要离了你的家！

你忠实的容

八月十一，离家后一日

第六书

我已经到了辰阳，再一个星期就可入贵州了。茫昧地，无目的地向那不可知之未来走去。老友，你的好意，我永远记着。但是忘了罢，从今以后，在你平安的心里，永远忘了我这样的一个人罢。

容

八月十九

一九二五年三月作

嫩黄瓜

/// 李霁野

一天的奔波之后,颇想有片刻的清闲,晚饭后天气也凉爽得多了,便决定晚间不再看案头放着的几封关于业务的无聊信,也不再去看别人的淡漠的鬼脸,一定要独自过一个清闲的夜晚,于是就搬出沙发去,放在扁豆藤下面。

院子确是很小的,大概有两丈长,还不到一丈宽,但是上面是晴朗的天空,深蓝里现出闪闪不定的白星,左边也不时吹来清微的凉风,这已经足够减轻白日里的疲倦,使人觉得身子轻松得多,心思也自由得多了。我这里向来是没有人来的,所以我很安心,知道不会有什么来搅扰我的清闲。手抚摸着藤叶,我可以清清楚楚摸出他的叶脉来。时或有蝉的鸣声,但并不像在日间似的,使人听着感到燥热。这样一直躺了两点钟,没有想什么,也没有入睡,只是蒙蒙眬眬的。

忽然地，我坐起身子来。我用脚跺一跺地，觉得还实在，便离开沙发，踱起步。细看了灰黄的窗纸，摸了摸生满了绿苔的墙头，摘下一两片扁豆叶，我才确知这是我住的老地方——这一念把我拖出梦境来。

据说梦后若迅速地一转身，梦中的事便会忘得干干净净的，这话多半是可靠的罢。这次我的梦残留下来的似乎只有一件东西：黄瓜。

"黄瓜？"我自问地低声说，"这有什么意义呢？"满怀着疑问与惋惜，我缓步走到街上去，我走进菜店，我买了几条黄瓜回来。我想借着它或者可以忆起一些梦中的事，或者可以把我的梦给补缀起来。

我躺在以前躺的沙发上，我数着黄瓜的刺，我闭目默想。但是梦境却离我更为邈远，我倒想起别人的故事来了。微微弯曲的中等的身材，枯黄而忧郁的脸面，语尾话前爱带着拖长的"唉"字的声音，我一见这样的H君的时候，便似乎觉得他的内心里有一件不幸的故事埋藏着。

并不是出于同情，或者也许是出于拿别人的不幸来开玩笑的心理罢，我时常笑问他心里可有什么事。

"唉，没有什么事！你莫关心，唉。"他要向我说。有时候他谈话谈得高兴了，便很快地在屋子里绕圈子，两手不停地做着手势，甚至把身子屈成直角，右手猛力向下，好像是要打什么东西的样子，语尾的"唉"字音也就随着加重起来。

这样过了两星期，我也就惯了。一天他清早便出去了，晚饭后还不曾回来。头天夜深他收到一封快信，我被他从梦中叫醒，他很不安地时而卧在床上，时而呆站着凝视窗外，时而跑出屋子，时而低着头在屋里徘徊，我焦灼地看望着他，直到天明才闭目微睡。我和他新近才认识，几次问他，他又不肯说出原委，所以我的话也无从说。我想多半总是爱情方面的事罢，便从这方面设法劝解；但是我自己也知道感情兴奋的时候，什么话都是白费。我以后只不安地看着他，直到我疲乏极了微微地入了睡。第二天早晨我看他匆匆地出去了，一天不见他回来，我很觉得不安，独坐在屋里也很无聊难耐，我便跑到屋右的广场上去散步。

这时是新晴的初秋的夜晚，天色蓝得窘人，我便躲到树荫里去。

我静立着默想了半点钟，有脚步声从我的左边走近，我看去，原来就是 H 君。

"这时才回来呀！"我向 H 君叫，很带些欢喜的神气。"有点事，唉。"他的声音很小很沉痛，把我的欢喜即时压下去了。

"那么现在已经办妥了吗？"我缓声问。

"没有什么可办，唉，一阵疯狂过去了就完了。"他嘴里吐出强烈的酒气。

"哦……？喝酒了吗？"他的答话使我更加怀疑，我问。

他不作声，他的两眼锐敏地向远方凝视，好像要在空中攫捉住什么东西似的，静默了许多时候。

"哈哈哈！"他突然大笑起来，这笑里含有更大的悲哀，似乎要使四周宁静的空气炸裂。

"有事还是请说了罢，何必放在心里难受呢？"我催促他说出心里的事来。

他不作声。

"女人女人兮，爱情爱情！……"我想他大概也是闹这一类的事罢，便戏口说出这话来。

"唔？我要回去赴结婚的喜筵哩！"他随即接上说。

"那还有什么不高兴的呢？"我随即问。

"我昨夜接到一封信，她的他的信……"说时他摸索着口袋。

"哦……"

"他说他和素芬要在一星期以后结婚，希望我那时候能到他们那里去玩，哼……"

"唔？"

"我起始想那畜生是来要我的好看，"说时他脸上现出凶狠相，"继而想他不知道我和素芬的交情。"

"哦……"

"这封信是他写的，但是下面也有素芬的署名……我想女人终究是不可靠的……"他说完后叹息了一声。

"三个月以前我和素芬初次认识，我是在乡间住惯的，她也很爱乡间，K城城外也很好，我们便时常到乡间去玩。"停了一会儿之后他接着说，"有一次她约了几个相知的同学和我一块出去玩，我们从午后一时一直玩到傍晚，我们都很渴了，便到乡村里去买瓜吃，那时候黄瓜还嫩哩，只有……"

他用大拇指和食指做了个手势。

"也许我太对素芬殷勤了罢，"他微笑着向我说，"我把洗好的嫩黄瓜分给她们的时候，素芬的一位同学说：把最嫩最好的一条给素芬罢，说后她们笑起来。我看一看素芬，她的头已经低下，她的脸向着地，红红的，红得真可爱……"

他好像沉迷在那过去的幻梦里一般，静默着，微微地摇着头，闭着眼。

"但是欢乐容易过去！"他忽然声音沉痛地说，紧握着我的手，"我的素芬一月以后便不再爱我了……"他的声音逐渐地低下去，话没完他便呜呜咽咽地哭起来了。

他的哭声透进了我的心，我紧紧地握着他的手，我们默默对望着。

"不久便听说她和他订了婚，唉，K城我是住不住了，我想去漂泊也罢，便私自跑到N城，唉——那凄凉实在是说不尽！"

我们默默地对望着，我竟想不出一句话慰安他。

"但是又何必说呢，她不爱我了，这是我的运命，"他仰首望着天空，尽力遏抑着他的感情，"我上月在N城，这月在这里，下月谁又知道到哪里去呢？现在虽说她的影子像水蛭一般紧伏在我的脑子上面，不久总会忘却的罢，朋友，不必担心，这是我的运命……"

他的啜泣的哀音真要击碎我的心!

晴空里闪着群星的眼睛,微风在树叶上沙沙作响,仿佛是在悲悼他的不幸一样。"回去罢,唉——天已经不早了,对不起得很。"他向我低声说。

"好罢。"

"这信也有素芬的署名。"他自语似的说,途中他又摸出昨夜的来信。

"怎么知道我的地址呢?我对旧朋友都没有给信。"他自问。

"过去的让它过去罢,不必过分伤心。"看着弯曲的弱身子,我不由己地向他劝说。

"没有什么,请你宽心。"他忍着眼泪向我说。过了一会儿,他狠狠地撕去昨夜的来信。

H君去后已经将满一年了,到如今我还不知道他的消息,他现在流落到哪里了呢?我手指抚摸着黄瓜,眼前浮出身体微曲、面目枯黄的他的形象来,我凝视着远方的星辰,沉思着爱情的魔力与神秘。

一九二五年八月,北京

梅岭之春

/// 张资平

一

她的住宅——建在小岗上的屋,有一种佳丽的眺望。小岗的下面是一地丛生着青草的牧场。牧场的东隅有一座很高的塔,太阳初升时,投射在草场上的塔影很长且呈深蓝色。塔的年代很古了,塔壁的色彩很苍老,大部分的外皮受了长期的风化作用,剥落得凹凸不平,塔壁的下部满贴着苍苔。塔的周围植着几株梅树,其间夹种着无数的桃树。梅花固然早谢落了,桃树也满装了浅青色的嫩叶。

朝暾暮雨和正午的炊烟替这寒村加添了不少景色。村人的住宅都建在岗下,建在岗上的只有三两家。她站在门前石砌上,几乎可以俯瞰此村的全景。

村民都把他们的稻秧种下去了。岗下的几层段丘都是水田,满栽着绿荫荫的青秧。两岸段丘间是一条小河流,流水和两岸的青色相映衬,像一条蜿蜒的蛇向南移动。对岸上层段丘上面也靠山建立着一列农家。

村民的生活除耕种外就是采樵和牧畜了。农忙期内,男的和女的共同耕种和收获。过了农忙期后,男的出去看牛或牧羊,女的跑到山里去采樵。

她的母亲一早就出去了,带一把砍刀,一把手镰,一条两端削尖的竹杠和两条麻索出去了。她的丈夫也牵着一头黄牛过邻村去了。她没有生小孩子以前是要和她的母亲——其实是她的婆婆——一同到山里采樵去的。可怜她,还像小女儿般的她,前年冬——十六岁的那年冬,竟做了一个婴孩的母亲了。

"哑哑啊!我的宝贝睡哟!哑哑啊!我的乖乖睡哟!"她赤着足,露出一个乳房坐在门首的石砌上喂乳给她的孩子。

邻村的景伯母,肩上担着一把锄头走过她的门首。

"段妹儿,你的乖乖还没断奶么?"她的生父姓段,村人都叫她作段妹子。

"早就想替他断奶。但夜间睡醒时哭得怪可怜的,所以终没有断成功。"

含着母亲的乳房,快要睡的小孩儿听见他妈妈和人说话,忙睁开圆眼睛,翻转头来望景伯母。可爱的小孩儿伸出他的白嫩的小手指着景伯母,"唉,呀呀!唉,呀呀!"地呼着。景伯母也跑了过来,用她的黑而粗的食指头轻轻地向小孩儿的红嫩的小颊上拍。

"乖乖!你这小乖乖!你看多会笑。乖乖几岁了?"景伯母半向她,半向她的小孩儿问。

"对了岁又过三个月了,景伯母。"村里称婴儿满了一周年为"对了岁"。她笑着说了后,若有所怅触,叹了一口气:"岁月真快过呀,景伯母。我们不看小的这样快地长大,哪里知道自己的老大。"

"这不是你们说的话,这是我们快入墓穴的人说的话!你们要享后福的,你要享这小乖乖的福的。"景伯母一面说,一面担着锄头向古塔那方面去。

"景伯母,看田水去么?我送你一程。"她抱着小孩子跟来了。小孩子更手舞足蹈地异常高兴。

"是的,昨晚下了一夜的大雨,我的稻秧不浸坏了么。我想把堤口锄开些,放水出来。"

"你太多钱了,买田买过隔村去。你们有钱人都是买苦吃的。"她且说且行,不觉得送景伯母到塔后来了。她不敢再远送,望景伯母向岗下去了。小孩子还伸着手指着景伯母,"唉的,唉的"地叫着要跟去。

她翻转头来呆望着塔背的一株古梅出神,并不理小孩子在叫些什么了。她呆立地望着那株梅树出了一会儿神,才半似自语,半似向小孩子地叹了一口气。

"怙儿——这还是你的爸爸取的名——怙儿,你去年春在这梅树下和你爸爸诀别,你还记得么?你爸爸向你的小颊上吻了一吻就去了,你也记得么?"她说了后,觉着双目发热。她还是痴痴地望那株梅树。

对岸农家的鸡在高声地啼,惊破了大自然的沉静。远远地还听见在山顶采樵的年轻女人在唱山歌:

> 蓬辣滩头水满堤,
> 迷娘山下草萋萋。
> 暂时分手何珍重,
> 岂谓离鸾竟不归。
> 共住梅江一水间,
> 下滩容易上滩难。
> 东风若肯如郎意,
> 一日来时一日还。

她们的歌声异常地悲切,引起了她无限的追忆——刻骨的悲切的追忆。她望见岗下和隔河农家的炊烟,才懒懒地抱着小孩儿回去。

二

怙儿的来历的秘密,不单她一个人知道,她的丈夫当然知道的,她的婆婆也有些知道,为了种种的原因,终不敢把这个秘密说穿。

她的乳名是保瑛。保瑛的父母都是多产系,她的母亲生了她后仅满一周年,又替她生了一个弟弟。她的父亲是个老而且穷的秀才,从前也曾设过蒙塾为活,现在受着县署教育局的先生的压迫,这碗饭再吃不成功了。像她的父亲的家计是无雇用乳母的可能。她的母亲只好依着地方的惯例,把她送到农村来做农家的童养媳了。

魏妈——保瑛的婆婆,是保瑛的母亲的嫡堂姊妹,她的丈夫魏国璇算是村中数一数二的豪农。魏翁太吝啬了,他的精力的耗费量终超过了补充量,他的儿子——保瑛的丈夫——生下来不足半年,他就抛弃他的妻子辞世了。丈夫死后的魏妈,很费力地把儿子泰安抚育至三周岁了。泰安断了奶后,魏妈是很寂寞的,和保瑛的母亲有姊妹的关系,听见要把保瑛给人家做童养媳,所以不远五六十里的山路崎岖,跑到城里去把保瑛抱了回来。在那时候才周岁的保瑛,嫁到了一个三岁多的丈夫了。

保瑛吃魏妈的乳至两周岁也断了奶。魏妈在田里工作时,他们一对小夫妻的鼻孔都垂着两条青的鼻涕坐在田堤上耍。这种生活像刻板文章地继续至保瑛七岁那年,段翁夫妇才接她回城去进小学校。魏妈对保瑛的进学是始终不赞成的,无奈段翁是住城的一个绅士,拿义务教育的艰深不易懂的名词来恐吓她,她只得听她的童养媳回娘家去了。但魏妈也曾提出了一个条件,就是保瑛到十六岁时要回来和她的儿子泰安成亲。保瑛住娘家后,每遇年节假期也常向平和的农村里来。

　　保瑛和她的弟弟保珍同进了县立的初等小学校，初等小学校毕业后再进了高等小学校。保瑛十四岁那年冬，她和弟弟保珍也同在高等小学校毕业了。这八年间的小学校生活是平淡无奇的，保瑛身上也不起何等变化。高等小学毕业后的保瑛姊弟再升进中学否，算是他们家庭里的一个重要问题了。

　　"姊姊，你就这样地回家去，不再读书了么？"保珍当着他的父母面前故意地问保瑛。

　　"够了，够了。女人读了许多书有什么用！还是早些回魏家去罢。你看魏家的姨母何等地心急。每次到来总唠唠叨叨地叹息说着她家里没人帮手。"

　　裤脚高卷至膝部，赤着双足，头顶戴着一块围巾，肩上不是担一把锄头就是担一担粪水桶：这就是农村女人的日常生活——保瑛每次向农村去，看见了会吐舌生畏心的生活。保瑛思念到不久就要脱离女学生生活，回山中去度农妇生活，不知不觉地流下泪来了。

　　"教会的女子中学要不到多少费用，就叫姊姊进去吧。"

　　"再读也不能毕业了。姊姊十六岁就要回魏家的。高等小学的程度尽够人受用了，不必再读了。"段妈还是固执着自己的主张。

　　"不毕业有什么要紧！多读一天有一天的知识！"保瑛恼着反驳她的母亲。

　　"她既然执意要读，就由她进教会的女中学吧。基督教本来信不得的，但有时不能不利用。听说能信奉他们教会的教条的学生们，不单可以免学费，还可得教会的津贴。你看多少学生借信奉耶稣教为名博教会的资助求学。最近的例就是吉叔父，你看他今年暑假回来居然自称学士，在教会的男女中学兼课，月薪六十五块大洋！大洋哟！他在 H 市的教会大学——滥收中学毕业生，四年之后都给他们学位的大学——四年间的费用完全由教会供给。他们心目中只知道白灿灿的银，教会资助他们的银，所以不惜昧着自己的良心做伪善者。其实哪一个真知有基督的。他们号称学士又何曾有什么学问！普通科学的程度还够不上，说什么高深学问！但他们回来也居然地说要办大学了。真是聋子不怕雷！这些人的行为是不足为法的，不过你们进了教会的学校后，就不可有反对耶稣教的言论，心里不信就够了，外面还是佯说信奉的好，或者也可以得教会的津贴。这就是孟夫子所说'权'也者是也。"

"是的，你提及吉叔我才想起来了。今天早上吉叔母差人过来——差他家的章妈过来问瑛儿可以到她家里去住一年半年代她看小孩子么？她说瑛儿若慢回婿家去，就到她家里去住，她家离教会和学校不远，日间可以上课，早晚就替她看顾小孩子。"

"有这样好的机会，更好没有的了。瑛儿，你愿意去么？"

"……"含笑着点点头的是保瑛。

段翁和吉叔的血统关系不是"嫡堂""从堂"这些简单的名词可以表明得了。他们的血统关系是"他们的祖父们是共祖父的兄弟——嫡堂兄弟"。

"听说吉叔是个一毫不苟的基督教徒,你看他的满脸枯涩的表情就可以知道他的脾气了。他对你有说得过火的话,你总得忍耐着。吉叔母倒是个很随和的人,她是个女子师范出身的,你可以跟她学习学习。"保瑛初赴吉叔家时,她的母亲送至城门首再三地叮嘱。

"吉叔父——叔父两个字听着像很老了的,听说他只三十三岁,哪里会像有须老人般的难说话。我不信,我不信。"保瑛在途中担心的是吉叔父,"真的是可怕的人,也就少见他吧,我只和章妈和叔母说话。"

吉叔的住家离城约五里路,是在教会附近租的一栋民房,由吉叔住家到教会和学校还有半里多路。礼拜堂屋顶竖立着的十字架远远地望见了。学校的钟楼也远远地望见了。人种上有优越权的白人住的几列洋楼远远地望见了。在中国领土内只许白人游耍,不准中国人进去的牧师们私设的果园中的塔也远远地望见了。最后最低矮的白人办的几栋病室也远远地望见了。经白人十余年来的经营,原来是一块单调的河畔冲积地,至今日变为一所气象最新的文化村了。

"科学之力呢?宗教之力呢?小学校的理科教员都在讴歌科学之力的伟大。但吉叔一般人说是基督教之力。"保瑛怀着这个疑问正在思索中,吉叔的住家早站在她的眼前了。

三

　　最先出来迎她的是吉叔的儿子保琇，今年四岁了。其次出来的是章妈。章妈说，吉叔在学校还没有回来。章妈又说，叔母吃过了中饭说头晕，回房里去午睡去了。章妈最后问她吃过了中饭没有。

　　"谢谢你，我吃过了来的。"保瑛携着保琇的手跟着章妈达到会客厅里来了。厅壁的挂钟告诉她午后一点半了。

　　"姊姊今后住在我们家里不回去么？"保琇跟他的父母回到老祖屋时，常到保瑛那边去耍，今见保瑛来了，靠在保瑛怀里像靠在他母亲怀里一样的亲热。

　　"是的，琇弟！以后我们常在一块儿。你喜欢么？"

　　"啊！喜欢，太喜欢。比妈妈还要多地喜欢你。妈妈是不和我玩的。"

　　"啊啦！你听，瑛姑娘！他那张嘴真会骗人爱他。"章妈和保瑛同时地笑了。"瑛姑娘，你今年多少岁了？十六？十七？"

　　"你看我哪样多岁数，章妈？"保瑛脸红红的。

　　"无论谁看来都要猜你是十七岁。至少十七岁！"

　　"十五岁哟，章妈，我是年头——正月生的；才满十四岁哟。"保瑛同时感着近来自己身体上有了生理的变化，禁不住双颊绯红的。

　　"我不信，只十五岁？"

"真的,瑛儿今年才十五岁。"里面出来的是吉叔母——岁数还在二十五六间的年轻叔母。叔母的脸色始终是苍白的。行近来时,额下几条青色的血脉隐约地认得出,一见就知道她是个神经质的人。

"章妈说你头晕,好了些么,叔母?"

"中饭后睡了一会儿,好了些了。"吉叔母一面伸出两根苍白的手指插入髻里去搔痒,一面在打呵欠。打了呵欠后,她说:

"学校的用书你叔父都代你买了。你的房子章妈也代你打整好了,你和琇儿同一个房子。房子在我们寝室的后面,和你叔父的书房相连,是很精致的,方便读书。琇儿,你不带瑛姊到你们房里去看看?"

中厅两侧是两大厢房,近门首的是章妈的寝室,那一边才是叔母的寝室。大厢后面有两个小房子。其实一间大房子,中间用木墙分截作两间小房子。章妈寝室后面的:一间是厨房,一间是浴室。叔母寝室后面的:一间是叔父的书房,一间是保瑛和保琇的房子。厢房的门和厅口同方向。保瑛的房子和吉叔父书房同一个出入的。经过书房,再进一重木墙的门就是她的房子了。书房的门正在中厅的屏风后的左隅。木墙门上挂一张白布帘,就是书房和保瑛保琇的房间的界线了。

保琇转过屏风后,早跑进书房里去了。叔母和保瑛也跟了过来,只有章妈向反方面的厨房里去了。书房里的陈设很简单,靠窗一个大方桌;桌前一张椅子。近门首的壁下摆着一张茶几,两侧两把小靠椅。靠厢房的方面靠壁站着两个玻璃书橱。木墙的门和书橱的垂直距离不满五寸。接近大方桌靠着木墙摆着一张帆布椅。大方桌上面,文具之外乱堆着许多书籍。

"叔父不是在书房里歇息?"保瑛看了书房里的陈设,略放心些。

"不。他早晨在这里预备点功课。晚上是很罕到书房里来的。就有时读书也在厅前,或在我房里。"

保瑛的房里的陈设比较精致,靠厢房面的壁,向着窗摆着一张比较宽阔的木榻,是预备她和保琇同睡的。榻里的被褥虽不算华丽,也很雅洁的。靠窗是一张正式的长方形的书台。叔母告诉她,这张台原是叔父用着的,因为她来了就换给她用。靠内壁也有一个小玻璃书橱。书橱和寝榻中间有一台风琴。这风琴给了保瑛无限的喜欢。书台的这边靠着木墙有一张矮藤桌和矮藤椅,藤桌上面放着许多玩具。近木墙门口有一小桌,桌上摆的是茶具。

保瑛和叔母在房里坐了一会儿,同喝了几杯茶,章妈跑进来说保瑛的行李送到了。她的行李是很简单的——一个大包袱,一个藤箱子。

"瑛姑娘来了么?"保瑛和叔母坐在厅里听见吉叔父问章妈的声音。

"回到家里来,第一句就是问我来了没有,吉叔父怕不是像母亲所说的那样可怕的人。"保瑛寻思着要出来,叔母止住她。叔父也走进厅前来了。

晚餐的时候，一家很欢乐地围着会客厅的长台的一端在吃稀饭。地方的习惯，早午两餐吃饭，晚上一餐不论如何有钱的人家都是吃稀饭的。几色菜也很清淡可口。保瑛想比自己父亲家里就讲究得多了。

"岁月真的跑得快。我还在中学时代，瑛儿不是常垂着两条青鼻涕和一班顽皮的小学生吵嘴么？你看现在竟长成起来了。"

"啊啦！叔父真会说谎。叔父在中学时代，我也有九岁十岁了，哪里会有青鼻涕不拭干净给人看见。"像半透明的白玉般的保瑛的双颊饱和着鲜美的血，不易给人看的两列珍珠也给他们看见了。鲜红的有曲线美的唇映在吉叔父的视网膜上比什么还要美的。

到了晚上，小保琇很新奇地紧跟着瑛姊要和她一块睡。他在保瑛的榻上滚了几滚，很疲倦地睡着了。叔父和叔母也回去歇息了。只有章妈还在保瑛的房里自言自语地说个不了。她最先问保瑛来这里惯不惯，其次问她要到什么时候才回婆家去。保瑛最讨厌听的就是有人问她的婆家，因为一提起婆家，像黑奴般的泰安，赤着足，戴着竹笠，赤着身的姿态，就很厌恶地在她眼前幻现出来。章妈告诉她，吉叔父对我们是正正经经的，脸色很可怕，但对叔母是很甜甜蜜蜜的多说多笑。章妈又告诉她，他们是很风流的，夜间常发出一种我们女人不该听的笑声，最后章妈告诉她说吉叔父是一个怕老婆的人。

章妈去后，保瑛暗想吉叔父并不见得是个很可怕的人。他对自己的态度很恳切的,无论如何叔父今天是给了我一个生快感的印象。叔父的脸色说是白皙,宁可说是苍白,高长的体格,鼻孔门首蓄着纯黑的短髭。此种自然的男性的姿态在保瑛看来是最可敬爱的。

"妈!妈妈!"保瑛给保琇的狂哭惊醒了。保琇睡醒时不见他的母亲,便狂哭起来。

"琇弟,姊姊在这里,不要怕,睡罢,睡罢。"保瑛醒来忙拍着保琇的肩膀。保琇只是不理,还是狂哭不止。

"啊,琇儿要妈妈,要到妈妈床上睡。去,去,到妈妈那边去。"叔父听见保琇的哭声跑了过来。

辫髻微微地松乱着,才睡醒来的双目也微微地红肿,纯白的寝衣,这是睡醒后的美人的特征。这种娇媚的姿态由灯光的反射投进吉叔父的眼来,他禁不住痴望了保瑛片刻。给叔父这片刻间的注意,保瑛满脸更红热着,低了头,感着一种不可思议的羞愧。

四

"叔父,我不上学去了。我只在家里,叔父早晚教我读英文和国文就够了。"保瑛由学校回来,在途上忽然地对吉叔父说。

"为什么?"吉叔父翻首笑问着她。

她脸红红地低下头去避他的视线。

"她们——同学们太可恶了。一切刻毒的笑话都敢向我说。"

"什么笑话呢?"吉叔父还是笑着问。他一面想身体发育比一般的女性快的保瑛,在一年级的小儿女们的群中是特别会引人注意的。她的美貌更足以引起一班同学们的羡妒。

"你不想学他种的学科,就不上学也使得。"

"数学最讨厌哟。什么博物,什么生理,什么地理、历史,我都自己会读。就不读也算了。我只学英文国文两科就够了。"

"不错,女人用不到高深的数学。高等小学的数学尽够应用的了。"

"……"保瑛想及她们对她的取笑,心里真气不过。

"她们怎样地笑你?"吉叔父还是笑着问。

"叔父听不得的。"保瑛双颊发热地只回答了一句。过了一刻,"真可恶哟!说了罢!她们说我读什么书,早些回去担锄头,担大粪桶的好。"保瑛只把她们所说的笑谑中最平常的告诉了叔父。

她们笑她,她和叔父来也一路地来,回去也一路地回去,就像夫妇般的。她们又笑她,学校的副校长和异母妹生了关系的丑声全县人都知道了;段教员是个性的本能最锐敏的人,有这样花般的侄女同住,他肯轻轻地放过么?副校长和段教员难保不为本教会的双璧。

保瑛是很洁白的,但她们的取笑句句像对着她近来精神状态的变化下针砭。她近来每见着叔父就像有一种话非说不可,但终不能不默杀下去。默杀下去后,她的精神愈觉得疲倦无聊,她有时负着琇弟在门首或菜园中蹰躅时,叔父定跑过来看看保瑛。叔父的头接近她的肩部时,就像有一种很重很重的压力把她的全身紧压着，呼吸也很困难，胸骨也像会碎解的。

二月杪的南方气候，渐趋暖和了。一天早上，保瑛很早地起来，跑到厨房窗下的菜圃中踯躅着吸新鲜空气。近墙的一棵晚桃开了几枝红艳的花像对着人做媚笑。保瑛走近前去，伸手想采折几枝下来。

"采花吗？"

保瑛忙翻过头来，看叔父含着雪茄也微笑着走进菜圃来了。

"叔父！桃花开了哟！"她再翻转头去仰望着桃花。"一、二、三、四、五、六，六枝哟！明后天怕要满开吧。"

雪茄的香味由她的肩后吹进鼻孔里来。她给一种重力压着了，不敢再翻转头来看。处女特有的香气——才起床时尤更浓厚的处女的香气，给了他一个奇妙的刺激。

她把低垂着的一枝摘下来了。

"那朵高些儿。叔父，过来替我摘下来。"

吉叔父把吸剩下的雪茄投向地下，蹬着足尖，伸长左手探采那枝桃花。不提防探了一个空，身体向前一闪，忙把右臂围揽了保瑛的肩膀。他敌不住她的香气的诱惑，终把她紧紧地抱了一忽。

厨房的后门响了。章妈的头从里面伸出来。保瑛急急地离开吉叔父的胸怀，但来不及了。章妈看见他和她亲昵的状态，把舌头一伸，退入厨房里去了。

"对不住了，保瑛。"吉叔父望着她低着头急急的进屋里去。

保瑛经叔父这一抱，久郁积在胸部的闷气像轻散了许多。

那晚上十二点钟了。保瑛还没有睡，痴坐在案前望洋灯火。叔父在叔母房里的笑声是对她的一种最可厌的诱惑。不知从什么时候起，这种笑声竟引起了她的一种无理由的妒意。

"我还是回母亲那边去吧，我在叔父家里再住不下去了。我再住在这家里不犯罪就要闷死了——真的能死还可以，天天给沉重的气压包围着，胸骨像要片片地碎裂，头脑一天一天地固结，比死还要痛苦。今早上他是有意的，我承认他是有意的。那么对他表示同意，共犯罪么？使不得，使不得，这种罪恶是犯不得的。我不要紧，叔父在社会上的名誉是要破产的。走吗？我此刻舍不得他了。"

自后不再怕叔父的保瑛的瞳子，对着叔父像会说话般的——半恼半喜地说话般的。

"有一种怪力——叔父有一种怪力吸着我不肯放松。"保瑛身体内部所起的激烈的摇动的全部，在这一个简短的语句中完全地表示出来了。她几次想这样地对他说，但终没有勇气。她近来对叔父只有两种态度：不是红着脸微笑，就是沉默着表示她的内部的不满和恨意。但这两种态度在吉叔父眼中只是一种诱惑。

"明年就要回山村去了。回去和那目不识丁的牧童做伴侣了。我算是和那牧童结了婚的——生下来一周年后和他结了婚的，我是负着有和他组织家庭的义务了。社会都承认我是他的妻子。礼教也不许我有不满的嗟叹。我敢对现代社会为叛逆者么？不，不，不敢……除非我和他离开这野蛮的、黑暗的社会到异域去。"保瑛每念到既联姻而未成亲的丈夫，便感着一种痛苦。

五

造物像有意地作弄他们。那年秋吉叔父竟赋悼亡。有人说叔母是因流产而死的。又有人说是叔母身体本弱，又因性欲的无节制终至殒命了。众说纷纭，连住在他们家里的保瑛也无从知道叔母的死因。

那年冬保瑛回山村的期限到了，段翁因族弟再三的请求，要保瑛再在他家中多住三两个月替他早晚看顾无母之儿阿琇。保瑛自叔母死后，几把叔父的家务全部一手承办，不想再回小村去了。但在叔父家里住愈久，愈觉得章妈可怕，时常要讨章妈的欢喜。

冬天的一晚，寒月的光由窗口斜投进保瑛的房里来。她唱着歌儿把保琇哄睡了后，痴坐在窗前望窗外的冷月。章妈早睡了，叔父还没有回来。寂静而冷的空气把她包围得怕起来了，她渴望着叔父早一点回来。

"呃！深夜还有人在唱山歌。"梅岭的风俗淫荡，下流社会的青年男女常唱着山歌，踏月寻觅情人。"他们唱些什么？"保瑛在侧耳细听。

"不怕天寒路远长，因有情妹挂心肠。妹心不解郎心苦，只在家中不睬郎。"男音。

"行过松林路渐平,送郎时节近三更。花丛应有鸳鸯睡,郎去莫携红烛行。"女音。

保瑛痴听了一会儿,追忆及两个月前坐在叔父膝上听他们唱山歌和叔父评释给她听的时候的欢乐,望叔父回来之心愈切。

狗吠了。叔父回来了。保瑛忙跑出来开门。

"啊呀!我自来没见过叔父醉到这个样子!"保瑛提着手电灯把酒气冲人、满脸通红的叔父接了进来。

"可爱的,可怜的小鸟儿!"吉叔父把娇小的保瑛压抱进自己胸膛上来。

他和她携着手回到书房里对面坐着默默地不说话。

"完全是夫妇生活了,我和他!"她在这样地想。

"完全是夫妇生活了,我和她!"他也在这样地想。

默坐了半点多钟,保瑛先破了沉默。

"叔父今晚在什么地方吃醉了?"

"我们在 H 市的大学同学开了一个恳亲会。虽说是恳亲会,实是商议对副校长的态度。因为近来有一班学生要求副校长自动地辞职。我们当教员的当然不能赞许学生的要求。最公平无私,也只能取个中立态度。学生们说副校长不经教会会众的推选,也不经谁的委任自称为副校长。学生又说副校长近来私刻名片,借华校长的头衔混充校长了。学生们又说副校长是蓄妾的淫棍,没有做教徒的资格。学生们又说副校长和异母妹通情,久留在他家里不放回妹夫家去，害得妹夫向他的老婆宣布离婚。学生们又说副校长借捐款筹办大学的名，替正校长的美国人聚敛，美国人是一见黄金就满脸笑容的，所以死也庇护着副校长，默许他在教会中作恶。学生们又说学校能容纳这样道德堕落的校长，学校是全无价值的了，为母校恢复名誉起见，不能不把副校长放逐。可怜的就是，有一班穷学生希望着副校长的栽培——希望着副校长给他的儿子们吃剩的残羹余饭给他们吃，死维护这个不名誉的副校长，说副校长就是他们的精神上的父亲，攻击副校长即是破坏他们的母校，骂副校长就和骂他们父亲一样，他们是认副校长做父亲的了！"

"你们当教员的抉取了什么态度？"保瑛笑着问。

"还不是望副校长栽培的人多，叫副校长做父亲的多！取中立态度的只有我和K君两个人。其他都怕副校长会把他们的饭碗弄掉。要顾饭碗就不能不把良心除掉。现在社会只管顾着良心是会饿死人的！你看副校长的洋楼，吃面包牛乳，他的生活几乎赶得上人种上有优越权的白色人的生活了，这全是他不要良心的效果！"吉叔父说后连连地叹息。

"……"保瑛只默默的，不说话。

"他们很可恶的还取笑我。他们像知道我们……"

"他们取笑你什么？"保瑛脸红红地望着叔父。

"他们说，我是个不耐寂寞的人，这两三个月来真的守着独身不是还是个疑问。"吉叔父说了后笑了。"讨厌的他们什么话都乱说！"保瑛微笑着斜视吉叔父表示一种媚态。"是的，叔父，章妈真可怕哟！"她像有件重要事要对叔父说，"章妈说：'瑛姑娘你近来变怪了。为什么专拣酸的东西吃？'她说了后还做一种谑笑，害得我真难为情。真的，我近来觉得再没有比酸的东西好吃的。"

"真了么？我们所疑虑的真了么？"叔父觉得自己的双颊及额都发着热。

"知道真不真！不过那东西过了期还不见来。"保瑛蹙着额像在恨叔父太无责任了。

"……"叔父只叹了一口气。

"万一是真的话，我这身体如何地处置，叔父！"

"你就回去，快回去和你的丈夫成亲吧！"无责任的、卑怯的叔父想把这句话说出来，但怕伤了侄女儿的心，又吞下去了。他只能默默的。

两人又沉默了一刻。

"除了这梅城地方外，他处没有吃饭的地方么？"保瑛像筹思什么方法的样子，很决意地问。

"你为什么这样地问？"

"我们三个就离开这个地方不好么？"

由教会的栽培，造成的师资只能在教会学校当教师，别的学校是不欢迎的了，就像个刑余之人一样到外地找饭吃的问题，在卑怯的吉叔父是完全没有把握。他还是默默的。

六

　　保瑛回山村去时，正是春花盛开的时候。保瑛回去四五日后就寄了一封信来。她的信里说，他和她的相爱，照理是很自然而神圣的，不过叔父太卑怯了。她的信里又说最初她是很恨叔父之太无责任，但回来后很思念叔父，又转恨而为爱了。她和他的分离完全是因为受了社会习惯的束缚和礼教的制限。她的信里又说，总之一句话，是她自己不能战胜性的诱惑了。她的信里又说从梦里醒来，想及自己的身体会生这种结果，至今还自觉惊异。她的信里又说此世之中，本有人情以外的人情。她和他的关系，由自己想来实在是很正当的恋爱。她的信里又说，她对他的肉体的贞操虽不能保全，但对他的精神的贞操是永久存在的。她的信里又说，她回来山村中的第二天的早上，发现那牧童睡在她身旁时，她的五脏六腑差不多要碎裂了。她的信里又说，她此后时常记着叔父教给她的 "Love in Eternity" 这一句。她的信里最后说，寄她的爱给琇弟。

　　叔父读了她的信后，觉着和她同居时的恐怖和苦恼还没有离开自己。"保瑛虽然恕我，但我误了她一生之罪是万不能辞的。"他同时又悔恨不该在自己的一生涯上遗留一个拭不干净的污点。

　　他重新追想犯罪的一晚。

　　妻死后两周月了。他很寂寞的。有一次他看见她身上的衣单，把亡妻的一件皮袄儿改裁给她。那晚上他把那改裁好了的皮袄带回来。他自妻死后，每天总在外边吃晚饭。要章妈睡后才回来。

"你试把它穿上，看合适不合适。"他坐在书房里的案前吸着雪茄。

"走不开，琇弟还没熟睡下去。"保瑛自母死后每晚上只亲着她，偎倚着才睡。

"你看，他听见我们说话又睁开眼睛来了。不行，琇弟！哪里每晚上要摸着人的胸怀才睡的！你再来摸，我不和你一块儿睡了。"

叔父听见保琇醒了，走进保瑛房里来。

"不行哟！不行哟！人家脱了外衣要睡了，还跑到人家房里来。"保瑛笑恼着说。帐没有垂下，保瑛拥着被半坐半眠地偎倚着保琇，她只穿一件白色的寝衣，胸口微微地露出。吉叔父痴看了一会儿，给保瑛赶出书房外去了。

过了半个时辰的沉默。

"睡了么！"

"睡了，低声些。"叔父听见她下床的音响。不一刻她把胸上的纽儿扣上，穿着寝衣跑出来了。

"皮袄儿在哪里！快给我穿。冷，真冷。"

她把皮袄穿上后，低着头自己看了一会儿，然后再解下来。

"叔父，肩胁下的衣扣紧得很，你替我解一解吧。"吉叔父行近她的身旁，耐人寻味的处女的香气闯进他的鼻孔里来。关于皮袄的做工和价值，她不住地询问。她的一呼一吸的气息把叔父毒得如痴如醉了。他们终于免不得热烈地拥抱着接吻。

"像这样甜蜜的追忆，就便基督复生也免不了犯罪的。"他叹息着对自己说。

自后半年之间,她并无信来。一直到十月初旬才接到她来一封信。

……今天是我们的纪念日,你忘记了么?我前去一封信后很盼望叔父有信复我,但终归失望了。叔父不理我或是怕写给我的信万一落在他人手里,则叔父犯罪的证据给人把持着了。如果我所猜的不会错时,那我就不能不哭——真的不能不哭叔父的卑怯。我不怕替叔父生婴儿,叔父还怕他人嘲笑么?我想叔父既然这样无情地不再理我,那我就算了,我也不再写信来惹叔父的讨厌了。不过叔父,你要知道,我身体因为你变化为不寻常的身体了。我因这件事,我的眼泪未曾干过。叔父若不是个良心死绝的人,不来看看我,也该寄一封信来安慰我。我的丈夫和婆婆都有点知道我们的秘密,每天的冷讥热刺实在令人难受。叔父,你须记着我这个月内就要临盆了。我念及此,我寂寞得难耐。我想,我能够因难产而死——和可怜的婴儿一同死去,也倒干净省却许多罪孽。叔父,你试想想,我这腹中的婴儿作算能生下来,长成后在社会中不受人鄙贱,不受人虐待么?叔父你要知道我们间的恋爱不算罪恶,对我们间的婴儿不能尽父母之责才算是罪恶哟!最后我望你有一回来看我,一回就够了!我不敢对你再有奢望了……

自她生了婴儿后,气量狭小的社会对吉叔父发生了一个重大的问题——宗教上和教育上的重大问题。社会说,如果他真的有这种不伦的犯罪,不单要把他从教育上赶出去,也要把他从社会赶出去。族人们——从来嫉妒他的族人们说,若她和他真的有这种不伦的关系,是要从此地方的习惯,把女的裸体缚在柱上,任族人的鞭挞,最后就用锥钻刺死她;把男的赶出外地去,终身不许他回原籍。虽经教会的医生证明说,妊娠八个月余就产下来的倒很多,不能硬把这妊娠的期短,就断定女人是犯罪;但是族人还是声势汹汹的。

吉叔父看见自己在这地方再站不住了。教会学校也暗示地叫他自动地辞职。他把保琇托给亲戚后,决意应友人的招请,到毛里寺岛去当家庭教师。他临动身,曾到山村的塔后向她和她的婴儿告别。他和她垂泪接吻时,听见采樵的少女在山上唱山歌。

  帆底西风尘鬓酸,
  阿郎外出妹摇船。
  不怕西风寒透骨,
  怕郎此去不平安。

一九二四年八月八日于蕉岭山中

来客

/// 罗皑岚

曾五太太家今天来了一位客人，可把她和她的儿子弄慌了。她是这东镇唯一的有钱的，东镇的田地房屋，差不多有一大半属于她。只要是四个月前，别说来一位客，就是来三四十位，也不难招待。但是自从那有白星儿的旗子舞到了东镇以后，东镇的一切便起了大大的变更，曾五太太也无日不在恐慌中过活，尤其使她胆战心惊的是镇人们摆街的时候，大喊"打倒资本家曾五太太！"

这位远客迟不来早不来，却偏偏选定这黄道吉日的"东镇全镇打倒地主老爷示威减租绝交游行大运动"的一天，曾府的用人们都热忱地去参加这大运动去了，剩在家里的便只有曾五太太和她的儿子七少爷。

王文安——她的内侄一进门，曾五太太正坐在堂屋里拿着银牙签剔牙齿。他叫了一声："姑妈！"她猛抬头，忙起身亲自迎接。

"姑妈，你人好？"

"我，我倒好，"她说完这句，刚要喊小丫头香春泡茶，"香"字到了嘴边，刚要溜出来，忽然记起香春已于前日为"解放丫头人种保障会"要了去，早已不在此地了。陈妈和老汪都摆街去了。但是客来没茶喝，岂非笑话？

"七贵，泡茶来！"她略踌躇了一会儿说，里面似乎有人答应。"好孩子，难为你这么远来看我——你不要见笑，用人都摆街去了，只好叫你表弟泡茶给你喝。"

"姑妈顶好不要客气，我不是外人。"

"唉，我不把你做外人看待——你们乡里好？我们这里，唉，"她向外望了望，关上了门，放低了声音，"唉，不上三个月，变了一个世界，完全变了一个世界，什么事都换了样。会，满东镇尽是会，什么联合会，协会，一些名色，记也记不清。耕田的，挑粪的，做手艺的，都有会，连煮饭的，做女工的，都要入什么厨业会，女工会。整天地打锣打鼓，吹箫吹喇叭，手上拿持些纸旗，布旗，甚至绸旗子在街上摆会。生意不做，手艺不做，天天去摆会，哦呀，这还成什么世界？"

"我们那边——"

"好孩子，你让我说完再说，"她忙止住了他，"会，唉呀，讲起摆会，哪里赛得过前清的皇会呵！那才热闹，我活了五十岁了，你们年轻人是没看过的，只有我，这活了五十岁的，才见过几回。如今摆会,哼,说热闹,左右不过旗子锣鼓亭子人多罢了,说起前清的皇会,比哪一根毛都比不上呢。单讲那一色绣花编金衣服的三百多匹'摆马',和七十二台的故事,如今可办得出?……"

"文哥,吃茶。"七少爷双手托着一小盅茶,脸红红地放在茶几上。王文安忙欠了欠身,斜眼望那盅内的茶叶,浮得一片乌黑,大有"门泊东吴万里船"的景象,但七少爷给亲自泡茶从来没有的事,他也只好微皱着眉头,端过来就喝。

"自从有了什么农民会来,"五太太接着说,她蕴郁了满肚子的牢骚,好容易找了一个可以倾诉的机会和一个可以倾诉的人,怎肯放松一刻?"哎,便你也会我也会起来了。就是这东镇,讲会起码就有四十多个。我这一家都入了会,陈妈入了女工会,老汪入了厨业会,守门的张四也入什么门房会,剩下的便只有你七弟和我,没有会收留我们。哎,不入会倒也罢了,我们守着这碗祖宗饭,过这一辈子也就算了,哪知他们硬派我是'私本家',说起来好笑,一族一姓的本家不是私的,难道是公的?"

"恐怕是资本家吧?"

"管他资本私本,终归不是好名声。"她叹了一口气,说,"我自从当了这'私本家'以来,亏也吃得不少;田庄上的谷,今年没收一粒,都不肯交出来,说要听农民会作价,听说明年连租都不要交了,你教我孤儿寡妇拿什么过活?你就是实行'平产',我也要对分一点才是。家里的用人,哎,用人,自从入了会以来,都要加工价。陈妈还好,明里加了二十块钱一月,暗里只比老工价加了六块钱。老汪和张四就不行了,每月硬要加二十块钱,一个也不能少。我想不要老汪了,便教陈妈兼煮饭,再加她点工钱;什么门房,我也不要了,这世界是这样世界,闹这排场干吗?谁知厨工会和门房会又不依,说什么以前有多少人,以后永远是多少人,一个不能减少。他们排起队伍,红棍黑棍闹到这里,硬罚了我五十块钱。我的天,家里请用人都要受人压制,这还成个什么世界?——哟,你再说你们那里怎样?"

"我们那里,——"王文安说了一句,停住半天,五太太等着听下文,他却只说,"也不过一样。"

"是,都是一样的,"五太太忙接着说下去,"加几块工钱本不算事,世界是这样世界。大势是这样,我也没法。最可恨,是他们的'条件'。就说厨工吧,三节不做事,每月初一十五二十五不做事,叫什么'例假',逢'例假'要发双粮,他们放例假,难道我们就白饿?这也是'假'得的?这话我们只在屋里说得,出去说就叫'反街命',我也不知什么叫'反街命',反正他们是这样说,大概是前清'反叛'一类的罪名吧。红棍黑棍闹到你家里,好就罚钱,不好,哼,就罚你戴高帽子游街,就是杀头也说不定呢。你说如今是什么世界?"

"唉,唉,"王文安叹了一声,别瞧他年纪还只二十来岁,这一声长叹,头跟着几摆,即使抹着胡子叹"斯文之日下"的老先生们,也没他那神气十足,"如今是什么世界呵!只要人多,莫说要你的命,就是要你全家俱灭也容易;前回县里做'北伐胜利'会,不是要了一条命吗?"

"世界变了,连菩萨也变了吗?"她跳了起来说,"从前我们只有拜'南岳圣帝',如今又新兴出'北方圣帝'来了!唉,既然信菩萨,帮他老人家做会,就不应要人家的命呵!……"

她正待说下去,里面白布门帘忽然一闪,七少爷伸出一个脑袋来,向五太太望了一眼,但五太太并没有懂这"局账",只呆着眼望七少爷,七少爷皱了皱眉头,说:

"日头快晒到天井中间来了!"

"是的,晒到天井中间来了。"她向花窗格子外望了望,仍没懂得她儿子的意思。

"老汪摆会去了,要开火煮饭了呢。"他哭丧着脸说。

"哦……"她像醒悟了过来似的说,"唉,这多讨厌!都去摆会,家里一个也不留,说又说不得,你还没说到他们身上,他们就说你是'反街命',就要'打倒'你。"

"不坐了,姑妈。"王文安起身预备走。

"什么?"她一把拖住了他,"老远地来看我,叫你空肚子回去?那不行!"

"实在不坐了!叫你老人家为难?!"他站住说。

"算什么!煮饭我会煮的,你去了,难道我们能免了这餐饭?快坐下,我不格外办菜就是。"

"真使你老人家为难了!"他坐下,她也松了手。

"好孩子,我们不是外人,尽管不闹这些虚文。"

七少爷一揭帘子,走了进去,五太太跟在后面。

"你坐坐,我去去就来。"她手把着帘子,回头向王文安说。两人走到厨房,厨房里冷清清不见一人,筷子饭碗还摊在案板上没洗,案板下散满了菜根骨屑,灶头上乱摆着刷把和油盐缸,处处都表现出一种凌乱的状况,五太太真气了。

"加钱的要加钱,懒又懒死人,仗势我开销不得他,越发眼里没主子,连碗筷都不收拾了——七贵,你去通火,回头把锅子和饭甑端上,我来洗碗。"

她卷起了袖子,拖过一只碗桶放在案板上,注满了热水,一伸手拿一只碗,在桶内一转,叽咕叽咕叫了几声,便从水里拿了出来,第二只又入了水。七少爷可真忙,通了火又加炭,弄得满头是汗,满身是灰,两手弄得乌黑,还做不好。

"水不要加那么多。七贵!"她回头向七少爷说,"一加多了,饭会不上牙——唉,想不到今天又要自己动手了,三十年,三十年没下过厨房,还是在娘屋里做女时弄过这些的,如今真不是世界!"

"菜,吃什么菜,今天?"七少爷放好了锅子说,他用手向额上抹汗,一抹额上就是五道黑印。

"菜?菜篮内还有什么?"她手浸在桶内,叽咕叽咕地擦得碗叫。

"菜篮里,"他走到菜篮旁,伸手探了探,"只有四颗白菜,一把大蒜,四只萝卜。"

"这怎样够?又尽是蔬菜,"她着急似的说,"快到街上去,看有肉卖没有?鱼也好。钱在大柜内,钥匙在枕头下面——喂,慢点走!额上的黑印洗了再去。"

他顺便在碗桶内掬了水洗干净了手,取出手巾擦净了额上的黑印,这才匆忙地奔到上房,低头走出门去。这是他破天荒第一次亲自上街买东西,心里怦怦地在跳动,脸急得绯红,汗珠比通火时还要出得多。他想:

"鱼该往哪里去买?肉是在屠坊里,半边一边的猪挂在门口,但鱼往哪里去买?又没见人家把鱼挂在门口。他娘的,真讨厌,革什么命,好好的安闲饭不吃,天天摆会,天天喊'打倒',喊'万岁',今天革到我身上来了;要自己买菜,家里一个人不留,真没见过这样的世界!——鱼,鱼往哪里买啊,我的天!……"

他一头想,一头走出了门。街上可有点异样,一条热闹的长街,今天竟见不了几个人影,家家关上了铺门,像过旧历年一样的,只缺少地上的爆竹屑。长的条子代替了春联,条子上写的是:"本店援助全镇打倒地主老爷示威减租绝交游行大运动休业一日"。家家的条子上的话语差不多地一样,不过纸张不同,有的用书春联的红表纸,有的用写香封的榜黄纸,也有用包过条丝烟的建纸的。至于勉强算能一律的,那要推墙上的标语了,全是洋宣纸写的;可是字迹却又不一样,有挺秀的,有没学到家圆坨坨的颜字,有写得认不清的草书,更有古雅到鸟迹虫书一般简直不知道写的是什么的。话语也各不同,有大书"打倒弟国主义"的,有草书"绝交万岁"的,也有书"取消不平调约"的……那贴在北京生生堂包治白浊的广告上面的那一张,使他见了猛吃一惊,因为"打倒资本家"下面紧接着的是"曾五太太"。他心中陡然慌乱起来,无心细玩那些,只想走到前面或许有几家没休业的铺户。但他走到了东镇尽头,已望见河边的樯桅了,竟不见有一家开了铺门的。街上只是冷清清的,没多少人行走,他心中愈加慌乱,只好空手走了回来。

曾五太太正陪着王文安闲谈,在发挥她的感慨,一句一个"唉,真不是世界",见他空手进来,便知没买到。

"怎么啦?街上没菜卖?"

"今天都休业,去摆街去了,"七少爷扬着两只空手说,"街上没一家没关铺子。"

"这可怎好?"她踟蹰地说,"抽斗内恐怕还有两只蛋——只好委屈文安了,吃一餐没菜饭。"

"真使姑妈费力!"王文安歉然似的说。

"不算什么,说不得要我自己去动手了,你兄弟简直没抓过锅铲,不会弄这些。要不是讨厌的'会',"她气愤了,"凭我们这样人家,决不会要自己动手弄这些个的。"

"……"王文安愈加不安了。

"好,也是你运气好,"她对王文安说,"你姑妈三十年没亲手弄过菜了,看我弄一顿好味道给你尝。"

"又使姑妈费力！"他惶恐地说。

"你陪陪表兄，顺便摆好桌子，"她命令着她的儿子说，自己走了进去，"我去弄菜去了。"

他两人闲谈了一会儿，忽然远远地有似乎锣鼓之声，但听不十分清楚。

"你可莫对妈说，文哥，"七少爷整了整桌上的碗筷，声细细地向王文安说，"外面又贴了'打倒资本家曾五太太'的条子呢。"

"我刚在路上也看见的，"他的声音更细，"理他呢，总不会杀人！"

"吓，那可说不定，上次摆了一回街，喊了一回'打倒曾五太太'，硬罚去了妈五百光洋，反正是要钱！"

过了一会儿，曾五太太亲手调制的五碗"好味道"的菜蔬已经端端正正地摆在桌上了，一碗清煮萝卜，一碗素炒白菜，一碗油塌子蛋，一碗大蒜炒辣椒，另外一碗墨黑的不知是什么汤。曾五太太坐上面，七少爷和王文安坐两旁。

"吃没菜饭，文安，对不起。"她端起饭碗说。

"这是油塌子蛋，"她用筷子指着蛋碗，"味道还不错。"

"好，好，"王文安一边答应，一边扒了一口饭，闻着一阵烧焦了的气味，望了望自己的饭碗，有几坨饭已是焦黄，他忙伸筷子夹了一块蛋，嚼在口里又苦又没盐味，几乎要呕了出来，"好，好，味道真不错！"他连声称赞。

"请，请，"她高了兴，用筷子指着白菜碗里说，"试试白菜看。"

他又夹了一筷子的白菜,咸得他几乎开不得口。

"还可以吃得吗?"曾五太太急于要知道她侄儿的鉴赏力。

"好,好!"他急忙回答。

接着他又跟着曾五太太的筷子的指点,尝试了清煮萝卜和大蒜炒辣椒,大蒜却已枯黄,萝卜又没盐味,他简直没勇气再下第二筷,但嘴里还是连声"好,好,味道真不坏!"地说着。

"这世界真不是世界,"她一面讲,一面手执着汤匙向那墨油似的汤内搅了搅,说道,"这是干菜芽川汤,试试看,味道不怎么坏!"

他跟着她的匙子向那黑油内搅了一起,吓,这味道真怪,又涩又咸,说它是一碗干菜芽川汤,倒不如说是一碗酱油汤。但他仍不得不连声道好,因此又喝了几口曾五太太三十年没调制过的"好味道"。

他连吞带嚼地硬咽了三碗焦黄饭下肚,口里说不出是什么味道。临离席的时候,连声地说:"多谢,姑妈费力了!"

忽然一阵号鼓和锣鼓声,渐渐地由远而近,里面夹杂着呼喊声,听得出"打——倒——地——主……"几个字。

曾五太太吓得脸上变了色,丢下饭碗,跟跄几脚走到门口,乓乓一声,关了那两扇黑槽门,才走进来收拾碗筷。

"又是摆街了?"王文安问。

"快不要说话,"她惊惶地说,"还不是那些摆街的回来了!快莫作声,那些红棍子黑棍子不好惹的,进屋就没松放。"

那呜呜的号声吹到了门前，曾五太太忙带了她儿子躲在房内，王文安却到门缝里去张望，曾五太太叫了他半天，见他不听，又不好高声叫，只得罢了。

他在门缝里望见了那一对吹长号的，吹得两张嘴鼓起像大葫芦一样，后面一树大旗，旗上是："东镇全镇打倒地主老爷示威减租绝交游行大运动"，旗帜后面是一队东镇的唯一的希贤小学校学生，有洋鼓洋号在前领导。小学生后面是工会，工会后面是农民会、厨工会、女工会、门房会……每隔四五个人有一对手执着齐眉棍的人——其实在东镇并不叫齐眉棍，他们学来的新名词叫纠察棍，也有赶着叫交册棍的，那可就不知是什么意思了——有全红的，有全黄的，有两头黄中间红的，有两头绿中间黄的，可没有全绿的，此外什么颜色都有；执着这棍的非常得意似的，走起路来格外轩昂，连带着胸前佩着的"纠察员"徽章，也仿佛要跟着主人飞上天去。其余的人手里也并没空着，各人执着一树三角形的旗子，上面有写"打倒资本家"的，"组织赴露代表团"的，"工人起来"的，"打倒顺黄狗吴××"的，更有写着"庆祝双十""万岁圣诞"的……形形色色，无所不有。每队有人狂喊口号，群众也跟着狂喊，像英文教习在讲堂上教一句英文，下面的学生跟着喊一样的。这喊声当经过曾五太太的门前时，尤其狂热而响亮，"打倒资本家曾五太太"的口号，简直像天上的炸弹，震得遐迩皆闻，而且几乎是一致地清楚，曾五太太听了，在内唬得直颤。这样足足过了半点钟，大队才过完了，后面是一套锣鼓亭子压队。

曾五太太这才带着她的儿子从房内溜了出来，脸唬得寡白，讲话都发颤，坐在椅子上战兢兢地说："谢天菩萨的福，难关算是过去了。"

她话还没说完，外面又一阵大乱，大门擂得鼓样响，杂着叫喊之声，她吓得要往里面跑，口里乱说："这可怎么好！"

"好像是老汪喊门呢。"王文安细听了一会儿说。

"是的，是老汪和陈妈回来了。"七少爷说。

她这才放下了心，仍是战兢兢地去开大门。走进来的可不是老汪、陈妈和张四？他们手里还执着旗帜，老汪还佩着"纠察员"的红布徽章，握着两头黑中间蓝的棍呢。

"打倒资本家曾——"张四笑吟吟地顺口喊了一声，抬头见曾五太太站在门口，忙住了口，脸上仍充满着笑容。

"……"她怒视着他。

王文安在这打倒和怒视中，便告别走了。

第二日"东镇全镇打倒地主老爷示威减租绝交游行大运动"会执行委员送给曾五太太一张四指宽的条子，上面大意是："昨天游行运动用去光洋七百元，已经全体公决，请贵资本家曾五太太担认，限即日缴清，不然，便要实行打倒。"

她接着这张纸条，呆了半天，叹了一口气，说："这世界真不是世界！"

林家铺子

/// 茅盾

一

林小姐这天从学校回来就噘起着小嘴唇。她掼下了书包,并不照例到镜台前梳头发搽粉,却倒在床上看着帐顶出神。小花噗地也跳上床来,挨着林小姐的腰部摩擦,咪呜咪呜地叫了两声。林小姐本能地伸手到小花头上摸了一下,随即翻一个身,把脸埋在枕头里,就叫道:

"妈呀!"

没有回答。妈的房就在间壁,妈素常疼爱这唯一的女儿,听得女儿回来就要摇摇摆摆走过来问她肚子饿不饿,妈留着好东西呢,——再不然,就差吴妈赶快去买一碗馄饨。但今天却作怪,妈的房里明明有说话的声音,并且还听得妈在打呃,却是妈连回答也没有一声。

林小姐在床上又翻一个身，翘起了头，打算偷听妈和谁谈话，是那样悄悄地放低了声音。

然而听不清，只有妈的连声打呃，间歇地飘到林小姐的耳朵。忽然妈的嗓音高了一些，似乎很生气，就有几个字听得很分明：

——这也是东洋货，那也是东洋货，呃！……

林小姐猛一跳，就好像理发时候颈脖子上粘了许多短头发似的浑身都烦躁起来了。正也是为了这东洋货问题，她在学校里给人家笑骂，她回家来没好气。她一手推开了又挨到她身边来的小花，跳起来就剥下那件新制的翠绿色假毛葛驼绒旗袍来，拎在手里抖了几下，叹一口气。据说这怪好看的假毛葛和驼绒都是东洋来的。她撩开这件驼绒旗袍，从床下拖出那口小巧的牛皮箱来，赌气似的扭开了箱子盖，把箱子底朝天向床上一撒，花花绿绿的衣服和杂用品就滚满了一床。小花吃了一惊，噗地跳下床去，转一个身，却又跳在一张椅子上蹲着望住它的女主人。

林小姐的一双手在那堆衣服里抓捞了一会儿，就呆呆地站在床前出神。这许多衣服和杂用品越看越可爱，却又越看越像是东洋货呢！全都不能穿了么？可是她——舍不得，而且她的父亲也未必肯另外再制新的！林小姐忍不住眼圈儿红了。她爱这些东洋货，她又恨那些东洋人；好好儿的发兵打东三省干么呢？不然，穿了东洋货有谁来笑骂。

"呃——"

忽然房门边来了这一声。接着就是林大娘的摇摇摆摆的瘦身形。看见那乱丢了一床的衣服,又看见女儿只穿着一件绒线短衣站在床前出神,林大娘这一惊非同小可。心里愈是着急,她那个"呃"却愈是打得多,暂时竟说不出半句话。

林小姐飞跑到母亲身边,哭丧着脸说:

"妈呀!全是东洋货,明儿叫我穿什么衣服?"

林大娘摇着头只是打呃,一手扶住了女儿的肩膀,一手揉摩自己的胸脯,过了一会儿,她方才挣扎出几句话来:

"阿囡,呃,你干么脱得——呃,光落落?留心冻——呃——我这毛病,呃,生你那年起了这个病痛,呃,近来越发凶了!呃——"

"妈呀!你说明儿我穿什么衣服?我只好躲在家里不出去了,他们要笑我,骂我!"

但是林大娘不回答。她一路打呃,走到床前拣出那件驼绒旗袍来,就替女儿披在身上,又拍拍床,要她坐下。小花又挨到林小姐脚边,昂起了头,眯细着眼睛看看林大娘,又看看林小姐;然后它懒懒地靠到林小姐的脚背上,就林小姐的鞋底来摩擦它的肚皮。林小姐一脚踢开了小花,就势身子一歪,躺在床上,把脸藏在她母亲的身后。

暂时两个都没有话。母亲忙着打呃,女儿忙着盘算"明天怎样出去";这东洋货问题不但影响到林小姐的所穿,还影响到她的所用;据说她那只常为同学们艳羡的化妆皮夹以及自动铅笔之类,也都是东洋货,而她却又爱这些小玩意儿的!

"阿囡,呃——肚子饿不饿?"

林大娘坐定了半晌以后,渐渐少打几个呃了,就又开始她日常的疼爱女儿的老功课。

"不饿,嗳,妈呀,怎么老是问我饿不饿呢,顶要紧是没有了衣服明天怎样去上学!"

林小姐撒娇说,依然那样拳曲着身体躺着,依然把脸藏在母亲背后。

自始就没弄明白为什么女儿尽嚷着没有衣服穿的林大娘现在第三次听得了这话儿,不能不再注意了,可是她那该死的打呃很不作美地又连连来了。恰在此时林先生走了进来,手里拿着一张字条儿,脸上乌霉霉的像是涂着一层灰。他看见林大娘不住地打呃,女儿躺在满床乱丢的衣服堆里,他就料到了几分,一双眉头就紧紧地皱起。他唤着女儿的名字说道:

"明秀,你的学校里有什么抗日会么?刚送来了这封信。说是明天你再穿东洋货的衣服去,他们就要烧呢——无法无天的话语,咳……"

"呃——呃!"

"真是岂有此理,哪一个人身上没有东洋货,却偏偏找定了我们家来生事!哪一家洋广货铺子里不是堆足了东洋货,偏是我的铺子犯法,一定要封存!咄!"

林先生气愤愤地又加了这几句,就颓然坐在床边的一张椅子里。

"呃,呃,救苦救难观世音,呃——"

"爸爸,我还有一件老式的棉袄,光景不是东洋货,可是穿出去人家又要笑我。"

过了一会儿,林小姐从床上坐起来说,她本来打算进一步要求父亲制一件不是东洋货的新衣,但瞧着父亲的脸色不对,便又不敢冒昧。同时,她的想象中就展开了那件旧棉袄惹人讪笑的情形,她忍不住哭起来了。

"呃,呃——啊哟!——呃,莫哭,——没有人笑你——呃,阿囡……"

"阿秀,明天不用去读书了!饭快要没得吃了,还读什么书!"

林先生懊恼地说,把手里那张字条儿扯得粉碎,一边走出房去,一边叹气跺脚。然而没多几时,林先生又匆匆地跑了回来,看着林大娘的面孔说道:

"橱门上的钥匙呢?给我!"

林大娘的脸色立刻变成灰白,瞪出了眼睛望着她的丈夫,永远不放松她的打呃忽然静定了半晌。

"没有办法,只好去斋斋那些闲神野鬼了——"

林先生顿住了,叹一口气,然后又接下去说:

"至多我花四百块。要是党部里还嫌少,我拼着不做生意,等他们来封!——我们对过的裕昌祥,进的东洋货比我多,足足有一万多块钱的码子呢,也只花了五百块,就太平无事了。——五百块!算是吃了几笔倒账罢!——钥匙!咳!那一个金项圈,总可以兑成三百块……"

"呃，呃，真——好比强盗！"

林大娘摸出那钥匙来，手也颤抖了，眼泪扑簌簌地往下掉。林小姐却反不哭了，瞪着一对泪眼，呆呆地出神，她恍惚看见那个曾经到她学校里来演说而且饿狗似的盯住看她的什么委员，一个怪叫人讨厌的黑麻子，捧住了她家的金项圈在半空里跳，张开了大嘴巴笑。随后，她又恍惚看见这强盗似的黑麻子和她的父亲吵嘴，父亲被他打了……

"啊哟！"

林小姐猛然一声惊叫，就扑在她妈的身上。林大娘慌得没有工夫尽打呃，挣扎着说：

"阿囡，呃，不要哭，——过了年，你爸爸有钱，就给你制新衣服——呃，那些狠心的强盗！都咬定我们有钱，呃，一年一年亏空，你爸爸做做肥田粉生意又上当，呃——店里全是别人的钱了。阿囡，呃，呃，我这病，活着也受罪，——呃，再过两年，你十九岁，招得个好女婿。呃，我死也放心了！——救苦救难观世音菩萨！呃——"

二

第二天，林先生的铺子里新换过一番布置。将近一星期不曾露脸的东洋货又都摆在最惹眼的地位了。林先生又模仿上海大商店的办法，写了许多"大廉价照码九折"的红绿纸条，贴在玻璃窗上。这天是阴历腊月二十三，正是乡镇上洋广货店的"旺月"。

不但林先生的额外支出"四百元"指望在这时候捞回来,就是林小姐的新衣服也靠托在这几天的生意好。

十点多钟,赶市的乡下人一群一群地在街上走过了,他们臂上挽着篮,或是牵着小孩子,粗声大气地一边在走,一边在谈话。他们望到了林先生的花花绿绿的铺面,都站住了,仰起脸,老婆唤丈夫,孩子叫爹娘,啧啧地夸羡那些货物。新年快到了,孩子们希望穿一双新袜子,女人们想到家里的面盆早就用破,全家合用的一条面巾还是半年前的老家伙,肥皂又断绝了一个多月,趁这里"卖贱货",正该买一点。林先生坐在账台上,抖擞着精神,堆起满脸的笑容,眼睛望着那些乡下人,又带着自己铺子里的两个伙计,两个学徒,满心希望货物出去,洋钱进来。但是这些乡下人看了一会儿,指指点点夸羡了一会儿,竟自懒洋洋地走到斜对门的裕昌祥铺面前站住了再看。林先生伸长了脖子,望到那班乡下人的背影,眼睛里冒出火来。他恨不得拉他们回来!

"呃——呃——"

坐在账台后面那道分隔铺面与"内宅"的蝴蝶门旁边的林大娘把勉强忍住了半晌的"呃"放出来。林小姐倚在她妈的身边,呆呆地望着街上不作声,心头却是卜卜地跳;她的新衣服至少已经走脱了半件。

林先生赶到柜台前睁大了妒忌的眼睛看着斜对门的同业裕昌祥。那边的四五个店员一字儿摆在柜台前,等候做买卖。但是那班乡下人没有一个走近到柜台边,他们看了一会儿,又照样地走过去了。林先生觉得心头一松,忍不住望着裕昌祥的伙计笑了一笑。这时又有七八人一队的乡下人走到林先生的铺面前,其中有一位年青的居然上前一步,歪着头看那些挂着的洋伞。林先生猛转过脸来,一对嘴唇皮立刻嘻开了;他亲自兜揽这位意想中的顾客了:

"喂,阿弟,买洋伞么?便宜货,一只洋伞卖九角!看看货色去。"

一个伙计已经取下了两三把洋伞,立刻撑开了一把,热辣辣地塞到那年青乡下人的手里,振起精神,使出夸卖的本领来:

"小当家,你看!洋缎面子,实心骨子,晴天,落雨,耐用好看!九角洋钱一顶,再便宜没有了!……那边是一只洋一顶,货色还没有这等好呢,你比一比就明白。"

那年青的乡下人拿着伞,没有主意似的张大了嘴巴。他回过头去望着一位五十多岁的老头子,又把手里的伞掂了一掂,似乎说:"买一把罢?"老头子却老大着急地吆喝道:

"阿大!你昏了,想买伞!一船硬柴,一股脑儿只卖了三块多钱,你娘等着量米回去吃,哪有钱来买伞!"

"货色是便宜,没有钱买!"

站在那里观望的乡下人都叹着气说,懒洋洋地都走了。那年青的乡下人满脸涨红,摇一下头,放了伞也就要想走,这可把林先生急坏了,赶快让步问道:

"喂,喂,阿弟,你说多少钱呢?——再看看去,货色是靠得住的！"

"货色是便宜，钱不够。"

老头子一面回答，一面拉住了他的儿子，逃也似的走了。林先生苦着脸，踱回到账台里，浑身不得劲儿。他知道不是自己不会做生意，委实是乡下人太穷了，买不起九毛钱的一顶伞。他偷眼再望斜对门的裕昌祥，也还是只有人站在那里看，没有人上柜台买。裕昌祥左右邻的生泰杂货店万牲糕饼店那就简直连看的人都没有半个。一群一群走过的乡下人都挽着篮子，但篮子里空无一物；间或有花蓝布的一包儿，看样子就知道是米；甚至一个多月前乡下人收获的晚稻也早已被地主们和高利贷的债主们如数逼光，现在乡下人不得不一升两升地量着贵米吃。这一切，林先生都明白，他就觉得自己的一份生意至少是间接地被地主和高利贷者剥夺去了。

时间渐渐移近正午，街上走的乡下人已经很少了，林先生的铺子就只做成了一块多钱的生意，仅仅足够开销了"大廉价照码九折"的红绿纸条的广告费。林先生垂头丧气走进"内宅"去，几乎没有勇气和女儿老婆相见。林小姐含着一泡眼泪，低着头坐在屋角；林大娘在一连串的打呃中，挣扎着对丈夫说：

"花了四百块钱，——又忙了一个晚上摆设起来，呃，东洋货是准卖了，却又生意清淡，呃——阿囡的爷呀！……吴妈又要拿工钱——"

"还只半天呢！不要着急。"

林先生勉强安慰着,心里的难受,比刀割还厉害。他闷闷地踱了几步。所有推广营业的方法都想遍了,觉得都不是路。生意清淡,早已各业如此,并不是他一家呀;人们都穷了,可没有法子。但是他总还希望下午的营业能够比较好些。本镇的人家买东西大概在下午。难道他们过新年不买些东西?只要他们存心买,林先生的营业是有把握的。毕竟他的货物比别家便宜。

是这盼望使得林先生依然能够抖擞着精神坐在账台上守候他意想中的下午的顾客。

这下午照例和上午显然不同:街上并没很多的人,但几乎每个人都相识,都能够叫出他们的姓名,或是他们的父亲和祖父的姓名。林先生靠在柜台上,用了异常温和的眼光迎送这些慢慢地走着谈着经过他那铺面的本镇人。他时常笑嘻嘻地迎着常有交易的人喊道:

"呵,哥,到清风阁去吃茶么?小店大放盘,交易点儿去!"

有时被唤着的那位居然站住了,走上柜台来,于是林先生和他的店员就要大忙而特忙,异常敏感地伺察着这位未可知的顾客的眼光,瞧见他的眼光瞥到什么货物上,就赶快拿出那种货物请他考校。林小姐站在那对蝴蝶门边看望,也常常被林先生唤出来对那位未可知的顾客叫一声"伯伯"。小学徒送上一杯便茶来,外加一枝小联珠。

在价目上,林先生也格外让步;遇到那位顾客一定要除去一毛钱左右尾数的时候,他就从店员手里拿过那算盘来算了一会儿,

然后不得已似的把那尾数从算盘上拨去,一面笑嘻嘻地说:

"真不够本呢!可是老主顾,只好遵命了。请你多做成几笔生意罢!"

整个下午就是这么张罗着过去了。连现带赊,大大小小,居然也有十来注交易。林先生早已汗透棉袍。虽然是累得那么着,林先生心里却很愉快。他冷眼偷看斜对门的裕昌祥,似乎赶不上自己铺子的"热闹"。常在那对蝴蝶门旁边看望的林小姐脸上也有些笑意,林大娘也少打几个呃了。

快到上灯时候,林先生核算这一天的"流水账";上午等于零,下午卖了十六元八角五分,八块钱是赊账。林先生微微一笑,但立即皱紧了眉头了;他今天的"大放盘"确是照本出卖,开销都没着落,官利更说不上。他呆了一会儿,又开了账箱,取出几本账簿来翻着打了半天算盘;账上"人欠"的数目共有一千三百余元,本镇六百多,四乡七百多;可是"欠人"的客账,单是上海的东升字号就有八百,合计不下二千哪!林先生低声叹一口气,觉得明天以后如果生意依然没见好,那他这年关就有点难过了。他望着玻璃窗上"大放盘照码九折"的红绿纸条,心里这么想:"照今天那样当真放盘,生意总该会见好;亏本么?没有生意也是照样地要开销。只好先拉些主顾来再慢慢儿想法提高货码……要是四乡还有批发生意来,那就更好!——"

突然有一个人来打断林先生的甜蜜梦想了。这是五十多岁的一位老婆子,巍颤颤地走进店来,手里拿着一个小小的蓝布包。

林先生猛抬起头来，正和那老婆子打一个照面，想躲避也躲避不及，只好走上前去招呼她道：

"朱三太，出来买过年东西么？请到里面去坐坐。——阿秀，来扶朱三太。"

林小姐早已不在那对蝴蝶门边了，没有听到。那朱三太连连摇手，就在铺面里的一张椅子上坐了，郑重地打开她的蓝布手巾包，——包里仅有一扣折子，她抖抖簌簌地双手捧了，直送到林先生的鼻子前，她的瘪嘴唇扭了几扭，正想说话，林先生早已一手接过那折子，同时抢先说道：

"我晓得了。明天送到你府上罢。"

"哦，哦；十月，十一月，十二月，一总是三个月，三三得九，是九块罢？——明天你送来？哦，哦，不要送，让我带了去。嗯！"

朱三太扭着她的瘪嘴唇，很艰难似的说。她有三百元的"老本"存在林先生的铺里，按月来取三块钱的利息，可是最近林先生却拖欠了三个月，原说是到了年底总付，明天是送灶日，老婆子要买送灶的东西，所以亲自上林先生的铺子来了。看她那股扭起了一对瘪嘴唇的劲儿，光景是钱不到手就一定不肯走。

林先生抓着头皮不作声。这九块钱的利息，他何尝存心白赖，只是三个月来生意清淡，每天卖得的钱仅够开伙食，付捐税，不知不觉地拖欠下来了。然而今天要是不付，这老婆子也许会就在铺面上嚷闹，那就太丢脸，对于营业的前途很有影响。

"好，好，带了去罢，带了去罢！"

林先生终于斗气似的说，声音有点儿哽咽。他跑到账台里，把上下午卖得的现钱归并起来，又从腰包里掏出一个双毫，这才凑成了八块大洋，十角小洋，四十个铜子，交付了朱三太。当他看见那老婆子把这些银洋铜子郑重地数了又数，而且抖抖簌簌地放在那蓝布手巾上包了起来的时候，他忍不住叹一口气，异想天开地打算拉回几文来；他勉强笑着说：

"三阿太，你这蓝布手巾太旧了，买一块老牌麻纱白手帕去罢？我们有上好的洗脸手巾，肥皂，买一点儿去新年里用罢。价钱公道！"

"不要，不要；老太婆了，用不到。"

朱三太连连摆手说，把折子藏在衣袋里，捧着她的蓝布手巾包径自去了。

林先生哭丧着脸，走回"内宅"去。因这朱三太的上门讨利息，他记起还有两注存款，桥头陈老七的二百元和张寡妇的一百五十元，总共十来块钱的利息，都是"不便"拖欠的，总得先期送去。他抡着指头算日子：二十四，二十五，二十六——到二十六，放在四乡的账头该可以收齐了，店里的寿生是前天出去收账的，极迟是二十六应该回来了；本镇的账头总得到二十八九方才有个数目。然而上海号家的收账客人说不定明后天就会到，只有再向恒源钱庄去借了。但是明天的门市怎样？……

他这么低着头一边走，一边想，猛听得女儿的声音在他耳边说：

"爸爸,你看这块大绸好么?七尺,四块二角,不贵罢?"

林先生心里蓦地一跳,站住了睁大着眼睛,说不出话。林小姐手里托着那块绸,却在那里憨笑。四块二角!数目可真不算大,然而今天店里总共只卖得十六块多,并且是老实照本贱卖的呀!林先生怔了一会儿,这才没精打采地问道:

"你哪来的钱呢?"

"挂在账上。"

林先生听得又是欠账,忍不住皱一下眉头。但女儿是自己宠惯了的,林大娘又抵死偏护着,林先生没奈何只有苦笑。

过一会儿,他叹一口气,轻轻埋怨道:

"那么性急!过了年再买岂不是好!"

三

又过了两天,"大放盘"的林先生的铺子,生意果然很好,每天可以做三十多元的生意了。林大娘的打呃,大大减少,平均是五分钟来一次;林小姐在铺面和"内宅"之间跳进跳出,脸上红喷喷的时常在笑,有时竟在铺面帮忙招呼生意,直到林大娘再三唤她,方才跑进去,一边擦着额上的汗珠,一边兴冲冲地急口说:

"妈呀,又叫我进来干么!我不觉得辛苦呀!妈!爸爸累得满身是汗,嗓子也喊哑了!——刚才一个客人买了五块钱东西呢!妈!不要怕我辛苦,不要怕!爸爸叫我歇一会儿就出去呢!"

林大娘只是点头,打一个呃,就念一声"大慈大悲菩萨"。

客厅里本就供奉着一尊瓷观音,点着一炷香,林大娘就摇摇摆摆走过去磕头,谢菩萨的保佑,还要祷告菩萨一发慈悲,保佑林先生的生意永远那么好,保佑林小姐易长易大,明年就得个好女婿。

但是在铺面张罗的林先生虽然打起精神做生意,脸上笑容不断,心里却像有几根线牵着。每逢卖得了一块钱,看见顾客欣然挟着纸包而去,林先生就忍不住心里一顿,在他心里的算盘上就加添了五分洋钱的血本的亏折。他几次想把这个"大放盘"时每块钱的实足亏折算成三分,可是无论如何,算来算去总得五分。生意虽然好,他却越卖越心疼了。在柜台上招呼主顾的时候,他这种矛盾的心理有时竟至几乎使他发晕。偶尔他偷眼望望斜对门的裕昌祥,就觉得那边闲立在柜台边的店员和掌柜,嘴角上都带着讥讽的讪笑,似乎都在说:"看这姓林的傻子呀,当真亏本放盘哪!看着罢,他的生意越好,就越亏本,倒闭得越快!"那时候,林先生便咬一下嘴唇,决定明天无论如何要把货码提高,要把次等货标上头等货的价格。

给林先生斡旋那"封存东洋货"问题的商会长当走过林家铺子的时候,也微微笑着,站住了对林先生贺喜,并且拍着林先生的肩膀,轻声说:

"如何?四百块钱是花得不冤枉罢!——可是,卜局长那边,你也得稍稍点缀,防他看得眼红,也要来敲诈。生意好,妒忌的人就多;就是卜局长不生心,他们也要去挑拨呀!"

林先生谢商会长的关切,心里老大吃惊,几乎连做生意都没有精神。

然而最使他心神不宁的，是店里的寿生出去收账到现在还没有回来，林先生是等着寿生收的钱来开销"客账"。上海东升字号的收账客人前天早已到镇，直催逼得林先生再没有话语支吾了。如果寿生再不来，林先生只有向恒源钱庄借款的一法，这一来，林先生又将多负担五六十元的利息，这在见天亏本的林先生委实比割肉还心疼。

到四点钟光景，林先生忽然听得街上走过的人们乱哄哄地在议论着什么，人们的脸色都很惶急，似乎发生了什么大事情了。一心惦念着出去收账的寿生是否平安的林先生就以为一定是快班船遭了强盗抢，他的心卜卜地乱跳。他唤住了一个路人焦急地问道：

"什么事？是不是栗市快班遭了强盗抢？"

"哦！又是强盗抢么？路上真不太平！抢，还是小事，还要绑人去哪！"

那人，有名的闲汉陆和尚，含糊地回答，同时睐着半只眼睛看林先生铺子里花花绿绿的货物。林先生不得要领，心里更急，丢开陆和尚，就去问第二个走近来的人，桥头的王三毛。

"听说栗市班遭抢，当真么？"

"那一定是太保阿书手下人干的，太保阿书是枪毙了，他的手下人多么厉害！"

王三毛一边回答，一边只顾走。可是林先生却急坏了，冷汗从额角上钻出来。他早就估量到寿生一定是今天回来,而且是从栗市——收账程序中预定的最后一处,坐快班船回来;此刻已是四点钟,不见他来,王三毛又是那样说,那还有什么疑义么?林先生竟忘记了这所谓"栗市班遭强盗抢"乃是自己的发明了!他满脸急汗,直往"内宅"跑;在那对蝴蝶门边忘记跨门槛,几乎绊了一跤。

"爸爸!上海打仗了!东洋兵放炸弹烧闸北——"

林小姐大叫着跑到林先生跟前。

林先生怔了一下。什么上海打仗,原就和他不相干,但中间既然牵连着"东洋兵",又好像不能不追问一声了。他看着女儿的很兴奋的脸孔问道:

"东洋兵放炸弹么?你从哪里听来的?"

"街上走过的人全是那么说。东洋兵放大炮,掷炸弹。闸北烧光了!"

"哦,那么,有人说栗市快班强盗抢么?"

林小姐摇头,就像扑火的灯蛾似的扑向外面去了。林先生迟疑了一会儿,站在那蝴蝶门边抓头皮。林大娘在里面打呃,又是喃喃地祷告:"菩萨保佑,炸弹不要落到我们头上来!"林先生转身再到铺子里,却见女儿和两个店员正在谈得很热闹。对门生泰杂货店里的老板金老虎也站在柜台外边指手画脚地讲谈。上海打仗,东洋飞机掷炸弹烧了闸北,上海已经罢市,全都证实了。强盗抢快班船么?没有听人说起过呀!栗市快班么?早已到了,一路平安。金老虎看见那快班船上的伙计刚刚背着两个蒲包走过的。林先生心里松一口气,知道寿生今天又没回来,但也知道好好儿的没有逢到强盗抢。

现在是满街都在议论上海的战事了。小伙计们夹在闹里骂"东洋乌龟!"竟也有人当街大呼:"再买东洋货就是王八!"林小姐听着,脸上就飞红了一大片。林先生却还不动神色。大家都卖东洋货,并且大家花了几百块钱以后,都已经奉着特许:"只要把东洋商标撕去了就行。"他现在满店的货物都已经称为"国货",买主们也都是"国货,国货"地说着,就拿走了。在此满街人人为了上海的战事而没有心思想到生意的时候,林先生始终在筹虑他的正事。他还是不肯花重利去借庄款,他去和上海号家的收账客人情商,请他再多等这么一天两天。他的寿生极迟明天傍晚总该会到。

"林老板,你也是明白人,怎么说出这种话来呀!现在上海开了火,说不定明后天火车就不通,我是巴不得今晚上就动身呢!怎么再等一两天?请你今天把账款缴清,明天一早我好走。我也是吃人家的饭,请你照顾照顾罢!"

上海客人毫无通融地拒绝了林先生的情商。林先生看来是无可商量了,只好忍痛去到恒源钱庄去商借。他还恐怕那"钱猢狲"知道他是急用,要趁火打劫,高抬利息。谁知钱庄经理的口气却完全不对了。那痨病鬼经理听完了林先生的申请,并没作答,只管捧着他那老古董的水烟筒卜落落卜落落地呼,直到烧完一根纸

吹,这才慢吞吞地说:

"不行了!东洋兵开仗,上海罢市,银行钱庄都封关,知道他们几时弄得好!上海这路一断,敝庄就成了没脚蟹,汇划不通,比尊处再好的户头也只好不做了。对不起,实在爱莫能助!"

林先生呆了一呆,还总以为这痨病鬼经理故意刁难,无非是为提高利息作地步,正想结结实实说几句恳求的话,却不料那经理又逼进一步道:

"刚才敝东吩咐过,他得的信,这次的乱子恐怕要闹大,叫我们收紧盘子!尊处原欠五百,二十二那天,又是一百,总共是六百,年关前总得扫数归清;我们也算是老主顾,今天先透一个信,免得临时多费口舌,大家面子上难为情。"

"哦——可是小店里也实在为难。要看账头收得怎样。"

林先生呆了半晌,这才呐出这两句话。

"嘿!何必客气!宝号里这几天来的生意比众不同,区区六百块钱,还为难么?今天是同老兄说明白了,总望扫数归清,我在敝东跟前好交代。"痨病鬼经理冷冷地说,站起来了。

林先生冷了半截身子,瞧情形是万难挽回,只好硬着头皮走出了那家钱庄。他此时这才明白原来远在上海的打仗也要影响到他的小铺子了。今年的年关当真是难过:上海的收账客人立逼着要钱,恒源里不许宕过年,寿生还没回来,知道他怎样了,镇上的账头,去年只收起八成,今年瞧来连八成都捏不稳——横在他前面的路,只是一条:"暂停营业,清理账目!"而这条路也就等于破产,他这铺子里早已没有自己的资本,一旦清理,剩给他的,光景只有一家三口三个光身子!

林先生愈想愈闷,走过那座望仙桥时,他看着桥下的浑水,几乎想纵身一跳完事。可是有一个人在背后唤他道:

"林先生,上海打仗了,是真的罢?听说东栅外刚刚调来了一支兵,到商会里要借饷,开口就是二万,商会里正在开会呢!"

林先生急回过脸去看,原来正是那位存有两百块钱在他铺子里的陈老七,也是林先生的一位债主。

"哦——"

林先生打一个冷噤,只回答了这一声,就赶快下桥,一口气跑回家去。

四

这晚上的夜饭,林大娘在家常的一荤二素以外,特又添了一个碟子,是到八仙楼买来的红焖肉,林先生心爱的东西。另外又有一斤黄酒。林小姐笑不离口,为的铺子里生意好,为的大绸新旗袍已经做成,也为的上海竟然开火,打东洋人。林大娘打呃的次数更加少了,差不多十分钟只来一回。

只有林先生心里发闷到要死。他喝着闷酒,看看女儿,又看看老婆,几次想把那炸弹似的恶消息宣布,然而终于没有那样的勇气。并且他还不曾绝望,还想挣扎,至少是还想掩饰他的两下里碰不到头。所以当商会里议决了答应借饷五千并且要林先生摊认二十元的时候,他毫不推托,就答应下来了。他决定非到最后五分钟不让老婆和女儿知道那家道困难的真实情形。他的划算是这样的:人家欠他的账收一个八成罢,他还人家的账也是个八成,——反正可以借口上海打仗,钱庄不通;为难的是人欠我欠之间尚差六百光景,那只有用剜肉补疮的方法拼命放盘卖贱货,且捞几个钱来渡过了眼前再说。这年头,谁能够顾到将来呢?眼前得过且过。

是这么想定了方法,又加上那一斤黄酒的力量,林先生倒酣睡了一夜,噩梦也没有半个。

第二天早上,林先生醒来时已经是六点半钟,天色很阴沉。林先生觉得有点头晕。他匆匆忙忙吞进两碗稀饭,就到铺子里,一眼就看见那位上海客人板起了脸孔在那里坐守"回话"。而尤其叫林先生猛吃一惊的,是斜对门的裕昌祥也贴起红红绿绿的纸条,也在那里"大放盘照码九折"了!林先生昨夜想好的"如意算盘"立刻被斜对门那些红绿纸条冲一个摇摇不定。

"林老板,你真是开玩笑!昨晚上不给我回音。轮船是八点钟开,我还得转乘火车,八点钟这班船我是非走不行!请你快点——"

上海客人不耐烦地说,把一个拳头在桌子上一放。林先生只有赔不是,请他原谅,实在是因为上海打仗钱庄不通,彼此是多年的老主顾,务请格外看承。

"那么叫我空手回去么?"

"这，这，断乎不会。我们的寿生一回来，有多少付多少，我要是藏落半个钱，不是人！"

林先生颤着声音说，努力忍住了滚到眼眶边的眼泪。

话是说到尽头了，上海客人只好不再噜苏，可是他坐在那里不肯走。林先生急得什么似的，心是卜卜地乱跳。近年他虽然万分拮据，面子上可还遮得过；现在摆一个人在铺子里坐守，这件事要是传扬开去，他的信用可就完了，他的债户还多着呢，万一群起效尤，他这铺子只好立刻关门。他在没有办法中想办法，几次请这位讨账客人到内宅去坐，然而讨账客人不肯。

天又索索地下起冻雨来了。一条街上冷清清的简直没有人行。自有这条街以来，从没见过这样萧索的腊尾岁尽。朔风吹着那些招牌，嚓嚓地响。渐渐地，冻雨又变成雪花的模样。沿街店铺里的伙计们靠在柜台上仰起了脸发怔。

林先生和那位收账客人有一句没一句地闲谈着。林小姐忽然走出蝴蝶门来站在街边看那索索的冻雨。从蝴蝶门后送来的林大娘的呃呃的声音又渐渐儿加勤。林先生嘴里应酬着，一边看看女儿，又听听老婆的打呃，心里一阵一阵酸上来，想起他的一生简直毫没幸福，然而又不知道坑害他到这地步的，究竟是谁。那位上海客人似乎气平了一些了，忽然很恳切地说：

"林老板，你是个好人。一点嗜好都没有，做生意很巴结认真。放在二十年前，你怕不发财么？可是现今时势不同，捐税重，开销大，生意又清，混得过也还是你的本事。"

林先生叹一口气苦笑着,算是谦逊。

上海客人顿了一顿,又接着说下去:

"贵镇上的市面今年又比上年差些,是不是?内地全靠乡庄生意,乡下人太穷,真是没有法子,——呀,九点钟了!怎么你们的收账伙计还没来呢?这个人靠得住么?"

林先生心里一跳,暂时回答不出来。虽然是七八年的老伙计,一向没有出过岔子,但谁能保到底呢!而况又是过期不见回来。上海客人看着林先生那迟疑的神气,就笑;那笑声有几分异样。忽然,那边林小姐转脸对林先生急促地叫道:

"爸爸,寿生回来了!一身泥!"

显然林小姐的叫声也是异样的,林先生跳起来,又惊又喜,着急地想跑到柜台前去看,可是心慌了,两腿发软。这时寿生已经跑了进来,当真是一身泥,气喘喘地坐下了,说不出话来。林先生估量那情形不对,吓得没有主意,也不开口。上海客人在旁边皱眉头。过了一会儿,寿生方才喘着气说:

"好险呀!差一些儿被他们抓住了。"

"到底是强盗抢了快班船么?"

林先生惊极,心一横,倒逼出话来了。

"不是强盗。是兵队拉夫呀!昨天下午赶不上趁快班。今天一早趁航船,哪里知道航船听得这里要捉船,就停在东栅外了。我上岸走不到半里路,就碰到拉夫。西面宝祥衣庄的阿毛被他们拉去了。我跑得快,抄小路逃了回来。他妈的,性命交关!"

寿生一面说,一面撩起衣服,从肚兜里掏出一个手巾包来递给了林先生,又说道:

"都在这里了。栗市的那家黄茂记很可恶,这种户头,我们明年要留心!——我去洗一个脸,换件衣服再来。"

林先生接了那手巾包,捏一把,脸上有些笑容了。他到账台里打开那手巾包来。先看一看那张"清单",打了一会儿算盘,然后点检银钱数目:是大洋十一元,小洋二百角,钞票四百二十元,外加即期庄票①两张,一张是规元②五十两,又一张是规元六十五两。这全部付给上海客人,照账算也还差一百多元。林先生凝神想了半晌,斜眼偷看了坐在那里吸烟的上海客人几次,方才叹一口气,割肉似的拿起那两张庄票和四百元钞票捧到上海客人跟前,又说了许多话,方才得到上海客人点一下头,说一声"对啦"。

但是上海客人把庄票看了两遍,忽又笑着说道:

"对不起,林老板,这庄票,费神兑了钞票给我罢!"

"可以,可以。"

林先生连忙回答,慌忙在庄票后面盖了本店的书柬图章,派一个伙计到恒源庄去取现,并且叮嘱了要钞票。又过了半晌,伙计却是空手回来。恒源庄把票子收了,但不肯付钱;据说是扣抵了林先生的欠款。天是在当真下雪了,林先生也没张伞,冒雪到恒源庄去亲自交涉,结果是徒然。

---

① 庄票:旧中国钱庄签发的由发票者付款的票据,亦称本票。可视作现金在市面流通。
② 规元:当时上海通行的只作记账用而无实银的一种记账货币。

"林老板,怎样了呢?"

看见林先生苦着脸跑回来,那上海客人不耐烦地问了。

林先生几乎想哭出来,没有话回答,只是叹气。除了央求那上海客人再通融,还有什么别的办法?寿生也来了,帮着林先生说。他们赌咒:下欠的二百多元,赶明年初十边一定汇到上海。是老主顾了,向来三节清账,从没半句话,今儿实在是意外之变,大局如此,没有办法,非是他们刁赖。

然而不添一些,到底是不行的。林先生忍痛又把这几天内卖得的现款凑成了五十元,算是总共付了四百五十元,这才把那位叫人头痛的上海收账客人送走了。

此时已有十一点了,天还是飘飘扬扬落着雪。买客没有半个。林先生纳闷了一会儿,和寿生商量本街的账头怎样去收讨。两个人的眉头都皱紧了,都觉得本镇的六百多元账头收起来真没有把握。寿生挨着林先生的耳朵悄悄地说道:

"听说南栅的聚隆,西栅的和源,都不稳呢!这两处欠我们的,就有三百光景,这两笔倒账要预先防着,吃下了,可不是玩的!"

林先生脸色变了,嘴唇有点抖。不料寿生把声音再放低些,支支吾吾地说出了更骇人的消息来:

"还有,还有讨厌的谣言,是说我们这里了。恒源庄上一定听得了这些风声,这才对我们逼得那么急,说不定上海的收账客人也有点晓得——只是,谁和我们作对呢?难道就是斜对门么?"

寿生说着,就把嘴向裕昌祥那边努了一努。林先生的眼光跟着寿生的嘴也向那边瞥了一下,心里直是乱跳,哭丧着脸,好半天说不出话来。他的又麻又痛的心里感到这一次他准是毁了!——不毁才是作怪:党老爷敲诈他,钱庄压逼他,同业又中伤他,而又要吃倒账,凭谁也受不了这样重重的磨折罢?而究竟为了什么他应该活受罪呀!他,从父亲手里继承下这小小的铺子,从没敢浪费;他,做生意多么巴结;他,没有害过人,没有起过歹心;就是他的祖上,也没害过人,做过歹事呀!然而他直如此命苦!

"不过,师傅,随他们去造谣罢,你不要发急。荒年传乱话,听说是镇上的店铺十家有九家没法过年关。时势不好,市面清得不成话。素来硬朗的铺子今年都打饥荒,也不是我们一家困难!天塌压大家,商会里总得议个办法出来;总不能大家一齐拖倒,弄得市面更加不像市面。"

看见林先生急苦了,寿生姑且安慰着,忍不住也叹了一口气。

雪是愈下愈密了,街上已经见白。偶尔有一条狗垂着尾巴走过,抖一抖身体,摇落了厚积在毛上的那些雪,就又悄悄地夹着尾巴走了。自从有这条街以来,从没见过这样冷落凄凉的年关!而此时,远在上海,日本军的重炮正在发狂地轰毁那边繁盛的市廛。

五

凄凉的年关,终于也过去了。镇上的大小铺子倒闭了二十八家。内中有一家"信用素著"的绸庄。欠了林先生三百元货账的聚隆与和源也毕竟倒了。大年夜的白天，寿生到那两个铺子里磨了半天，也只拿了二十多块来；这以后，就听说没有一个收账员拿到半文钱，两家铺子的老板都躲得不见面了。林先生自己呢，多亏商会长一力斡旋，还无须往乡下躲，然而欠下恒源钱庄的四百多元非要正月十五以前还清不可；并且又订了苛刻的条件：从正月初五开市那天起，恒源就要派人到林先生铺子里"守提"，卖得的钱，八成归恒源扣账。

新年那四天，林先生家里就像一个冰窖。林先生常常叹气，林大娘的打呃像连珠炮。林小姐虽然不打呃，也不叹气，但是呆呆的好像害了多年的黄病。她那件大绸新旗袍，为的要付吴妈的工钱，已经上了当铺；小学徒从清早七点钟就去那家唯一的当铺门前守候，直到九点钟方才从人堆里拿了两块钱挤出来。以后，当铺就止当了。两块钱！这已是最高价。随你值多少钱的贵重衣饰，也只能当得两块呢！叫作"两块钱封门"。乡下人忍着冷剥下身上的棉袄递上柜台去，那当铺里的伙计拿起来抖了一抖，就直丢出去，怒声喊道："不当！"

元旦起，是大好的晴天。关帝庙前那空场上，照例来了跑江湖赶新年生意的摊贩和变把戏的杂耍。人们在那些摊子面前懒懒地拖着腿走，两手扪着空的腰包，就又懒懒地走开了。孩子们拉住了娘的衣角，赖在花炮摊前不肯走，娘就给他一个老大的耳光。那些特来赶新年的摊贩们连伙食都开销不了，白赖在"安商客寓"里，天天和客寓主人吵闹。

只有那班变把戏的出了八块钱的大生意,党老爷们唤他们去点缀了一番"升平气象"。

初四那天晚上,林先生勉强筹措了三块钱,办一席酒请铺子里的"相好"吃照例的"五路酒",商量明天开市的办法。林先生早就筹思过熟透:这铺子开下去呢,眼见得是亏本的生意,不开呢,他一家三口儿简直没有生计,而且到底人家欠他的货账还有四五百,他一关门更难讨取;唯一的办法是减省开支,但捐税派饷是逃不了的,"敲诈"尤其无法躲避,裁去一两个店员罢,本来他只有三个伙计,寿生是左右手,其余的两位也是怪可怜见的,况且辞歇了到底也不够招呼生意;家里呢,也无可再省,吴妈早已辞歇。他觉得只有硬着头皮做下去,或者靠菩萨的保佑,乡下人春蚕熟,他的亏空还可以补救。

但要开市,最大的困难是缺乏货品。没有现钱寄到上海去,就拿不到货。上海打得更厉害了,赊账是休转这念头。卖底货罢,他店里早已淘空,架子上那些装卫生衣的纸盒就是空的,不过摆在那里装幌子。他铺子里就剩了些日用杂货,脸盆毛巾之类,存底还厚。

大家喝了一会儿闷酒,抓腮挖耳地想不出好主意。后来谈起闲天来,一个伙计忽然说:

"乱世年头,人比不上狗!听说上海闸北烧得精光,几十万人都只逃得一个光身子。虹口一带呢,烧是还没烧,人都逃光了,东洋人凶得很,不许搬东西。上海房钱涨起几倍。逃出来的人都到乡下来了,昨天镇上就到了一批,看样子都是好好的人家,现在却弄得无家可归!"

林先生摇头叹气。寿生听了这话,猛地想起了一个好办法;他放下了筷子,拿起酒杯来一口喝干了,笑嘻嘻对林先生说道:

"师傅,听得阿四的话么?我们那些脸盆、毛巾、肥皂、袜子、牙粉、牙刷,就可以如数销清了。"

林先生瞪出了眼睛,不懂得寿生的意思。

"师傅,这是天大的机会。上海逃来的人,总还有几个钱,他们总要买些日用的东西,是不是?这笔生意,我们赶快张罗。"

寿生接着又说。再筛出一杯酒来喝了,满脸是喜气。两个伙计也省悟过来了,哈哈大笑。只有林先生还不很了然。近来的逆境已经把他变成糊涂。他惘然问道:

"你拿得稳么?脸盆、毛巾,别家也有——"

"师傅,你忘记了!脸盆毛巾一类的东西只有我们存底独多!裕昌祥里拿不出十只脸盆,而且都是拣剩货。这笔生意,逃不出我们的手掌心的了!我们赶快多写几张广告到四栅去分贴,逃难人住的地方——嗳,阿四,他们住在什么地方?我们也要去贴广告。"

"他们有亲戚的住到亲戚家里去了,没有的,还借住在西栅外茧厂的空房子。"

叫作阿四的伙计回答,脸上发亮,很得意自己的无意中立了大功。林先生这时也完全明白了。心里一快乐,就又灵活起来,他马上拟好了广告的底稿,专拣店里有的日用品开列上去,约莫也有十几种。他又模仿上海大商店卖"一元货"的方法,把脸盆、毛巾、牙刷、牙粉配成一套卖一块钱,广告上就大书"大廉价一元货"。店里本来还有余剩下的红绿纸,寿生大张地裁好了,拿笔就写。两个伙计和学徒就乱哄哄地拿过脸盆、毛巾、牙刷、牙粉来装配成一组。人手不够,林先生叫女儿出来帮着写,帮着扎配,另外又配出几种"一元货",全是零星的日用必需品。

这一晚上,林家铺子里直忙到五更左右,方才大致就绪。第二天清早,开门鞭炮响过,排门开了,林家铺子布置得又是一新。漏夜赶起来的广告早已漏夜分头贴出去。西栅外茧厂一带是寿生亲自去布置,哄动那些借住在茧厂里的逃难人,都起来看,当作一件新闻。

"内宅"里,林大娘也起了个五更,瓷观音面前点了香,林大娘趴着磕了半天响头。她什么都祷告全了,就只差没有祷告菩萨要上海的战事再扩大再延长,好多来些逃难人。

一切都很顺利,一切都不出寿生的预料。新正开市第一天就只林家铺子生意很好,到下午四点多钟,居然卖了一百多元,是这镇上近十年来未有的新纪录。销售的大宗,果然是"一元货",然而洋伞橡皮雨鞋之类却也带起了销路,并且那生意也做得干脆有味。虽然是"逃难人",却毕竟住在上海,见过大场面,他们不像乡下人或本镇人那么小格式,他们买东西很爽利,拿起货来看了一眼,现钱交易,从不拣来拣去,也不硬要除零头。

林大娘看见女儿兴冲冲地跑进来夸说一回，就趴到瓷观音面前磕了一回头。她心里还转了这样的念头：要不是岁数相差得多，把寿生招作女婿倒也是好的！说不定在寿生那边也时常用半只眼睛看望着这位厮熟的十七岁的"师妹"。

只有一点，使林先生扫兴：恒源庄毫不顾面子地派人来提取了当天营业总数的八成。并且存户朱三阿太，桥头陈老七，还有张寡妇，不知听了谁的怂恿，都借了"要量米吃"的借口，都来预支息金；不但支息金，还想拨提一点存款呢！但也有一个喜讯，听说又到了一批逃难人。

晚餐时，林先生添了两碟荤菜，酬劳他的店员。大家称赞寿生能干。林先生虽然高兴，却不能不惦念着朱三阿太等三位存户要提存款的事情。大新年碰到这种事，总是不吉利。寿生愤然说：

"那三个懂得什么呢！还不是有人从中挑拨！"

说着，寿生的嘴又向斜对门努了一努。林先生点头。可是这三位不懂什么的，倒也难以对付；一个是老头子，两个是孤苦的女人，软说不肯，硬来又不成。林先生想了半天觉得只有去找商会长，请他去和那三位宝贝讲开。他和寿生说了，寿生也竭力赞成。

于是晚饭后算过了当天的"流水账"，林先生就去拜访商会长。

林先生说明了来意后，那商会长一口就应承了，还夸奖林先生做生意的手段高明，他那铺子一定能够站住，而且上进。摸着自己的下巴，商会长又笑了一笑，伛过身体来说道：

"有一件事，早就想对你说，只是没有机会。镇上的卜局长不知在哪里见过令爱来，极为中意；卜局长年将四十，还没有儿子，屋子里虽则放着两个人，都没生育过；要是令爱过去，生下一男半女，就是现成的局长太太。呵，那时，就连我也沾点儿光呢！"

林先生做梦也想不到会有这样的难题，当下怔住了做不得声。商会长却又郑重地接着说：

"我们是老朋友，什么话都可以讲个明白。论到这种事呢，照老派说，好像面子上不好听；然而也不尽然。现在通行这一套，令爱过去也算是正的。——况且，卜局长既然有了这个心，不答应他有许多不便之处；答应了，将来倒有巴望。我是替你打算，才说这个话。"

"咳，你怕不是好意劝我仔细！可是，我是小户人家，小女又不懂规矩，高攀卜局长，实在不敢！"

林先生硬着头皮说，心里卜卜乱跳。

"哈，哈，不是你高攀，是他中意。——就这么罢，你回去和尊夫人商量商量，我这里且搁着，看见卜局长时，就说还没机会提过，行不行呢？可是你得早点给我回音！"

"嗯——"

筹思了半晌，林先生勉强应着，脸色像是死人。

回到家里，林先生支开了女儿，就一五一十对林大娘说了。他还没说完，林大娘的呃就大发作，光景邻居都听得清。

她勉强抑住了那些涌上来的呃，喘着气说道：

"怎么能够答应,呃,就不是小老婆,呃,呃——我也舍不得阿秀到人家去做媳妇。"

"我也是这个意思,不过——"

"呃,我们规规矩矩做生意,呃,难道我们不肯,他好抢了去不成?呃——"

"不过他一定要来找讹头生事!这种人比强盗还狠心!"

林先生低声说,几乎落下眼泪来。

"我拼了这条老命。呃!救苦救难观世音呀!"

林大娘颤着声音站了起来,摇摇摆摆想走。林先生赶快拦住,没口地叫道:

"往哪里去?往哪里去?"

同时林小姐也从房外来了,显然已经听见了一些,脸色灰白,眼睛死瞪瞪的。林大娘看见女儿,就一把抱住了,一边哭,一边打呃,一边喃喃地挣扎着喘着气说:

"呃,阿囡,呃,谁来抢你去,呃,我同他拼老命!呃,生你那年我得了这个——病,呃,好容易养到十七岁,呃,呃,死也死在一块儿!呃,早给了寿生多么好呢!呃!强盗!不怕天打的!"

林小姐也哭了,叫着"妈!"林先生搓着手叹气。看看哭得不像样,窄房浅屋的要惊动邻舍,大新年也不吉利,他只好忍着一肚子气来劝母女两个。

这一夜,林家三口儿都没有好生睡觉。明天一早林先生还得起来做生意,在一夜的转侧愁思中,他偶尔听得屋面上一声响,心就卜卜地跳,以为是卜局长来寻他生事来了;然而定了神仔细想起来,自家是规规矩矩的生意人,又没犯法,只要生意好,不欠人家的钱,难道好无端生事,白诈他不成?而他的生意呢,眼前分明有一线生机。生了个女儿长得还端正,却又要招祸!早些定了亲,也许不会出这岔子?——商会长是不是肯真心帮忙呢,只有恳求他设法——可是林大娘又在打呃了,咳,她这病!

天刚发白,林先生就起身,眼圈儿有点红肿,头里发昏。可是他不能不打起精神招呼生意。铺面上靠寿生一个到底不行,这小伙子近几天来也就累得够了。

林先生坐在账台里,心总不定。生意虽然好,他却时时浑身的肉发抖。看见面生的大汉子上来买东西,他就疑惑是卜局长派来的人,来侦察他,来寻事;他的心直跳得发痛。

却也作怪,这天生意之好,出人意料。到正午,已经卖了五六十元,买客们中间也有本镇人。那简直不像买东西,简直像是抢东西,只有倒闭了铺子拍卖底货的时候才有这种光景。林先生一边有点高兴,一边却也看着心惊,他估量"这样的好生意气色不正"。果然在午饭的时候,寿生就悄悄告诉道:

"外边又有谣言,说是你拆烂污卖一批贱货,捞到几个钱,就打算逃走!"

林先生又气又怕,开不得口。突然来了两个穿制服的人,直闯进来问道:

"谁是林老板？"

林先生慌忙站了起来，还没回答，两个穿制服的拉住他就走。寿生追上去，想要拦阻，又想要探询，那两个人厉声吆喝道：

"你是谁？滚开！党部里要他问话！"

六

那天下午，林先生就没有回来。店里生意忙，寿生又不能抽空身子尽自去探听。里边林大娘本来还被瞒着，不防小学徒漏了嘴，林大娘那一急几乎一口气死去。她又死不放林小姐出那对蝴蝶门儿，说是：

"你的爸爸已经被他们捉去了，回头就要来抢你！呃——"

她只叫寿生进来问底细，寿生瞧着情形不便直说，只含糊安慰了几句道：

"师母，不要着急，没有事的！师傅到党部里去理直那些存款呢。我们的生意好，怕什么的！"

背转了林大娘的面，寿生悄悄告诉林小姐，"到底为什么，还没得个准信儿"，他叮嘱林小姐且安心伴着"师母"，外边事有他呢。林小姐一点主意也没有，寿生说一句，她就点一下头。

这样又要招顾外面的生意，又要挖空心思找出话来对付林大娘不时的追询，寿生更没有工夫去探听林先生的下落。直到上灯时分，这才由商会长给他一个信：林先生是被党部扣住了，为的外边谣言林先生打算卷款逃走，然而林先生除有庄款和客账未清外，还有朱三阿太、桥头陈老七、张寡妇三位孤苦人儿的存款共计六百五十元没有保障，党部里是专替这些孤苦人儿谋利益的，所以把林先生扣起来，要他理直这些存款。

寿生吓得脸都黄了，呆了半晌，方才问道：

"先把人保出来，行么？人不出来，哪里去弄钱来呢？"

"嘿！保出人来！你空手去，让你保么？"

"会长先生，总求你想想法子，做好事。师傅和你老人家向来交情也不差，总求你做做好事！"

商会长皱着眉头沉吟了一会儿，又端详着寿生半晌，然后一把拉寿生到屋角里悄悄说道：

"你师傅的事，我岂有袖手旁观之理。只是这件事现在弄僵了！老实对你说，我求过卜局长出面讲情，卜局长只要你师傅答应一件事，他是肯帮忙的；我刚才到党部里会见你的师傅，劝他答应，他也答应了，那不是事情完了么？不料党部里那个黑麻子真可恶，他硬不肯——"

"难道他不给卜局长面子？"

"就是呀！黑麻子反而噜里噜苏说了许多，卜局长几乎下不得台。两个人闹翻了！这不是这件事弄得僵透？"

寿生叹了口气，没有主意；停一会儿，他又叹一口气说：

"可是师傅并没犯什么罪。"

"他们不同你讲理！谁有势，谁就有理！你去对林大娘说，放心，还没吃苦，不过要想出来，总得花点儿钱！"

商会长说着，伸两个指头一扬，就匆匆地走了。

寿生沉吟着，没有主意；两个伙计攒住他探问，他也不回答。商会长这番话，可以告诉"师母"么？又得花钱！"师母"有没有私蓄，他不知道；至于店里，他很明白，两天来卖得的现钱，被恒源提了八成去，剩下只有五十多块，济得什么事！商会长示意总得两百。知道还够不够呀！照这样下去，生意再好些也不中用。他觉得有点灰心了。

里边又在叫他了！他只好进去瞧光景再定主意。

林大娘扶住了女儿的肩头，气喘喘地问道：

"呃，刚才，呃——商会长来了，呃，说什么？"

"没有来呀！"

寿生撒一个谎。

"你不用瞒我，呃——我，呃，全知道了；呃，你的脸色吓得焦黄！阿秀看见的，呃！"

"师母放心，商会长说过不要紧。——卜局长肯帮忙——"

"什么？呃，呃——什么？卜局长肯帮忙！——呃，呃，大慈大悲的菩萨，呃，不要他帮忙！呃，呃，我知道，你的师傅，呃呃，没有命了！呃，我也不要活了！呃，只是这阿秀，呃，我放心不下！呃，呃，你同了她去！呃，你们好好地做人家！呃，呃，寿生，呃，你待阿秀好，我就放心了！呃，去呀！他们要来抢！呃——狠心的强盗！观世音菩萨怎么不显灵呀！"

寿生睁大了眼睛，不知道怎样回话。他以为"师母"疯了，但可又一点不像疯。他偷眼看他的"师妹",心里有点跳;林小姐满脸通红,低了头不作声。

"寿生哥,寿生哥,有人找你说话!"

小学徒一路跳着喊进来。寿生慌忙跑出去,总以为又是商会长什么的来了,哪里知道竟是斜对门裕昌祥的掌柜吴先生。"他来干什么?"寿生肚子里想,眼光盯住在吴先生的脸上。

吴先生问过了林先生的消息,就满脸笑容,连说"不要紧"。寿生觉得那笑脸有点异样。

"我是来找你划一点货——"

吴先生收了笑容,忽然转了口气,从袖子里摸出一张纸来。是一张横单,写着十几行,正是林先生所卖"一元货"的全部。寿生一眼瞧见就明白了,原来是这个把戏呀!他立刻说:

"师傅不在,我不能做主。"

"你和你师母说,还不是一样!"

寿生踌躇着不能回答。他现在有点懂得林先生之所以被捕了。先是谣言林先生要想逃,其次是林先生被扣住了,而现在却是裕昌祥来挖货,这一连串的线索都明白了。寿生想来有点气,又有点怕,他很知道,要是答应了吴先生的要求,那么,林先生的生意,自己的一番心血,都完了。可是不答应呢,还有什么把戏来,他简直不敢想下去了。最后他姑且试一试说:

"那么,我去和师母说,可是,师母女人家专要做现钱交易。"

"现钱么?哈,寿生,你是说笑话罢?"

"师母是这种脾气,我也是没法。最好等明天再谈罢。刚才商会长说,卜局长肯帮忙讲情,光景师傅今晚上就可以回来了。"寿生故意冷冷地说,就把那张横单塞还吴先生的手里。

吴先生脸上的肉一跳,慌忙把横单又推回到寿生手里,一面满口应承道:

"好,好,现账就是现账。今晚上交货,就是现账。"

寿生皱着眉头再到里边,把裕昌祥来挖货的事情对林大娘说了,并且劝她:

"师母,刚才商会长来,确实说师傅好好地在那里,并没吃苦;不过总得花几个钱,才能出来。店里只有五十块。现在裕昌祥来挖货,照这单子上看,总也有一百五十块光景,还是挖给他们罢,早点救师傅出来要紧!"

林大娘听说又要花钱,眼泪直淌,那一阵呃,当真打得震天响,她只是摇手,说不出话,头靠在桌子上,把桌子捶得怪响。寿生瞧来不是路,悄悄地退出去,但在蝴蝶门边,林小姐追上来了。她的脸色像死人一样白,她的声音抖而且哑,她急口地说:

"妈是气糊涂了!总说爸爸已经被他们弄死了!你,你赶快答应裕昌祥,赶快救爸爸,寿生哥,你——"

林小姐说到这里,忽然脸一红,就飞快地跑进去了。寿生望着她的后影,呆立了半分钟光景,然后转身,下决心担负这挖货给裕昌祥的责任,至少"师妹"是和他一条心要这么办了。

夜饭已经摆在店铺里了,寿生也没有心思吃,立等着裕昌祥交过钱来,他拿一百在手里,另外身边藏了八十,就飞跑去找商会长。

半点钟后,寿生和林先生一同回来了。跑进"内宅"的时候,林大娘看见了倒吓一跳。认明是当真活的林先生时,林大娘急急趴在瓷观音前磕响头,比她打呃的声音还要响。林小姐光着眼睛站在旁边,像是要哭,又像是要笑。寿生从身旁掏出一个纸包来,放在桌子上说:

"这是多下来的八十块钱。"

林先生叹了一口气,过一会儿,方才有声没气地说道:

"让我死在那边就是了,又花钱弄出来!没有钱,大家还是死路一条!"

林大娘突然从地下跳起来,着急地想说话,可是一连串的呃把她的话塞住了。林小姐忍住了声音,抽抽咽咽地哭。林先生却还不哭,又叹一口气,哽咽着说:

"货是挖空了!店开不成,债又逼得紧——"

"师傅!"

寿生叫了一声,用手指蘸着茶,在桌子上写了一个"走"字给林先生看。

林先生摇头,眼泪扑簌簌地直淌;他看看林大娘,又看看林小姐,又叹一口气。

"师傅!只有这一条路了。店里拼凑起来,还有一百块,你带了去,过一两个月也就够了;这里的事,我和他们理直。"

寿生低声说。可是林大娘却偏偏听得了,她忽然抑住了呃,抢着叫道:

"你们也去!你,阿秀。放我一个人在这里好了,我拼老命!呃!"

忽然异常少健起来,林大娘转身跑到楼上去了。林小姐叫着"妈"随后也追了上去。林先生望着楼梯发怔,心里感到有什么要紧的事,却又乱麻麻的总是想不起。寿生又低声说:

"师傅,你和师妹一同走罢!师妹在这里,师母是不放心的!她总说他们要来抢——"

林先生淌着眼泪点头,可是打不起主意。

寿生忍不住眼圈儿也红了,叹一口气,绕着桌子走。

忽然听得林小姐的哭声。林先生和寿生都一跳。他们赶到楼梯头时,林大娘却正从房里出来,手里捧一个皮纸包儿。看见林先生和寿生都已在楼梯头了,她就缩回房去,嘴里说"你们也来,听我的主意"。她当着林先生和寿生的跟前,指着那纸包说道:

"这是我的私房,呃,光景有两百多块。分一半你们拿去。呃!阿秀,我做主配给寿生!呃,明天阿秀和她爸爸同走。呃,我不走!寿生陪我几天再说。呃,知道我还有几天活,呃,你们就在我面前拜一拜,我也放心!呃——"

林大娘一手拉着林小姐,一手拉着寿生,就要他们"拜一拜"。

都拜了,两个人脸上飞红,都低着头。寿生偷眼看林小姐,看见她的泪痕中含着一些笑意,寿生心头卜卜地跳了,反倒落下两滴眼泪。

林先生松一口气,说道:

"好罢,就是这样。可是寿生,你留在这里对付他们,万事要细心!"

七

林家铺子终于倒闭了。林老板逃走的新闻传遍了全镇。债权人中间的恒源庄首先派人到林家铺子里封存底货。他们又搜寻账簿。一本也没有了。问寿生。寿生躺在床上害病。又去逼问林大娘。林大娘的回答是连珠炮似的打呃和眼泪鼻涕。

为的她到底是"林大娘",人们也没有办法。

十一点钟光景,大群的债权人在林家铺子里吵闹得异常厉害。恒源庄和其他的债权人争执怎样分配底货。铺子里虽然淘空,但连"生财"合计,也足够偿还债权者七成,然而谁都只想给自己争得九成或竟至十成。商会长说得舌头都有点僵硬了,却没有结果。

来了两个警察,拿着木棍站在门口吆喝那些看热闹的闲人。

"怎么不让我进去?我有三百块钱的存款呀!我的老本!"

朱三阿太扭着瘪嘴唇和警察争论,巍颤颤地在人堆里挤。她额上的青筋就有小指头儿那么粗。她挤了一会儿,忽然看见张寡妇抱着五岁的孩子在那里哀求另一个警察放她进去。那警察斜着眼睛,假装是调弄那孩子,却偷偷地用手背在张寡妇的乳部揉摸。

"张家嫂呀——"

朱三阿太气喘喘地叫了一声,就坐在石阶沿上,用力地扭着她的瘪嘴唇。

张寡妇转过身来,找寻是谁唤她;那警察却用了亵昵的口吻叫道:

"不要性急!再过一会儿就进去!"

听得这句话的闲人都笑起来了。张寡妇装作不懂,含着一泡眼泪,无目的地又走了一步。恰好看见朱三阿太坐在石阶沿上喘气。张寡妇跌撞似的也到了朱三阿太的旁边,也坐在那石阶沿上,忽然就放声大哭。她一边哭,一边喃喃地诉说着:

"阿大的爷呀,你丢下我去了,你知道我是多么苦啊!强盗兵打杀了你,前天是三周年……绝子绝孙的林老板又倒了铺子,——我十个指头做出来的百几十块钱,丢在水里了,也没响一声!啊哟!穷人命苦,有钱人心狠——"

看见妈哭,孩子也哭了;张寡妇搂住了孩子,哭得更伤心。

朱三阿太却不哭,努起了一对发红的已经凹陷的眼睛,发疯似的反复说着一句话:

"穷人是一条命,有钱人也是一条命;少了我的钱,我拼老命!"

此时有一个人从铺子里挤出来,正是桥头陈老七。他满脸紫青,一边挤,一边回过头去嚷骂道:

"你们这伙强盗!看你们有好报!天火烧,地火爆,总有一天现在我陈老七眼睛里呀!要吃倒账,就大家吃,分摊到一个边皮儿,也是公平——"

陈老七正骂得起劲,一眼看见了朱三阿太和张寡妇,就叫着她们的名字说:

"三阿太,张家嫂,你们怎么坐在这里哭!货色,他们分完了!我一张嘴吵不过他们十几张嘴,这班狗强盗不讲理,硬说我们的钱不算账——"

张寡妇听说,哭得更加苦了。先前那个警察忽然又踅过来,用木棍子拨着张寡妇的肩膀说:

"喂,哭什么?你的养家人早就死了。现在还哭哪一个!"

"狗屁!人家抢了我们的,你这东西也要来调戏女人么?"

陈老七怒冲冲地叫起来,用力将那警察推了一把。那警察睁圆了怪眼睛,扬起棍子就想要打。闲人们都大喊,骂那警察。另一个警察赶快跑来,拉开了陈老七说:

"你在这里吵,也是白吵。我们和你无冤无仇,商会里叫来守门,吃这碗饭,没办法。"

"陈老七,你到党部里去告状罢!"

人堆里有一个声音这么喊。听声音就知道是本街有名的闲汉陆和尚。

"去,去!看他们怎样说。"

许多声音乱叫了。但是那位做调人的警察却冷笑,扳着陈老七的肩膀道:

"我劝你少找点麻烦罢。到那边,中什么用!你还是等候林老板回来和他算账,他倒不好白赖。"

陈老七虎起了脸孔,弄得没有主意了。经不住那些闲人们都撺怂着"去",他就看着朱三阿太和张寡妇说道:

"去去怎样?那边是天天大叫保护穷人的呀!"

"不错。昨天他们扣住了林老板,也是说防他逃走,穷人的钱没有着落!"

又一个主张去的拉长了声音叫。于是不由自主似的,陈老七他们三个和一群闲人都向党部所在那条路去了。张寡妇一路上还是啼哭,咒骂打杀了她丈夫的强盗兵,咒骂绝子绝孙的林老板,又咒骂那个恶狗似的警察。

快到了目的地时,望见那门前排立着四个警察,都拿着棍子,远远地就吆喝道:

"滚开!不准过来!"

"我们是来告状的,林家铺子倒了,我们存在那里的钱都拿不到——"

陈老七走在最前排,也高声地说。可是从警察背后突然跳出一个黑麻子来,怒声喝打。警察们却还站着,只用嘴威吓。陈老七背后的闲人们大噪起来。黑麻子怒叫道:

"不识好歹的贱狗!我们这里管你们那些事么?再不走,就开枪了!"

他跺着脚喝那四个警察动手打。陈老七是站在最前,已经挨了几棍子。闲人们大乱。朱三阿太老迈,跌倒了。张寡妇慌忙中落掉了鞋子,给人们一冲,也跌在地下,她连滚带爬躲过了许多跳过的和踏上来的脚,站起来跑了一段路,方才觉到她的孩子没有了。看衣襟上时,有几滴血。

"啊哟!我的宝贝!我的心肝!强盗杀人了,玉皇大帝救命呀!"

她带哭带嚷地快跑,头发纷散;待到她跑过那倒闭了的林家铺面时,她已经完全疯了!

一九三二年六月十八日作完

春蚕

/// 茅盾

一

老通宝坐在塘路边的一块石头上,长旱烟管斜摆在他身边。清明节后的太阳已经很有力量,老通宝背脊上热烘烘的,像背着一盆火。塘路上拉纤的快班船上的绍兴人只穿了一件蓝布单衫,敞开了大襟,弯着身子拉,额角上黄豆大的汗粒落到地下。

看着人家那样辛苦地劳动,老通宝觉得身上更加热了;热得有点儿发痒。他还穿着那件过冬的破棉袄,他的夹袄还在当铺里,却不防才得清明边,天就那么热。

"真是天也变了!"

老通宝心里说,就吐一口浓厚的唾沫。在他面前那条官河内,水是绿油油的,来往的船也不多,镜子一样的水面这里那里起了几道皱纹或是小小的涡漩,那时候,倒映在水里的泥岸和岸边成排的桑树,都晃乱成灰暗的一片。可是不会很长久的。渐渐儿,那些树影又在水面上显现,一弯一曲地蠕动,像是醉汉,再过一会儿,终于站定了,依然是很清晰的倒影。那拳头模样的丫枝顶都已经簇生着小手指儿那么大的嫩绿叶。这密密层层的桑树,沿着那官河一直望去,好像没有尽头。田里现在还只有干裂的泥块,这一带,现在是桑树的势力!在老通宝背后,也是大片的桑林,矮矮的,静穆的,在热烘烘的太阳光下,似乎那"桑拳"上的嫩绿叶过一秒钟就会大一些。

离老通宝坐处不远,一所灰白色的楼房蹲在塘路边,那是茧厂。十多天前驻扎过军队,现在那边田里留着几条短短的战壕。那时都说东洋兵要打进来,镇上有钱人都逃光了;现在兵队又开走了,那座茧厂依旧空关在那里,等候春茧上市的时候再热闹一番。老通宝也听得镇上小陈老爷的儿子——陈大少爷说过,今年上海不太平,丝厂都关门,恐怕这里的茧厂也不能开;但老通宝是不肯相信的。他活了六十岁,反乱年头也经过好几个,从没见过绿油油的桑叶白养在树上等到成了枯叶去喂羊吃;除非是"蚕花"不熟,但那是老天爷的权柄,谁又能够未卜先知?

"才得清明边,天就那么热!"

老通宝看着那些桑拳上怒茁的小绿叶儿,心里又这么想,同时有几分惊异,有几分快活。他记得自己还是二十多岁少壮的时候,有一年也是清明边就得穿夹,后来就是"蚕花二十四分",自己也就在这一年成了家。那时,他家正在"发";他的父亲像一头老牛似的，什么都懂得，什么都做得；便是他那创家立业的祖父，虽说在长毛窝里吃过苦头，却也愈老愈硬朗。那时候，老陈老爷去世不久，小陈老爷还没抽上鸦片烟，"陈老爷家"也不是现在那么不像样的。老通宝相信自己一家和陈老爷家虽则一边是高门大户，而一边不过是种田人，然而两家的运命好像是一条线儿牵着。不但"长毛造反"那时候，老通宝的祖父和陈老爷同被长毛掳去，同在长毛窝里混上了六七年，不但他们俩同时从长毛营盘里逃了出来，而且偷得了长毛的许多金元宝——人家到现在还是这么说；并且老陈老爷做丝生意发起来的时候，老通宝家养蚕也是年年都好，十年中间挣得了二十亩的稻田和十多亩的桑地，还有三开间两进的一座平屋。这时候，老通宝家在东村庄上被人人所妒羡，也正像陈老爷家在镇上是数一数二的大户人家。可是以后，两家都不行了；老通宝现在已经没有自己的田地，反欠出三百多块钱的债，陈老爷家也早已完结。人家都说"长毛鬼"在阴间告了一状，阎罗王追还陈老爷家的金元宝横财，所以败得这么快。这个，老通宝也有几分相信，不是鬼使神差，好端端的小陈老爷怎么会抽上了鸦片烟？

　　可是老通宝死也想不明白为什么陈老爷家的"败"会牵动到他家。他确实知道自己家并没得过长毛的横财。虽则听死了的老头子说，好像那老祖父逃出长毛营盘的时候，不巧撞着了一个巡路的小长毛，当时没法，只好杀了他，——这是一个"结"！然而从老通宝懂事以来,他们家替这小长毛鬼拜忏念佛烧纸锭,记不清有多少次了。这个小冤魂,理应早投凡胎。老通宝虽然不很记得祖父是怎样"做人",但父亲的勤俭忠厚,他是亲眼看见的;他自己也是规矩人,他的儿子阿四,儿媳四大娘,都是勤俭的。就是小儿子阿多年纪轻,有几分"不知苦辣",可是毛头小伙子,大都这么着,算不得"败家相"!

老通宝抬起他那焦黄的皱脸,苦恼地望着他面前的那条河,河里的船,以及两岸的桑地。一切都和他二十多岁时差不了多少,然而"世界"到底变了。他自己家也要常常把杂粮当饭吃一天,而且又欠出了三百多块钱的债。

呜!呜,呜,呜——

汽笛叫声突然从那边远远的河身的弯曲地方传了来。就在那边,蹲着又一个茧厂,远望去隐约可见那整齐的石帮岸。一条柴油引擎的小轮船很威严地从那茧厂后驶出来,拖着三条大船,迎面向老通宝来了。满河平静的水立刻激起泼剌剌的波浪,一齐向两旁的泥岸卷过来。一条乡下"赤膊船"赶快拢岸,船上人揪住了泥岸上的树根,船和人都好像在那里打秋千。轧轧轧的轮机声和洋油臭,飞散在这和平的绿的田野。老通宝满脸恨意,看着这小轮船来,看着它过去,直到又转一个弯,呜呜呜地又叫了几声,就看不见。老通宝向来仇恨小轮船这一类洋鬼子的东西!他从没见过洋鬼子,可是他从他的父亲嘴里知道老陈老爷见过洋鬼子:红眉毛,绿眼睛,走路时两条腿是直的。并且老陈老爷也是很恨洋鬼子，常常说"铜钿都被洋鬼子骗去了"。老通宝看见老陈老爷的时候，不过八九岁，——现在他所记得的关于老陈老爷的一切都是听来的，可是他想起了"铜钿都被洋鬼子骗去了"这句话，就仿佛看见了老陈老爷捋着胡子摇头的神气。

洋鬼子怎样就骗了钱去，老通宝不很明白，但他很相信老陈老爷的话一定不错。并且他自己也明明看到自从镇上有了洋纱，洋布，洋油，——这一类洋货，而且河里更有了小火轮船以后，他自己田里生出来的东西就一天一天不值钱，而镇上的东西却一天一天贵起来。他父亲留下来的一份家产就这么变小，变作没有，而且现在负了债。老通宝恨洋鬼子不是没有理由的！他这坚定的主张，在村坊上很有名。五年前，有人告诉他：朝代又改了，新朝代是要"打倒洋鬼子"的。老通宝不相信。为的他上镇去看见那新到的喊着"打倒洋鬼子"的年青人们都穿了洋鬼子衣服。他想来这伙年青人一定私通洋鬼子，却故意来骗乡下人。后来果然就不喊"打倒洋鬼子"了，而且镇上的东西更加一天一天贵起来，派到乡下人身上的捐税也更加多起来。老通宝深信这都是串通了洋鬼子干的。

然而更使老通宝去年几乎气成病的，是茧子也是洋种的卖得好价钱；洋种的茧子，一担要贵上十多块钱。素来和儿媳总还和睦的老通宝，在这件事上可就吵了架。儿媳四大娘去年就要养洋种的蚕。小儿子跟他嫂嫂是一路，那阿四虽然嘴里不多说，心里也是要洋种的。老通宝拗不过他们，末了只好让步。现在他家里有的五张蚕种，就是土种四张，洋种一张。

"世界真是越变越坏！过几年他们连桑叶都要洋种了！我活得厌了！"

老通宝看着那些桑树，心里说，拿起身边的长旱烟管恨恨地敲着脚边的泥块。太阳现在正当他头顶，他的影子落在泥地上，短短的，像一段乌焦木头，还穿着破棉袄的他，觉得浑身燥热起来了。他解开了大襟上的纽扣，又抓着衣角扇了几下，站起来回家去。

那一片桑树背后就是稻田。现在大部分是匀整的半翻着的燥裂的泥块。偶尔也有种了杂粮的，那黄金一般的菜花散出强烈的香味。那边远远的一簇房屋，就是老通宝他们住了三代的村坊，现在那些屋上都袅起了白的炊烟。老通宝从桑林里走出来，到田塍上，转身又望那一片爆着嫩绿的桑树。忽然那边田里跳跃着来了一个十来岁的男孩子，远远地就喊着：

"阿爹！妈等你吃中饭呢！"

"哦——"

老通宝知道是孙子小宝，随口应着，还是望着那一片桑林。才只得清明边，桑叶尖儿就抽得那么小指头儿似的，他一生就只见过两次。今年的蚕花，光景是好年成。三张蚕种，该可以采多少茧子呢？只要不像去年，他家的债也许可以拔还一些罢。

小宝已经跑到他阿爹的身边了，也仰着脸看那绿绒似的桑拳头；忽然他跳起来拍着手唱道：

"清明削口,看蚕娘娘拍手!"①

老通宝的皱脸上露出笑容来了。他觉得这是一个好兆头。他把手放在小宝的"和尚头"上摩着,他的被穷苦弄麻木了的老心里勃然又生出新的希望来了。

二

天气继续暖和,太阳光催开了那些桑拳头上的小手指儿模样的嫩叶,现在都有小小的手掌那么大了。老通宝他们那村庄四周围的桑林似乎发长得更好,远望去像一片绿锦平铺在密密层层灰白色矮矮的篱笆上。"希望"在老通宝和一般农民们的心里一点一点一天一天强大。蚕事的动员令也在各方面发动了,藏在柴房里一年之久的养蚕用具都拿出来洗刷修补。

那条穿村而过的小溪旁边,蠕动着村里的女人和孩子,工作着,嚷着,笑着。这些女人和孩子们都不是十分健康的脸色,——从今年开春起,他们都只吃个半饱;他们身上穿的,也只是些破旧的衣服。实在他们的情形比叫花子好不了多少。然而他们的精神都很不差。他们有很大的忍耐力,又有很大的幻想。虽然他们都负了天天在增大的债,可是他们那简单的头脑老是这么想:只要蚕花熟,就好了!他们想象到一个月以后那些绿油油的桑叶就

---

① 这是老通宝所在那一带乡村里关于"蚕事"的一种歌谣式的成语。所谓"削口",指桑叶抽发如指;"清明削口"谓清明边桑叶已抽发如许大也。"看"是方言,意同"饲"或"育"。全句谓清明边桑叶开绽则熟年可卜,故蚕妇拍手而喜。——作者原注

会变成雪白的茧子,于是又变成叮叮当当响的洋钱,他们虽然肚子里饿得咕咕地叫,却也忍不住要笑。

这些女人中间也就有老通宝的媳妇四大娘和那个十二岁的小宝。这娘儿两个已经洗好了那些"团匾"和"蚕箪"①,坐在小溪边的石头上撩起布衫角揩脸上的汗水。

"四阿嫂!你们今年也看(养)洋种么?"

小溪对岸的一群女人中间有一个二十岁左右的姑娘隔溪喊过来了。四大娘认得是隔溪的对门邻舍陆福庆的妹子六宝。四大娘立刻把她的浓眉毛一挺,好像正想找人吵架似的嚷了起来:

"不要来问我!阿爹做主呢!——小宝的阿爹死不肯,只看了一张洋种!老糊涂的听得带一个洋字就好像见了七世冤家!洋钱,也是洋,他倒又要了!"

小溪旁那些女人们听得笑起来了。这时候有一个壮健的小伙子正从对岸的陆家稻场上走过,跑到溪边,跨上了那横在溪面用四根木头并排做成的雏形的"桥"。四大娘一眼看见,就丢开了洋种问题,高声喊道:

"多多弟!来帮我搬东西罢!这些匾,浸湿了,就像死狗一样重!"

小伙子阿多也不开口,走过来拿起五六只团匾,湿漉漉地顶

---

① 老通宝乡里称那圆桌面那样大、极像一个盘的竹器为"团匾";又一种略小而底部编成六角形网状的,称为"箪",方言读如"踏";蚕初收蚁时,在"箪"中养育,呼为"蚕箪",那是糊了纸的;这种纸通称"糊箪纸"。——作者原注

在头上,却空着一双手,划桨似的荡着,就走了。这个阿多高兴起来时,什么事都肯做,碰到同村的女人们叫他帮忙拿什么重家伙,或是下溪去捞什么,他都肯;可是今天他大概有点不高兴,所以只顶了五六只团匾去,却空着一双手。那些女人们看着他戴了那特别大箬帽似的一叠匾,袤着腰,学镇上女人的样子走着,又都笑起来了,老通宝家紧邻的李根生的老婆荷花一边笑,一边叫道:

"喂,多多头!回来!也替我带一点儿去!"

"叫我一声好听的,我就给你拿。"

阿多也笑着回答,仍然走。转眼间就到了他家的廊下,就把头上的团匾放在廊檐口。

"那么,叫你一声干儿子!"

荷花说着就大声地笑起来,她那出众的白净然而扁得作怪的脸上看去就好像只有一张大嘴和眯紧了好像两条线一般的细眼睛。她原是镇上人家的婢女,嫁给那不声不响整天苦着脸的半老头子李根生还不满半年,可是她的爱和男子们胡调已经在村中很有名。

"不要脸的!"

忽然对岸那群女人中间有人轻声骂了一句。荷花的那对细眼睛立刻睁大了,怒声嚷道:

"骂哪一个?有本事,当面骂,不要躲!"

"你管得我?棺材横头踢一脚,死人肚里自得知;我就骂那不要脸的骚货！"

　　隔溪立刻回骂过来了，这就是那六宝，又一位村里有名淘气的大姑娘。

　　于是对骂之下，两边又泼水。爱闹的女人也夹在中间帮这边帮那边。小孩子们笑着狂呼。四大娘是老成的，提起她的蚕箪，喊着小宝，自回家去。阿多站在廊下看着笑。他知道为什么六宝要跟荷花吵架；他看着那"辣货"六宝挨骂，倒觉得很高兴。

　　老通宝捐着一架"蚕台"①从屋子里出来，这三棱形家伙的木梗子有几条给白蚂蚁蛀过了，怕不牢，须得修补一下。看见阿多站在那里笑嘻嘻地望着外边的女人们吵架，老通宝的脸色就板起来了。他这"多多头"的小儿子不老成，他知道。尤其使他不高兴的，是多多也和紧邻的荷花说说笑笑。"那母狗是白虎星，惹上了她就得败家"——老通宝时常这样警诫他的小儿子。

　　"阿多！空手看野景么？阿四在后边扎'缀头'②，你去帮他！"

　　老通宝像一匹疯狗似的咆哮着，火红的眼睛一直盯住了阿多的身体，直到阿多走进屋里去，看不见了，老通宝方才提过那蚕台来反复审察，慢慢地动手修补。木匠生活，老通宝早年是会的；但近来他老了，手指头没有劲，他修了一会儿，抬起头来喘气，又望望屋里挂在竹竿上的三张蚕种。四大娘就在廊檐口糊蚕箪。

---

① "蚕台"是三棱式可以折起来的木架子，像三张梯连在一处的家伙，中分七八格，每格可放一团圖。——作者原注
② "缀头"也是方言，是稻草扎的，蚕在上面做茧子。——作者原注

去年他们为的想省几百文钱，是买了旧报纸来糊的。老通宝直到现在还说是因为用了报纸——不惜字纸，所以去年他们的蚕花不好。今年是特地全家少吃一餐饭，省下钱来买了糊簟纸来了。四大娘把那鹅黄色坚韧的纸儿糊得很平贴，然后又照品字式糊上三张小小的花纸——那是跟糊簟纸一块儿买来的，一张印的花色是"聚宝盆"，另两张都是手执尖角旗的人儿骑在马上，据说是"蚕花太子"。

"四大娘！你爸爸做中人借来三十块钱，就只买了二十担叶。后天米又吃完了，怎么办？"

老通宝气喘喘地从他的工作里抬起头来，望着四大娘。那三十块钱是二分半的月息。总算有四大娘的父亲张财发做中人，那债主也就是张财发的东家"做好事"，这才只要了二分半的月息。条件是蚕事完后本利归清。

四大娘把糊好了的蚕簟放在太阳底下晒，好像生气似的说：

"都买了叶！又像去年那样多下来——"

"什么话！你倒先来发利市了！年年像去年么？自家只有十来担叶；五张布子（蚕种），十来担叶够么？"

"噢，噢；你总是不错的！我只晓得有米烧饭，没米饿肚子！"

四大娘气哄哄地回答；为了那洋种问题，她到现在常要和老通宝抬杠。老通宝气得脸都紫了。两个人就此再没有一句话。

但是"收蚕"的时期一天一天逼近了。这二三十人家的小村落突然呈现了一种大紧张,大决心,大奋斗,同时又是大希望。人们似乎连肚子饿都忘记了。老通宝他们家东借一点,西赊一点,居然也一天一天过着来。也不仅老通宝他们,村里哪一家有两三斗米放在家里呀!去年秋收固然还好,可是地主、债主、正税、杂捐,一层一层地剥削来,早就完了。现在他们唯一的指望就是春蚕,一切临时借贷都是指明在这"春蚕收成"中偿还。

他们都怀着十分希望又十分恐惧的心情来准备这春蚕的大搏战!

谷雨节一天近一天了。村里二三十人家的"布子"都隐隐现出绿色来。女人们在稻场上碰见时,都匆忙地带着焦灼而快乐的口气互相告诉道:

"六宝家快要'窝种'①了呀!"

"荷花说她家明天就要窝了。有这么快!"

"黄道士去测一字,今年的青叶要贵到四洋!"

四大娘看自家的五张布子。不对!那黑芝麻似的一片细点子还是黑沉沉,不见绿影。她的丈夫阿四拿到亮处去细看,也找不出几点"绿"来。四大娘很着急。

"你就先窝起来罢!这余杭种,作兴是慢一点的。"

阿四看着他老婆,勉强自家宽慰。四大娘堵起了嘴巴不回答。

---

① "窝种"也是老通宝乡里的习惯;蚕种转成绿色后就得把来贴肉揾着,约三四天后,蚕蚁孵出,就可以"收蚕"。这工作是女人做的。"窝"是方言,意即"揾"也。——作者原注

老通宝哭丧着干皱的老脸，没说什么，心里却觉得不妙。

幸而再过了一天，四大娘再细心看那布子时，哈，有几处转成绿色了！而且绿得很有光彩。四大娘立刻告诉了丈夫，告诉了老通宝、多多头，也告诉了她的儿子小宝。她就把那些布子贴肉揾在胸前，抱着吃奶的婴孩似的静静儿坐着，动也不敢多动了。夜间，她抱着那五张布子到被窝里，把阿四赶去和多多头做一床。那布子上密密麻麻的蚕子儿贴着肉，怪痒痒的；四大娘很快活，又有点儿害怕，她第一次怀孕时胎儿在肚子里动，她也是那样半惊半喜的！

全家都是惴惴不安地又很兴奋地等候收蚕，只有多多头例外。他说：今年蚕花一定好，可是想发财却是命里不曾来。老通宝骂他多嘴，他还是要说。

蚕房早已收拾好了。窝种的第二天，老通宝拿一个大蒜头涂上一些泥，放在蚕房的墙脚边；这也是年年的惯例，但今番老通宝更加虔诚，手也抖了。去年他们"卜"①得非常灵验。可是去年那"灵验"，现在老通宝想也不敢想。

现在这村里家家都在窝种了。稻场上和小溪边顿时少了那些女人们的踪迹。一个"戒严令"也在无形中颁布了：乡农们即使平日是最好的，也不往来；人客来冲了蚕神不是玩的！他们至多在稻场上低声交谈一二句就走开。这是个"神圣"的季节。

---

① 用大蒜头来"卜"蚕花好否，是老通宝乡里的迷信。收蚕前两三天，以大蒜涂泥置蚕房中，至收蚕那天拿来看，蒜叶多主蚕熟，少则不熟。——作者原注

老通宝家的五张布子上也有些"乌娘"①蠕蠕地动了。于是全家的空气，突然紧张。那正是谷雨前一日。四大娘料来可以挨过了谷雨节那一天②。布子不须再窝了，很小心地放在"蚕房"里。老通宝偷眼看一下那个躺在墙脚边的大蒜头，他心里就一跳。那大蒜头上还只有一两茎绿芽！老通宝不敢再看，心里祷祝后天正午会有更多更多的绿芽。

终于收蚕的日子到了。四大娘心神不定地淘米烧饭，时时看饭锅上的热气有没有直冲上来。老通宝拿出预先买了来的香烛点起来，恭恭敬敬放在灶君神位前。阿四和阿多去到田里采野花。小小宝帮着把灯芯草剪成细末子，又把采来的野花揉碎。一切都准备齐全了时，太阳也近午刻了，饭锅上水蒸气嘟嘟地直冲，四大娘立刻跳了起来，把"蚕花"③和一对鹅毛插在发髻上，就到蚕房里。老通宝拿着秤杆，阿四拿了那揉碎的野花片儿和灯芯草碎末。四大娘揭开"布分"，就从阿四手里拿过那野花碎片和灯芯草末子撒在布子上，又接过老通宝手里的秤杆来，将布子挽在秤杆上，于是拔下发髻上的鹅毛在布子上轻轻儿拂；野花片，灯芯草末子，连同乌娘，都拂在那蚕箪里了。一张，两张……都拂过了；最后一张是洋种，那就收在另一个蚕箪里。末了，四大娘

---

① 老通宝乡间称初生的蚕蚁为"乌娘"，这也是方言。——作者原注
② 老通宝乡里的习惯，"收蚕"即收蚁，须得避过"谷雨"那一天，或上或下都可以，但不能正在"谷雨"那一天。什么理由，可不知道。——作者原注
③ "蚕花"是一种纸花，预先买下来的。这些迷信的仪式，各处小有不同。——作者原注

又拔下发髻上那朵"蚕花",跟鹅毛一块插在蚕箪的边儿上。

这是一个隆重的仪式!千百年相传的仪式!那好比是誓师典礼,以后就要开始了一个月光景的和恶劣的天气和厄运以及和不知什么的连日连夜无休息的大决战!

乌娘在蚕箪里蠕动,样子非常强健;那黑色也是很正路的。四大娘和老通宝他们都放心地松一口气了。但当老通宝悄悄地把那个"命运"的大蒜头拿起来看时,他的脸色立刻变了!大蒜头上还只得三四茎嫩芽!天哪!难道又同去年一样?

三

然而那命运的大蒜头这次竟不灵验。老通宝家的蚕非常好!虽然头眠二眠的时候连天阴雨,气候是比清明边似乎还要冷一点,可是那些"宝宝"都很强健。

村里别人家的"宝宝"也都不差。紧张的快乐弥漫了全村庄,似那小溪里淙淙的流水也像是朗朗的笑声了。只有荷花家是例外。她们家看了一张布子,可是"出火"①只称得二十斤;"大眠"快边人们还看见那不声不响晦气色的丈夫根生倾弃了三蚕箪在那小溪里。

这一件事,使得全村的妇人对于荷花家特别"戒严"。她们特地避路,不从荷花的门前走,远远地看见了荷花或是她那不声

---

① "出火"也是方言,是指"二眠"以后的"三眠";因为"眠"时特别短,所以叫"出火"。——作者原注

不响丈夫的影儿就赶快躲开；这些幸运的人儿唯恐看了荷花他们一眼或是交谈半句话就传染了晦气来！

老通宝严禁他的小儿子多多头跟荷花说话。——"你再跟那东西多嘴，我就告你忤逆！"老通宝站在廊檐外高声大气喊，故意要叫荷花他们听得。小小宝也受到严厉的嘱咐，不许跑到荷花家的门前，不许和他们说话。

阿多像一个聋子似的不理睬老头子那早早夜夜的唠叨，他心里却在暗笑。全家就只有他不大相信那些鬼禁忌。可是他也没有跟荷花说话，他忙都忙不过来。

大眠捉了毛三百斤，老通宝全家连十二岁的小宝也在内，都是两日两夜没有合眼。蚕是少见地好，活了六十岁的老通宝记得只有两次是同样的，一次就是他成家的那年，又一次是阿四出世那一年。大眠以后的"宝宝"第一天就吃了七担叶，个个是生青滚壮，然而老通宝全家都瘦了一圈，失眠的眼睛上布满了红丝。

谁也料得到这些"宝宝"上山前还得吃多少叶。老通宝和儿子阿四商量了：

"陈大少爷借不出，还是再求财发的东家罢？"

"地头上还有十担叶，够一天。"

阿四回答，他委实是支撑不住了，他的一双眼皮像有几百斤重，只想合下来。老通宝却不耐烦了，怒声喝道：

"说什么梦话！刚吃了两天老蚕呢。明天不算，还得吃三天，还要三十担叶，三十担！"

这时外边稻场上忽然人声喧闹，阿多押了新发来的五担叶来了。于是老通宝和阿四的谈话打断，都出去"挦叶"。四大娘也慌忙从蚕房里钻出来。隔溪陆家养的蚕不多，那大姑娘六宝抽得出工夫，也来帮忙了。那时星光满天，微微有点风，村前村后都断断续续传来了吆喝和欢笑，中间有一个粗暴的声音嚷道：

"叶行情飞涨了！今天下午镇上开到四洋一担！"

老通宝偏偏听得了，心里急得什么似的。四块钱一担，三十担可要一百二十块呢，他哪来这许多钱！但是想到茧子总可以采五百多斤，就算五十块钱一百斤，也有这么二百五，他又心里一宽。那边挦叶的人堆里忽然又有一个小小的声音说：

"听说东路不大好，看来叶价钱涨不到多少的！"

老通宝认得这声音是陆家的六宝。这使他心里又一宽。

那六宝是和阿多同站在一个筐子边挦叶。在半明半暗的星光下，她和阿多靠得很近。忽然她觉得在那"杠条"①的隐蔽下，有一只手在她大腿上拧了一把。好像知道是谁拧的，她忍住了不笑，也不声张。蓦地那手又在她胸前摸了一把，六宝直跳起来，出惊地喊了一声：

"嗳哟！"

"什么事？"

同在那筐子边挦叶的四大娘问了，抬起头来。六宝觉得自己

---

① "杠条"也是方言，指那些带叶的桑树枝条。通常采叶是连枝条剪下来的。——作者原注

脸上热烘烘了,她偷偷地瞪了阿多一眼,就赶快低下头,很快地捋叶,一面回答:

"没有什么。想来是毛毛虫刺了我一下。"

阿多咬住了嘴唇暗笑。虽然在这半个月来也是半饱而且少睡,也瘦了许多了,他的精神可还是很饱满。老通宝那种忧愁,他是永远没有的。他永不相信靠一次蚕花好或是田里熟,他们就可以还清了债再有自己的田;他知道单靠勤俭工作,即使做到背脊骨折断也是不能翻身的。但是他仍旧很高兴地工作着,他觉得这也是一种快活,正像和六宝调情一样。

第二天早上,老通宝就到镇里去想法借钱来买叶。临走前,他和四大娘商量好,决定把他家那块出产十五担叶的桑地去抵押。这是他家最后的产业。叶又买来了三十担。第一批的十担发来时,那些壮健的"宝宝"已经饿了半点钟了。"宝宝"们尖出了小嘴巴,向左向右乱晃,四大娘看得心酸。叶铺了上去,立刻蚕房里充满着萨萨萨的响声,人们说话也不大听得清。不多一会儿,那些团匾里立刻又全见白了,于是又铺上厚厚的一层叶。人们单是"上叶"也就忙得透不过气来。但这是最后五分钟了。

再得两天,"宝宝"可以上山。人们把剩余的精力榨出来拼死命干。阿多虽然接连三日三夜没有睡,却还不见怎么倦。那一夜,就由他一个人在蚕房里守那上半夜,好让老通宝以及阿四夫妇都去歇一歇。那是个好月夜,稍稍有点冷。蚕房里爇了一个小小的火。阿多守到二更过,上了第二次的叶,就蹲在那个"火"

旁边听那些"宝宝"萨萨萨地吃叶。渐渐儿他的眼皮合上了。恍惚听得有门响,阿多的眼皮一跳,睁开眼来看了看,就又合上了。他耳朵里还听得萨萨萨的声音和屑索屑索的怪声。猛然一个踉跄,他的头在自己膝头上磕了一下,他惊醒过来,恰就听得蚕房的芦帘啪嚓一声响,似乎还看见有人影一闪。阿多立刻跳起来,到外面一看,门是开着,月光下稻场上有一个人正走向溪边去。阿多飞也似跳出去,还没看清那人是谁,已经把那人抓过来摔在地下。他断定了这是一个贼。

"多多头!打死我也不怨你,只求你不要说出来!"

是荷花的声音,阿多听真了时不禁浑身的汗毛都竖了起来。月光下他又看见那扁得作怪的白脸儿上一对细圆的眼睛定定地看住了他。可是恐怖的意思那眼睛里也没有。阿多哼了一声,就问道:

"你偷什么?"

"我偷你们的宝宝!"

"放到哪里去了?"

"我扔到溪里去了!"

阿多现在也变了脸色。他这才知道这女人的恶意是要冲克他家的"宝宝"。

"你真心毒呀!我们家和你们可没有冤仇!"

"没有么?有的,有的!我家自管蚕花不好,可并没害了谁,你们都是好的!你们怎么把我当作白老虎,远远地望见我就别转了脸?你们不把我当人看待!"那妇人说着就爬了起来,脸上的

神气比什么都可怕。阿多瞅着那妇人好半晌,这才说道:

"我不打你,走你的罢!"

阿多头也不回地跑回家去,仍在蚕房里守着。他完全没有睡意了。他看那些"宝宝",都是好好的。他并没想到荷花可恨或可怜,然而他不能忘记荷花那一番话;他觉到人和人中间有什么地方是永远弄不对的,可是他不能够明白想出来是什么地方,或是为什么。

再过一会儿,他就什么都忘记了。"宝宝"是强健的,像有魔法似的吃了又吃,永远不会饱!以后直到东方快打白了时,没有发生事故。老通宝和四大娘来替换阿多了,他们拿那些渐渐身体发白而变短了的"宝宝"在亮处照着,看是"有没有通"。他们的心被快活胀大了。但是太阳出山时四大娘到溪边汲水,却看见六宝满脸严重地跑过来悄悄地问道:

"昨夜二更过,三更不到,我远远地看见那骚货从你们家跑出来,阿多跟在后面,他们站在这里说了半天话呢!四阿嫂!你们怎么不管事呀?"

四大娘的脸色立刻变了,一句话也没说,提了水桶就回家去,先对丈夫说了,再对老通宝说。这东西竟偷进人家蚕房来了,那还了得!老通宝气得直跺脚,马上叫了阿多来查问。但是阿多不承认,说六宝是做梦见鬼。老通宝又去找六宝询问。六宝是一口咬定了看见的。老通宝没有主意,回家去看那"宝宝",仍然是很健康,瞧不出一些败相来。

但是老通宝他们满心的欢喜却被这件事打消了。他们相信六宝的话不会毫无根据。他们唯一的希望是那骚货或者只在廊檐口和阿多鬼混了一阵。

"可是那大蒜头上的苗却当真只有三四茎呀!"

老通宝自心里这么想,觉得前途只是阴暗。可不是,吃了许多叶去,一直落来都很好,然而上了山却干僵了的事,也是常有的。不过老通宝无论如何不敢想到这上头去;他以为即使是肚子里想,也是不吉利。

四

"宝宝"都上山了,老通宝他们还是捏着一把汗。他们钱都花光了,精力也绞尽了,可是有没有报酬呢,到此时还没有把握。虽则如此,他们还是硬着头皮去干。"山棚"下熬了火,老通宝和阿四他们伛着腰慢慢地从这边蹲到那边,又从那边蹲到这边。他们听得山棚上有些屑屑索索的细声音[①],他们就忍不住想笑,过一会儿又不听得了,他们的心就重甸甸地往下沉了。这样地,心是焦灼着,却不敢向山棚上望。偶或他们仰着的脸上淋到了一滴蚕尿了[②],虽然觉得有点难过,他们心里却快活;他们巴不得多淋一些。

[①] 蚕在山棚上受到热,就往"缀头"上爬,所以有屑索屑索的声音。这是蚕要做茧的第一步手续。爬不上去的,不是健康的蚕,多半不能做茧。——作者原注

[②] 据说蚕在作茧以前必撒一泡尿,而这尿是黄色的。——作者原注

阿多早已偷偷地挑开山棚外围着的芦帘望过几次了。小小宝看见，就扭住了阿多，问"宝宝"有没有做茧子。阿多伸出舌头做一个鬼脸，不回答。"上山"后三天，熄火了。四大娘再也忍不住，也偷偷地挑开芦帘角看了一眼，她的心立刻卜卜地跳了。那是一片雪白，几乎连缀头都瞧不见；那是四大娘有生以来从没有见过的"好蚕花"呀！老通宝全家立刻充满了欢笑。现在他们一颗心定下来了！"宝宝"们有良心，四洋一担的叶不是白吃的；他们全家一个月的忍饿失眠总算不冤枉，天老爷有眼睛！

同样的欢笑声在村里到处都起来了。今年蚕花娘娘保佑这小小的村子。二三十人家都可以采到七八分，老通宝家更是比众不同，估量来总可以采一个十二三分。小溪边和稻场上现在又充满了女人和孩子们。这些人都比一个月前瘦了许多，眼眶陷进了，嗓子也发沙，然而都很快活兴奋。她们嘈嘈地谈论那一个月内的"奋斗"时，她们的眼前便时时现出一堆堆雪白的洋钱，她们那快乐的心里便时时闪过了这样的盘算：夹衣和夏衣都在当铺里，这可先得赎出来；过端阳节也许可以吃一条黄鱼。

那晚上荷花和阿多的把戏也是她们谈话的资料。六宝见了人就宣传荷花的"不要脸，送上门去！"男人们听了就粗暴地笑着，女人们念一声佛，骂一句，又说老通宝家总算幸气，没有犯克，那是菩萨保佑，祖宗有灵！

接着是家家都"浪山头"了,各家的至亲好友都来"望山头"①。老通宝的亲家张财发带了小儿子阿九特地从镇上来到村里。他们带来的礼物,是软糕、线粉、梅子、枇杷,也有咸鱼。小小宝快活得好像雪天的小狗。

"通宝,你是卖茧子呢,还是自家做丝?"

张老头子拉老通宝到小溪边一棵杨柳树下坐了,这么悄悄地问。这张老头子张财发是出名"会寻快活"的人,他从镇上城隍庙前露天的"说书场"听来了一肚子的疙瘩东西;尤其烂熟的是"十八路反王,七十二处烟尘",程咬金卖柴扒,贩私盐出身,瓦岗寨做反王的《隋唐演义》。他向来说话"没正经",老通宝是知道的;所以现在听得问是卖茧子或者自家做丝,老通宝并没把这话看重,只随口回答道:

"自然卖茧子。"

张老头子却拍着大腿叹一口气。忽然他站了起来,用手指着村外那一片秃头桑林后面耸露出来的茧厂的风火墙说道:

"通宝,茧子是采了,那些茧厂的大门还关得紧洞洞呢!今年茧厂不开秤!——十八路反王早已下凡,李世民还没出世;世界不太平!今年茧厂关门,不做生意!"老通宝忍不住笑了,他不肯相信。他怎么能够相信呢?难道那"五步一岗"似的比露天

---

① "浪山头"在熄火后一日举行,那时蚕已成茧,山棚四周的芦帘撤去。"浪"是"亮出来"的意思。"望山头"是来探望"山头",有慰问祝颂的意思。"望山头"的礼物也有定规。——作者原注

茅坑还要多的茧厂会一齐都关了门不做生意？况且听说和东洋人也已"讲拢"，不打仗了，茧厂里驻的兵早已开走。张老头子也换了话，东拉西扯讲镇里的"新闻"，夹着许多说书场上听来的什么秦叔宝、程咬金。最后，他代他的东家催那三十块钱的债，为的他是"中人"。然而老通宝到底有点不放心。他赶快跑出村去，看看塘路上最近的两个茧厂，果然大门紧闭，不见半个人；照往年说，此时应该早已摆开了柜台，挂起了一排乌亮亮的大秤。

老通宝心里也着慌了，但是回家去看见了那些雪白发光很厚实硬鼓鼓的茧子，他又忍不住嘻开了嘴。上好的茧子！会没有人要，他不相信。并且他还要忙着采茧，还要谢"蚕花利市"①，他渐渐不把茧厂的事放在心上了。

可是村里的空气一天一天不同了，才得笑了几声的人们现在又都是满脸的愁云。各处茧厂都没开门的消息陆续从镇上传来，从塘路上传来。往年这时候，收茧人像走马灯似的在村里巡回，今年没见半个收茧人，却换替着来了债主和催粮的差役。请债主们就收了茧子罢，债主们板起面孔不理。

全村子都是嚷骂、诅咒和失望的叹息！人们做梦也不会想到今年蚕花好了，他们的日子却比往年更加困难。这在他们是一个晴天的霹雳！并且愈是像老通宝他们家似的，蚕愈养得多，愈好，

---

① 老通宝乡里的风俗，"大眠"以后得拜一次"利市"，采茧以后，又是一次。经济窘的人家只举行"谢蚕花利市"，"拜利市"也是方言，意即"谢神"。——作者原注

就愈加困难,——"真正世界变了!"老通宝捶胸跺脚地没有办法。然而茧子是不能搁久了的,总得赶快想法:不是卖出去,就是自家做丝。村里有几家已经把多年不用的丝车拿出来修理,打算自家把茧做成了丝再说。六宝家也打算这么办。老通宝便也和儿子媳妇商量道:

"不卖茧子了,自家做丝!什么卖茧子,本来是洋鬼子行出来的!"

"我们有四百多斤茧子呢,你打算摆几部丝车呀!"

四大娘首先反对了。她这话是不错的。五百斤的茧子可不算少,自家做丝万万干不了。请帮手么?那又得花钱。阿四是和他老婆一条心。阿多抱怨老头子打错了主意,他说:

"早依了我的话,扣住自己的十五担叶,只看一张洋种,多么好!"

老通宝气得说不出话来。

终于一线希望忽又来了。同村的黄道士不知从哪里得的消息,说是无锡脚下的茧厂还是照常收茧。黄道士也是一样的种田人,并非吃十方的"道士",向来和老通宝最说得来。于是老通宝去找那黄道士详细问过了以后,便又和儿子阿四商量把茧子弄到无锡脚下去卖。老通宝虎起了脸,像吵架似的嚷道:

"水路去有三十多九①呢!来回得六天!他妈的!简直是

---

① 老通宝乡间计算路程都以"九"计,"一九"就是九里,"十九"是九十里,"三十多九"就是三十多个"九里"。——作者原注

充军！可是你有别的办法么？茧子当不得饭吃，蚕前的债又逼紧来！"

阿四也同意了。他们去借了一条赤膊船，买了几张芦席，赶那几天正是好晴，又带了阿多。他们这卖茧子的"远征军"就此出发。五天以后，他们果然回来了；但不是空船，船里还有一筐茧子没有卖出。原来那三十多九水路远的茧厂挑剔得非常苛刻：洋种茧一担只值三十五元，土种茧一担二十元，薄茧不要。老通宝他们的茧子虽然是上好的货色，却也被茧厂里挑剩了那么一筐，不肯收买。老通宝他们实卖得一百十一块钱，除去路上盘川，就剩了整整的一百元，不够偿还买青叶所借的债！老通宝路上气得生病了，两个儿子扶他到家。

打回来的八九十斤茧子，四大娘只好自家做丝了。她到六宝家借了丝车，又忙了五六天。家里米又吃完了。叫阿四拿那丝上镇里去卖，没有人要；上当铺，当铺也不收，说了多少好话，总算把清明前当在那里的一石米换了出来。

就是这么着，因为春蚕熟，老通宝一村的人都增加了债！老通宝家为的养了五张布子的蚕，又采了十多分的好茧子，就此白赔上十五担叶的桑地和三十块钱的债！一个月光景的忍饿熬夜还不算！

一九三二年八月

隔绝

/// 冯沅君

青霭！再想不到我们计划得那样周密竟被我们的反动的势力战败了。固然我们的精神是绝对融洽的，然形式上竟被隔绝了。这是何等的厄运，对于我们的神圣的爱情！你现在也许悲悲切切地为我们的不幸的命运痛哭，也许在筹划救我出去的方法。如果你是个有为的青年你就走第二条路。

从车站回来就被幽禁在这间小屋内。这间屋内有床，有桌，有茶几，有椅子及茶碗面盆之类都也粗备。只是连张破纸一支秃头笔都寻不到。若不是昨晚我求我的表妹给我偷偷地送来几张纸和支自来水钢笔，恐怕我真要寂寞死了。死了你还不知道我是怎样死的！

今天已是我被幽禁的第二天！我在这小屋内已经孤零零地过了一夜。我的哥哥姐姐们虽然很和我表同情，屡次谏我的母亲不要这般执拗，可是都失败了。她说我们这种行为直同姘识一样，我不但已经丢尽她的面子，并且使祖宗在九泉下为我气愤，为我含羞。假如他们要再帮我，她就不活了。青霭呵！怎地爱情在我们看来是神圣的，高尚的，纯洁的，而他们却看得这样卑鄙污浊！

生命可以牺牲，意志自由不可以牺牲，不得自由我宁死。人们要不知道争恋爱自由，则所有的一切都不必提了。这是我的宣言，也是你常常听见的。我又屡次说道：我们的爱情是绝对的，无限的，万一我们不能抵抗外来的阻力时，我们就同走去看海去。你现在看我已到了这样境地，还是这样偷安苟活着，或者以为我背前约了。唉，若然，你是完全错误了。

世界原是个大牢狱，人生的途中又偏生许多荆棘，我们还留恋些什么。况且万一看了什么意外的变动，你是必殉情的，那么我怎能独生！我所以不在我母亲捉我回来的时候，就往火车轨道中一跳，只待车轮子一动我就和这个恶浊世界长别的原因，就是这样。此刻离那可怕的日子（逼我做刘家的媳妇的一天）还有三天，慕汉现尚未到家，我现在方运动我的表妹和姐姐设法救我出去。假如爱神怜我们的至诚，保佑我们成功，则我们日后或逃往这个世界的别个空间，或径往别个世界去，仍然是相互搀扶着。不然，我怕我现在纵然消灭了，我的母亲或许仍把我这副皮囊送葬在刘家坟内，那是多么可耻的事。

我的姊姊责备我，说我不该回此地来看母亲，不然，则鸿飞冥冥弋人何慕？我虽不曾同她深辩，我原谅她为我计划的苦心。

可是，青霭！我承认她是错了，我爱你，我也爱我的妈妈，世界上的爱情都是神圣的，无论是男女之爱，母子之爱。试想想六十多岁的老母六七年不得见面了，现在有了可以亲近她老人家的机会，而还是一点归志没有，这算人吗？我此次冒险归来的目的是要使爱情在各方面的都满足。不想爱情的根本是只一个，但因为表现出来的方面不同就矛盾得不能两立了。

当我刚被送进这间小屋子的时候，我曾为我不幸的命运痛哭，哭得我的泪也枯了，嗓也哑了。我的母亲向来是何等慈善的性质，此刻不知怎样变得这样残酷，不但不来安慰我，还在隔壁对我的哥哥数我的罪状，说我们的爱情是大逆不道的。我听了更气，气了更哭，哭得倦了，呵！青霭呵！真奇怪，我不知几时室内的一切都变了，都变得和我们在京时一样！仿佛是热天，河中的荷叶密密地将水面盖了起来，好像一面翠色的毯子。红的花儿红得像我的双靥，白的更是清妍。在微波清浅的地方可以看得见游鱼唼喋萍藻，垂柳的条儿因风结了许多不同样的结子，风过处远远地送来阵阵清香大概是栀子之类。又似乎是早上，荷叶，荷花，柳枝，道旁的小草都满带着滚滚的零露。天边残月的光辉映得白色的荷花更显清丽绝伦。我们都穿着极薄的白色衣服，因晨风过凉，相互拥抱着，坐在个石矶上边。你伸手折了个荷叶，当顶帽子往我头上戴。我登时抓了下来放在你的头上时，你夺去丢在一边。我生气了，你来赔罪，把我手紧紧握着，对我微笑。我也就顺势倚在你的怀里，一切自然的美景顷刻都已忘了，只觉爱的甜蜜神妙。天边起块黑云渐渐地长大起来,接着就落下青铜钱大的雨点子,更加着雷声隆隆,电光闪灼。忽然间你失了踪迹,我急得仰天大叫我的爱人哪去了……一急醒来,方知我是方才哭得太狠了,精神虚弱,因有此似梦非梦的幻觉。青霭!过去的一段玫瑰路上的光景比这好得多呢,世间的一切都是梦也都是真。幻与真究有什么分别,我们暂且多做几个好梦吧!

晚上没有月,星是极稠密的。十一点钟后人都睡了,四围真寂静呵,恐怕是个绣花针儿落在地上也可以听得出声音。黑洞的天空中点缀着的繁星,其间有堆不知叫作什么名字,手扯手作成了个大圆圈,看去同项圈上嵌的一颗明珠宝石相仿佛。我此刻真不能睡了,我披衣下床来到窗前呆呆地对天空望着,历乱的星光,沉寂的夜景,假如加上个如眉的新月,不和去年冬天我们游中央公园那夜的景色一般吗?

> 就在这样的夜里,
> 月瘦如眉,
> 星光历乱,
> 一切喧嚣的声音,
> 都被摒在别个世界了。
> 就在这样的夜里,
> 我们相挽扶着,
> 一会儿伫立在社稷坛的西侧,

一会儿散步在小河边的老柏树下，
踏碎了柏子，
惊醒了宿鸦，
听得河冰夜裂的声音。
就在这样的夜里，
我们相拥抱着，
说了平日含羞不敢说的话，
拌了嘴，
又赔了罪，
更深深地了解了彼此的心迹。
就在这样的夜里，
我们回想到初次见面的情况，
说着想着，
最后是相视而笑了。
爱的神秘，
夜的神秘，
这时节并在一起！

青霭！这不是我们去年的履迹吗？这不是你所称为极好的写实诗吗？朋友们读了这首诗不是都很羡慕我们的甜蜜的生活吗？当我望着黑而无际的天空，低低地含泪念着的时候，我觉得那天晚上的情景都在我的眼前再现了。但是……但是情形的再现终究和真的差得远，它来得越甜蜜，我的心越觉得酸苦，越觉得痛楚，现在想使我得安慰，除非你把我拥抱在你的怀里，然而事实上怎样能够哟！

青霭！记得吗？在会馆我们初次见面的时候，你从人缝中钻了出来，什么话都不说，先问别人哪位是维乃华女士。你记得吗？初秋天气，一个很清爽的早晨，我们趁着"鬼东西"在考试，去游三贝子花园，刚进动物园门，阵阵凉风吹来，树林间都发出一种沙啦的声音。我那时因为穿得过少，支持不了这凉风的势力，就紧紧地靠着你走。你开始敢于握我的手，待走到了畅观楼旁绿树丛里，你左手抱着我的右肩，右手拉我的左手，在那里踱来踱去，几次试着要吻我；终归不敢。现在老实告诉你吧，青霭！那时我的心神也已经不能自持了，同"维特"的脚和"绿蒂"的脚接触时所感受的一样。你记得吗？因为在你室里你抱了我，把脸紧紧贴着我的右腮，我生气了回去写信骂你，你约我在东便门外河沿上道歉，刚相逢的时候两人都是默默无言，虽肚里装了千言万语，眼里充满了热泪。后来还是你勉强啜嚅地说："我明知道对于异性的爱恋的本能不应该在你身发展，你的问题是能解决的，我的问题是不能解决的……但是我不明白为什么对于我不爱的人非叫我亲近不可，而对于我的爱人略亲近点，他们就视为大逆不道？……"那时我虽然有些害怕，很诧异你怎地为爱情迷到这步田地，怕我们这段爱史得不着幸福的归结，但是听了你的"假如你承认这种举动对于你是失礼的地方，我只有自沉在这小河里；

只要我们能永久这样,以后我听信你的话,好好读书",教我心软了,我牺牲自己完成别人的情感,春草似的生遍了我的心田。我仿佛受了什么尊严的天命立刻就允许了你的要求,你记得吗?在这桩事发生后,不久我们又去逛二闸,踏遍了秋郊,寻不到个人们的眼光注射不到的地方。后来还是你借事支开了舟子,躲在芦花深处拥抱了一会儿,kiss 了几下,那时太阳已快要落了,红光与远山的黛色相映,渲染出片紫色的晚霞来。林头水边也还有它的余光依恋着。满目秋色显出一片无限的萧瑟和悲壮的美,更衬得我们的行为的艺术化了。无何苍茫的暮色自远而来,水上的波纹也辨不清晰,雪白的鸭儿更早已被人家唤了回去,我们不得不舍舟登陆,重寻来时的途径。我们并肩坐在船板上,我半身都靠在你的怀里,小舟过处,桨儿拨水的声音和芦荻的叶子发出的声音相和,宛如人们叹息的声气,但是我们心中的愉快,并不为外物所移。我们偎依得更紧些,有时我想到前途的艰难,我几乎要倒在你怀里哭,你说我们的爱情是这样神圣纯洁,你还难受吗?你说我们立志要实现易卜生、托尔斯泰所不敢实现的……你记得吗?就在那年冬天,万牲园内宴春园茶楼上,你在我的面前哭着,说除我而外你什么都不信仰……我就是你的上帝……实行……的请求。我回答你:自此而后我除了你而外不再爱任何一个人,我们永久是这样,待有了相当时机我们再……你的目的达到了,温柔的微笑登时在你那还含着余泪的眼上涌现出来,你先用手按着我的双肩,低低地叫我声姐姐,并说我们是……后来你拉我坐在你的怀里。我手摸着你的颈子,你的头部低低垂着,恰恰当我的胸前。你哭诉了你在这个世界上所经历的,所遭逢的,最末一句是"我自略知人事以来,没有碰到一桩满意的事,只有在我的爱人跟前不曾受过一次委屈……"往事怎堪回首呵!爱的种子何啻痛苦烦恼的源泉,在人们未生之前,造物主已把甜蜜的花和痛苦的刺调得均均匀匀地散布在人生的路上。造物主在造爱的糖果的时候,已将其中掺了痛苦的汁儿呵。不说了吧……我们的甜蜜生活岂是叙述得尽的,这种情景的回忆,已经将我的心撕碎了,怎忍再教他们撕你的心呢?……爱的人儿啊!……

青霭!我的唯一的爱人!不要为我伤心! Hamlet 说只要我的躯壳属我的时候,我终是你的。我可以对你说,只要我的灵魂还有一星半点儿知觉,我终不负你。

糊里糊涂地昨天给你写了两大张,此后无论我的精神怎样错乱,我总努力将我每天在这小屋内发生的感想写出来,这种办法我认为是于人无损于我却有莫大的利益的。因为万一我今生不出这个樊笼,就到别个世界去了,你也可以由此得略知我被拘后的生活情况。我的表妹已自告奋勇说将来无论如何总使你看到我这点血泪。唉,我的泪又流了,世间最惨的事,还有过于一个连死在哪里的自由都被剥夺了的吗?我现在还不及个已判决死刑而又将就法场的囚徒。因为他可以预先知道在什么时候什么地方死,好叫他的亲人看他咽临终一口气。我呢,也许当我咽这口气的时候,在我跟前的是我的不共戴天的仇人。

昨晚从给你写了那几句话后,我就勉强躺在床上,打算平心静气地想法儿逃走,谁知我们的过去的生活——甜蜜的生活,好像水被地心的吸力吸得不能不就下似的,在我心中涌出来了。呵,可惜人类的心太污浊了,最爱拿他们那卑鄙不堪的心,来推测别人。不然我怕没有一个人,只要他们曾听见过我们这回事,不相信并且羡慕我们的爱情的纯洁神圣的。试想以两个爱到生命可以为他们的爱情牺牲的男女青年,相处十几天而除了拥抱和接吻密谈外,没有丝毫其他的关系,算不算古今中外爱史中所仅见的。爱的人儿,我愿我们永久别忘了郑州旅馆中的最神圣的一夜哟!我们俩第一次上最甜蜜的爱的功课的一夜。呵,它的神秘和美妙!我含羞地默默地挨坐在床沿上不肯去睡,你来给我解衣服解到最里的一层,你代我把已解开的衣服掩了起来,低低地说道,请你自己解吧……说罢就远远地站在一边像有什么尊严的什么监督着似的……当你抱我在你的怀里的时候,我虽说曾想到将来家庭会用再强横没有的手段压迫我们,破坏我们,社会上会怎样非难我们,伏在你怀里哭,可是我真觉得置身在个四无人烟、荆棘塞路、豺虎咆哮的山谷中一样,只有你是可依托的,你真爱我,能救我。……由此我深深地永久地承认人们的灵魂的确是纯洁的。这种纯洁只在绝对的无限的实用时方才表现出来。人之所以能为人也就在这点灵魂的纯洁。

　　当我这样想时天忽然下了雨了,淅淅沥沥打在窗外的芭蕉叶上,如怨如慕,如泣如诉。我曾竭诚默然地祝道,快下吧,雨呀,下大了把被人类践踏脏了的地面，好好洗净，从新播自由、高尚、纯洁的爱的种子。

我的一生可说为爱情播弄够了。因为母亲的爱，所以不敢毅然解除和刘家的婚约，所以冒险回来看她老人家。因为情人的爱，所以宁愿牺牲社会上的名誉，天伦的乐趣。这幕惨剧的作者是爱情，扮演给大家看的是我。我真要对上帝起交涉了。以后假如他不能使爱情在各方面都是调和的，我誓要他种一颗爱子，我拔一棵爱苗，决不让爱字在这个世界再发现一次。索性让他们残酷得同野兽一样，你食我的肉，我寝你的皮，倒也痛快。

两天不自由的生活使我对于人间的一切明白了解了许多。我发现人类是自私的，纵然物质上可以牺牲自己以为别人，而精神上不妨因为要实现自己由历史环境得来的成见，置别人于不顾。母女可算是世间最亲爱的了，然而她们也不能逃出这个公例。其他更不用说了。又发现人间的关系无论是谁，你受他的栽培，就要受他的制裁，你说对吗？

今晨天忽晴了，阳光射在我的床上，屋内的一切似乎也都添了些生意。可是我的表妹同我的嫂嫂来看我时都很惊异地说我比昨天憔悴得更多了。我的表妹的大而有光的眼里，更装满了清泪，这也是不足为怪的。好生原是人类的本能，人生的经途中也不尽是毒蛇猛兽，我们这样轻生的心理原是变态的。

她们因为慰藉我的无聊起见，送了一瓶花来，嫣红姹紫，清香扑鼻，不过我心中的难受由此更加几倍。我想到你送我的海棠花映着灯光娇艳的样儿，想到你在你的小花园内海棠树下读书的情形。花原是爱的象征，你送我的花我都用从心坎上流出来的津液浸润着。当你在花下读书的时候，我曾用我的灵魂拥护你。现在呢，送花的人，爱花的人，都为造化小儿播弄到这步田地，眼看爱的花已经快要枯萎了，还说什么慰藉呢？

下午我又听见我的母亲在对我姐姐谈我们去年春天规定的计划并且痛痛地骂我们……青霭呵，伊尔文说每种关于爱情的计划都是可以原谅的，他们的见解怎地却和伊氏相反呢？……

谢天谢地！我的表妹把我们的消息传通了，不然，我怕我们连死在一处的希望也没有了。可是再告诉你个怕人的消息：就是刘家的儿子今晚十二点就到家了（我的表妹说的）。我若不于今晚设法脱离此地，一定要像我说的看我咽最后一口气的人就是我的不共戴天之仇的人。但是事实上……不写明白，你总可猜得住。

青霭，虽然我们相见的希望还有一丝存在，但是我觉得穿黑衣的神已来我身旁了，我们的爱史的末一页怕就翻到了。我们统共都只活了廿四五年，学问上不能对于社会有所贡献，但是我们的历史确是我们自己应该珍重的。我们的精神我们自己应该佩服的。无论如何我们总未向过我们良心上所不信任的势力乞怜。我们开了为要求心爱自由而死的血路。我们应将此路的情形指示给青年们，希望他们成功。不遭人忌是庸才，我也不必难受了。我能跑出去同你搬家到大海中住，听悲壮的涛声，看神秘的月色更好，万一不幸我是死了，你千万不要短气，你可以将我们的爱史的前前后后详详细细写出。六百封信,也将它整好发表。

　　我的表妹来了,她愿将此信送给你,并告诉我这间房的窗子只隔道墙就是一条僻巷,很可以逾越。今晚十二时你可在墙外候我。

长篇存目

王统照《山雨》

后 记

《百年乡愁：中国乡土小说经典大系》是张丽军教授作为首席专家的2021年度国家社科基金重大项目"百年中国乡土文学与农村建设运动关系研究"的资料选编成果。项目团队核心成员田振华、李君君等参与了全过程选编工作，张娟、沈萍、彭嘉凝、陈嘉慧、姚若凡、胡跃、林雪柔、徐晓文、宣庭祯等参与了编校工作，在此对他们的辛勤劳动表示感谢！

在具体编撰过程中，本套"大系"还得到了张炜、韩少功、周燕芬、王春林、何平、孔会侠、苏北、育邦、刘玉栋、刘青、乔叶、朱山坡、项静等作家与学者的大力支持与帮助，在此深深致谢！

需要特别说明的是，因为选入本套"大系"的作品跨越百年之久，在文字、标点等方面，我们在充分尊重作家初版本的基础上，依据现代语言文字规范统一做了修订。

编　者

2023 年 7 月 4 日